데스마치에서 시작되는
이세계 광상곡 28

일도!!
아리사
쿠보크 왕국의 옛 왕녀.
전생은 일본인.
금색 가발로 변장중.
사토
이세계를 헤매고 있는
서른 줄 프로그래머.
류류
어린 백룡.

놀이도!!
나나
무표정한 호문클루스.
포치
강아지 귀 종족의 소녀.
미아
과묵하고 음악을 좋아하는 엘프.
모험도 만끽중!!

요워크 왕국의 마왕 소동 고찰

■선왕이 급사한 뒤, 심각한 내란 상태였던 요워크 왕국에 마왕이 다수 출현.

· 왕비가 마왕으로 변화된 「마왕(위왕): 배덕비 코르세아느」
·「환도원의 마녀」 뮤데와 그 동생 기기라가 변한 마왕
· 말려든 소환자 신의 아버지가 변한 마왕

↓

그들은 같은 유니크 스킬을 가지고 있었다.
쓰러뜨린 뒤의 「마왕 살해자: 인조 마왕」이라는 칭호를 봐서,
누군가가 만든 마왕이었을까?

여기에 이끌려
따르지 않는 것이 출현,
큰일이었다.

■세류 시의 문전 여관에 보낸 「현자님의 제자에게 보낸 짐」에서 「권능의 보주(어빌리티 오브)」를 발견.

그 권능은 유니크 스킬 「암염 포옹(다크 플레어 엠브레이스)」.
※위왕 「배덕비」가 쓰던 유니크 스킬.

↓

요워크 왕국에서 마왕이 발생한 것은,
현자의 제자란 자들이 꾸민 일이었을지도?

사토의 관광 메모

●키워크 왕국

동방 소국군 중 하나. 1년의 2/3가 겨울이고, 눈놀이를 하기 좋은 나라 같다.
「눈의 종자 제작(크리에이트 스노우 서번트)」의 두루마리를 샀으니, 시험해보고 싶다.
스키나 스노우보드, 썰매도 만들어서…… 아예 별장을 세워서 거점으로 삼고, 한 번 실컷 놀아볼까.
※옆에 있는 켄타우로스(말 수인) 종족의 나라, 코게오크 왕국과 정기적으로 전쟁 상태에 빠지니 주의.

●르모크 왕국

토란을 사용한 요리가 많다.
엘프가 심었다는 유면수는 흑룡 퇴치 의뢰를 받았을 때 봤지만, 동료들 모두에게도 보여주고 싶다.
4년에 한 번, 눈과 얼음이 전토를 뒤덮는 「겨울의 달」이 있으며 축도화대제란 축제가 열린다.
복숭아꽃을 얼음에 가두어서 「겨울의 달」 동안 계속 시들지 않도 하는 모양이다. 이건 꼭 보러 가야지!

왕도에 재상이 추천하는 가게가
식용 토란을 사용한
각종 파이가 일품이라고 한다.

데스마치에서 시작되는 이세계 광상곡 28

★★★

아이나나 히로

Death Marching to the Parallel World Rhapsody

Presented by Hiro Ainana

C O N T E N T S

Death Marching to the Parallel World Rhapsody

프롤로그 009
소도시 요루스카 013
눈 풍경 031
막간: 설국의 소녀 069
눈의 나라 073
인터미션 147
수도의 왕국 161
막간: 사건 뒷면에서 187
그림자성 201
눈의 나라, 다시 한번 239
바깥의 신 291
에필로그 325
EX: 아가씨들의 여로 339
후기 349

프롤로그

"쉽 원에서 골렘 리더에게, 해파리는 예정대로 그물에 걸렸다. 반복한다—."

허공에 뜬 엘프의 광주(光舟)에서, 세계수의 가지에 분산된 유인 골렘 부대에 지시가 전달됐다.

그들이 보는 곳, 칠흑의 우주에 태양빛을 반사하는 무수한 존재가 있었다.

—괴생물, 사악한 해파리(이블 젤리).

엘프들에게 해파리란 통칭으로 불리며, 세계수의 가지에 기생하여 세계의 위기를 불러오는 민폐를 끼치는 존재다.

"여기는 스파이스 리더. 분말 카레 산포 완료. 조준 목표를 점등한 뒤, 귀환전(리턴)이로 철수합니다."

해파리들을 끌어들이는 유아등 같은 장치를 남기고, 최전선의 엘프가 귀환했다.

"골렘 원, 포격 준비 완료."

"골렘 투, 포격 준비 완료."

"골렘 쓰리, 포격 준비 완—."

차례차례 유인 골렘 부대에서 보고가 전달된다.

"골렘 리더에서 쉽 원에게. 모든 포격 준비 완료. 포격 타이밍을 맡깁니다."

"여기는 쉽 원. 정령과 신들의 가호가 있기를— 포격 개시."

무수한 광선이 유인 골렘과 광주에서 뿜어져 나가고, 카레 냄새에 이끌린 해파리들을 차례차례 요격한다.

"허공 전용 골렘으로 조기 발견해서, 이번에는 편하게 이길 수 있겠어요."

"그래. 조기 발견이 이토록 유효할 줄은 몰랐다."

광주 안에서 사령관과 부관이 대화를 나눈다.

지난번 해파리 사건에서는, 깨달았을 때는 이미 세계수에 무수한 해파리가 부착되어 있어서 뒤늦게 대처하기에 급급했었다. 그때는 보르에난 숲에 머무르던 용사 나나시 일행의 조력으로 어찌어찌 해파리 제거에 성공했다.

"—앗."

"왜 그러지?"

관측수가 흘린 말에, 사령관이 반응했다.

그의 시선 끝으로 부서진 해파리의 잔해가 대기권으로 낙하하는 모습이 보였다.

"추적해야 돼요."

"금방 다 탈 거다."

"아, 정말이다."

잔해가 눈앞에서 타오르고, 먼지가 되어 사라졌다.

그런 대화를 하는 사이에, 여러 개의 잔해가 대기권으로 낙하하며 타버렸다.

"모든 해파리를 격추했습니다."

"그래."

적 탐색 담당의 보고에 사령관이 만족스럽게 고개를 끄덕였다.

"사제님에게 보고하지."

"보르에난의 나나시 공에게도 감사를 해야죠."

"보르에난의 나나시 공? 아아, 아제 님의 반려말이군."

엘프의 사령관과 부관이 말을 나누었다.

"―귀환한다."

임무를 마친 광주가 세계수 쪽으로 물러났다.

이렇게, 세계의 안녕은 지상에 사는 사람들이 모르는 곳에서 나날이 지켜지고 있었다.

다만, 수호자인 엘프들은 깨닫지 못했다.

대기권에 떨어진 잔해 하나가, 숯덩이가 되면서도 지상에 도달해버린 것을.

소도시 요루스카

"사토입니다. 학생 시절에 가난하게 여행을 하던 무렵, 치안이 나쁜 나라나 지역은 피했습니다. 픽션으로 즐기는 건 좋지만, 리얼로 트러블에 말려드는 건 사양하고 싶으니까요."

"수수께끼는 모두 풀렸어!"

나무 상자 위에 올라가 어디선가 들어본 대사를 말하는 어린 소녀는, 꺼림칙하다는 보라색 머리카락을 금색 가발로 숨긴 전생자 아리사였다.

여기는 치안이 안 좋은 「쓰레기통 도시」 요루스카. 이 도시는 무노 백작령의 남남동, 오유고크 공작령의 보르에하르트 자치령의 남동쪽에 있다.

"최강~."

"무적으로 멋진 거예요!"

아리사의 좌우에 뛰어 올라가 뭔지 모를 말을 하는 것은, 하얀 숏헤어에 고양이 귀와 고양이 꼬리를 가진 어린 소녀 타마와 다갈색 머리를 보브컷으로 정돈한 강아지 귀 강아지 꼬리의 어린 소녀 포치다.

아마도, 아리사의 즐거워 보이는 분위기에 끌려간 거겠지.

그리고 또 한 마리.

—LYURYU!

포치의 가슴께에서 흔들리는 펜던트 「용면 요람(드래곤 크레이들)」에서 뛰쳐나온 하얀 어린 용 류류도 함께 들뜬다.

“아리사, 저쪽에서 사람이 죽어있는데 그럼 못써.”

그렇게 아리사를 타이른 것은, 이 세상의 기적을 체현하여 미인이란 말조차 부족함이 느껴지는 일본풍 초절 미소녀 루루였다.

평소에는 얌전한 그녀도, 여동생이 잘못을 하면 가만히 있을 수 없는 모양이군.

“미안미안. 너무 뜻밖인 결말이라 폭주해버렸어.”

아리사가 순순히 사과했다.

“마스터, 이 소금상이 정말로 현사의 손제자인가요라고 묻습니다.”

무표정하지만 의문스런 분위기를 두르며 말한 것은, 금발 거유인 나나다. 고교생 정도로 보이지만, 그 정체는 실제 연령 1세의 호문클루스였다.

“응, 그런 모양이야. 그가 소금상으로 변한 순간을 목격한 사람도 많은 것 같아.”

그렇게 말하며 지나치게 리얼한 소금상을 보았다.

본인을 본 적은 없지만, AR 표시에 나오는 소금상의 상세정보를 봐도 틀림없는 것 같다.

우리가 요루스카에 온 이유는 세류 시의 문전 여관에서 마왕주라는 위험한 아이템을 발견한 것에서 시작된다. 마왕주를 보낸 사람도 받는 사람도, 현자 솔리제로의 제자다. 파리온 신국에서 횡포를 부린 파사 이스코의 요청에 따라 발송했다고 한다.

그리고 그 파사 이스코는, 맵 검색으로 다른 제자들과 함께 세류 백작령의 북쪽에 있는 마물의 영역에서 석화된 상태로 발견됐다.

그때 함께 발견한 짐에 꾸미던 계획을 적어놓은 수기가 있었다. 요워크 왕국의 마왕 소동은 그가 일으킨 것이며, 더욱이 실험을 위해서 자기 제자 한 명을 동방 소국군에 있는 「신의 사도」 포박 임무에 보냈다고 한다.

우리는 그 제자를 추적하여 동방 소국군으로 가고 있었는데, 그 시작인 요루스카에서 그의 소식을 부고로 알게 되었다.

"어쩐지 맥 빠지는 기분이야."

"그러게 말이야"

아리사의 말에 동의했다.

사건이 시작되기 전에 끝난 것 같은 느낌이라, 어쩐지 맥이 풀린다.

이럴 바에는 이민 제2진을 나나 자매들에게 맡기고 날아올 필요도 없었는데.

뭐, 결과론이지.

"사토."

미아가 크게 손을 흔들었다.

트윈테일로 묶은 옅은 청록색 머리카락이 흔들리고, 엘프의 특징인 조금 뾰족한 귀가 보였다.

"사정 청취는 끝났나요?"

"네, 미아 님의 조력 덕분에 수월하게."

미아의 옆에 선 드워프 여성은, 명장 도하루 노인의 손자이며 보르에하르트 자치령의 시장 영애이기도 한 죠죠리 씨다.

이 도시에 왔을 때, 타이밍 안 좋게 「현자의 제자」가 소금상이 되는 순간에 마주쳤다고 한다.

"그건 죠죠리가 설명을 잘해서 그렇지. 물론, 나는 미아 님 덕분이라는 것도 부정하지 않지만."

죠죠리 씨를 칭찬한 세련된 드워프 남성은, 보르에하르트 자치령에서 마법 가게를 경영하는 가로하루 씨였다.

오늘은 가로하루 씨의 상품 입고에 죠죠리 씨가 동행했던 모양이다.

죠죠리 씨의 말로는 「또 사기 상품에 걸리면 안 되니까요」라고 한다.

물론 그가 팔아준 특수한 두루마리가 마왕 「황금의 저왕」 토벌에서 대활약을 했으니 조금은 커버를 해줄 셈이다.

"여기 서서 이야기를 하는 것도 좀 그러니—."

"그러면, 이 앞에 좋은 주점이 있어요. 맛있는 술이 있는 가게거든요."

"『아리따운 쿠이다올레』구나. 거기는 요리도 맛있어."

장소를 바꾸자고 제안했더니, 죠죠리 씨랑 가로하루 씨가 곧장 행선지를 지정했다.

행선지가 주점인 게 참으로 드워프다워.

"어이! 이 몸을 두고 가지 마라!"

"어머, 미안해요. 다지울 씨."

"아, 다지울. 좀처럼 오질 않아서 요루스카의 위병으로 전직한 건가 했지."

뒤늦게 따라온 근육질의 드워프는, 명장 도하루 노인의 수제자인 다지울 씨다.

듣자하니, 죠죠리 씨의 호위로 동행하고 있는 모양이다.

""""재회에 건배!""""

주점에서 건배를 한다.

이곳 쿠이다올레는 「쿠이다오레(먹다가 쓰러진다)」란 이름에 걸맞은 가게였다.

격식 있는 요리는 전무했지만, 포만감 있는 든든한 요리가 잔뜩 나온다.

"―그렇게 된 거야."

다지울 씨가 소금상 사건에 대해 이야기했다.

"깜짝 놀랐다. 갑자기 로브를 입은 남자가 『신의 이름을 칭하는 어리석은 자여!』라면서 시비를 걸더니, 간단히 당해버렸어. 노란색 신관복을 입은 미인이 『무례한 놈』이라고 하면서 팔을 휘두르니까 로브 남자가 눈앞에서 소금상으로 변해버렸다."

"미인이라면, 범인은 여자야?"

"인간족의 성별은 잘 모르겠지만, 그건 여자가 아닐까? 안 그래? 죠죠리."

"뒷모습밖에 못 봐서 뭐라고 할 수 없어요."

범인은 미인이로군.

“그 미인이 『신의 사도』일까?”

“이야기의 흐름으로 봐서 그렇지 않을까?”

불신자를 소금상으로 바꾼다는 건, 그야말로 천벌 같으니까.

맵 검색으로는 「사도」의 칭호를 가진 자는 요루스카나 주변 에리어에 없었다.

그 사도는 전이 능력이나 내 맵 검색을 벗어날 수 있는 「도신장구」 계통의 비보(아티팩트)를 장비하고 있을 가능성이 높다.

“그 녀석, 자기소개를 했었지.”

“나도 들었어. 『지고한 자이크온 신의 사도인 나를—』이라고 했지.”

“소금으로 바꾸는 건 천벌이라고 했었죠.”

다지울 씨가 말하자, 가로하루 씨와 죠죠리 씨도 목격 정보를 더했다.

“자이크온 신전 관계자인가요…….”

어쩐지 좀 싫어보이는 어조로 말한 것은, 목덜미나 손등에 주황색 비늘이 덮인 주황 비늘 종족의 리자다.

뭐, 무리도 아닌 반응이군. 나랑 리자가 만난 시기는 자이크온 신전의 뚱보 신관장이 선동한 투석 린치 사건 때였으니까.

“기다리셨습니다.”

통통한 여급이 요리를 잔뜩 가져다 주었다.

반대쪽 손에는 잔의 손잡이를 한꺼번에 여러 개 쥐고 있었다.

“오~, 기다렸어. 잔이 계속 비어 있었다고.”

“우후후, 다지울 씨도 참.”

"포치도 고기 아저씨 추가를 계속 기다린 거예요."

"타마도 기다렸어~?"

추가 요리와 술이 온 타이밍에서, 사도 이야기는 마치게 되었다.

"주인님, 이 다음은 어쩔 거야?"

아리사가 과실수를 마시면서 물었다.

"—이 다음?"

"응. 이쪽으로 온 건 현자의 손제자를 추적한 거잖아?"

"그렇지—."

현자의 손제자가 소금상이 되어 사망해 버려서, 이제 초기의 목적이 사라졌으니 서둘러야 하는 목적은 없다.

"기념품도 건네야 하니까 보르에하르트 자치령에 들른 다음에 무노 백작령일까."

여기서 죠죠리 씨에게 맡겨도 되겠지만, 그렇게 서둘러서 돌아가야 하는 것도 아니다.

"응, 그러면 될 거라고 생각해. 치타 씨가 수인의 이민 대표를 해주고 있고, 큰 틀은 태수 대리인 리나에게 전달했으니까 커다란 트러블이 없는 한 잘해줄 거야."

참고로 치타는 리자의 노예 동료였던 표범머리 종족 여성이다.

세류 시에서 무노령으로 수인 노예를 이민시키는 일을 적극적으로 도와주고 있다.

"그러면, 세류 시에 가는 건 수인의 이민들이 진정된 다음?"

"응. 그렇게 되지."

세류 시에 용건은 없지만, 제나 씨 일행한테 인사도 못하고 뛰쳐나왔으니 한 번 정도는 얼굴을 비추러 가야겠지.

"다음은 왕성에도 한 번 들러야 돼."

"그 구슬 일로?"

아리사의 말에 수긍했다.

여기에 오게 된 발단인 「마왕주」에 대해서 시가 왕국이나 세류 백작에게 설명하러 가야 한다. 일단 뛰쳐나오기 전에 편지는 보냈는데, 높은 사람은 직접 만나서 이야기를 듣는 걸 중시하니까.

"주인님. 저 리자는, 저의 노예 동료들을 위해 힘써주신 것에 감사할 따름입니다. 이 목숨을 다해, 주인님께 은혜를 갚을 생각입니다."

얼굴이 빨개진 리자가 말하고 있다.

세류 시의 비궁에서 리자의 노예 동료들을 비롯한 수인 노예들이 고기 방패로 쓰이며 죽어가는 것을 알게 된 나는, 그 처우에서 해방하기 위해 행동을 시작했다.

리자가 그것에 감사하는 것은 물론 알고 있지만—.

"혹시 취했니?"

"이 감사는 제 창에 걸고—."

계속 말하던 리자가 나에게 기대더니, 기분 좋게 잠들어 버렸다.

"미안, 술 먹이면 안 되는 거였나?"

리자에게 술을 먹인 건 다지울 씨였나 보군.

"괜찮아요. 가끔은 긴장을 좀 풀어야 하니까요."

리자는 너무 성실하니까.

"사토 군, 이번 매입 성과를 보고 싶지 않아?"

가로하루 씨가 가방을 한 손에 들고 자리에 앉았다.

"부디, 보여주세요."

이번에는 죠죠리 씨가 같이 왔으니까 지난번만큼 엉망진창인 라인업은 기대 못하겠지만, 그래도 가로하루 씨니까 뭔가 깜짝 놀랄만한 골동품을 발굴했을 법한 예감이 든다.

"우선 사토 군이 좋아하는 두루마리부터."

가로하루 씨가 의기양양하게 꾸러미에서 두루마리를 꺼냈다.

"전부 번마 미궁산 일품이야."

"어머! 가로하루! 그렇게 말렸는데, 어느 틈에 샀어?"

"죠죠리, 잠깐만. 이건 좋은 거라니까. 그래, 아주 좋은 물건이야."

두루마리를 본 죠죠리 씨가 눈썹을 치켜 올리면서 일어섰다.

아무래도, 죠죠리 씨는 구입을 막으려고 한 모양이군.

그도 그럴 것이—.

"가로하루 씨, 이 두루마리는 정규 가게에서 산 건가요?"

"아니, 정규 가게랄까, 이 요루스카에는 마법 도구를 파는 가게가 노점밖에 없어."

—진짜냐.

"이 두루마리에 뭐 문제 있나?"

불안해 보이는 가로하루 씨에게는 미안하지만, 문제투성이다.

"네, 이번 두루마리는 다 가짜네요."

"가짜? 이 『마족 퇴치(데몬 리무버)』도, 『용사 소환(서몬 브레이브)』도, 『성검 초래(커먼 클라우솔라스)』도 전부, 가짜란 거야?"

오히려, 그 라인업을 진짜라고 생각할 수 있는 요소가 어디에 있는지 묻고 싶군요.

뭐, 그러니까 가로하루 씨라고 할 수 있지만.

"그럴수가…… 그러면, 이것도 가짜인가……."

가로하루 씨가 종이 다발을 꺼냈다.

전부 이미 사용한 두루마리다.

"그러네요. 콜렉터즈 아이템의 가치는 있을지도 모릅니다만―."

그중 하나가 눈길을 끌었다.

언뜻 사용한 것처럼 보이지만, 이건 미사용품이군.

"그건 왜?"

"가로하루 씨, 이건 괜찮아요."

제대로 쓸 수 있는 「마법의 두루마리(매직 스크롤)」다.

"정말이야?"

"여기 적힌 그대로라면, 눈 골렘을 만드는 두루마리 같네요."

마법 이름은 「눈의 종자 제작(크리에이트 스노우 서번트)」이고, 내가 가진 골렘 제작 마법인 「땅의 종자 제작(크리에이트 어스 서번트)」의 눈 버전이다.

"들어본 적 없는 마법인데?"

"네, 저도 처음 들었습니다."

적어도 내가 가진 마법서에, 이런 특수한 마법은 없다.

"두루마리로는, 손바닥 사이즈의 눈토끼를 만드는 게 고작인 느낌?"

"응, 아마 그런 느낌이야."

물론, 내 메뉴에 등록하여 사용하면 강력한 설원의 종자가 되어줄 거라 생각한다.

당분간 쓸 일은 없을 것 같지만, 미궁 안에 설원 에어리어 같은 게 있으면 쓸만할지도 몰라.

“가로하루 씨, 이거 팔아주실 수 있을까요?”

“아아, 물론이지. 이거 한 다발이 금화 1닢이었으니까, 은화 2닢이나 3닢 정도로 사주면 좋겠어.”

그는 여전히 장사가 서투르군.

“그래서는 적자잖아요. 이럴 때는 강하게 가격 설정을 하면 됩니다.”

“강하게? 금화 2닢 정도?”

“아뇨, 그럴 때는 금화 10닢은 불러야죠.”

그리고 교섭이 시작되어, 금화 5닢 정도에 자리 잡는 거라고 생각한다.

“이봐, 죠죠리. 어째서 손님이 가격을 올리는 거야?”

“우후후, 그게 가로하루 씨의 인덕이죠.”

테이블 너머에서 다지울 씨와 죠죠리 씨가 나누는 이야기를 엿듣기 스킬이 포착했다.

결국 가로하루 씨가 사양해서, 두루마리는 이미 사용한 것과 세트로 금화 3닢으로 결판이 났다.

“그밖에는 마법 도구(매직 아이템)도 샀어. 꼬챙이를 꼽기만 해도 고기가 구워지는 『구이 꼬챙이(베이크 스키워)』랑 올리기만 해도 훈제가 되는 『훈제꾼(라이드 스모커)』이지.”

“뉴!”

“고기라고 한 거예요!”

타마와 포치가 민감하게 반응하여 날아왔다.

"조리용 마법 도구야."

"고기 아닌 거예요?"

"유감~."

설명을 들은 포치와 타마는, 조금 아쉬운 기색의 표정이다.

"재밌어 보이는 도구라면, 구워볼래?"

"괜찮을까요?"

주점의 여주인이 허가를 해주고 가로하루 씨가 고 사인을 줘서, 실제로 구워보기로 했다.

"우뉴~?"

"좋은 냄새가 도중에 타는 냄새가 돼버린 거예요."

"아~, 이건 안되겠네요."

꼬챙이가 박힌 부분이 탄화될 정도로 타버리고, 바깥쪽은 반쯤 생고기 느낌이다.

아마도, 단순히 꼬챙이가 뜨거워지기만 하는 물건이겠지.

"걱정할 것 없어. 실패는 성공을 향한 양식이 되니까. 그러니까 괜찮아. 괜찮고말고!"

가로하루 씨가 자신에게 들려주는 것처럼 말한 다음, 다음 마법 도구를 사용했다.

다음으로 시험한 훈제기는 연기가 올라오기만 하고, 훈제가 될 기색이 없다. 아무리 그래도 그건 밖에서 해달라고 여주인한테 혼났기 때문에 거기서 멈추었다.

가로하루 씨다운 미묘한 매입품을 안주 삼아서, 추가 요리를 즐겼다.

취해서 잠들어버린 리자도, 고기 요리의 냄새에 눈을 떴습니다.

—응?

“사토?”

“왜 그래? 주인님.”

내 좌우에서 「아~앙」으로 겨루고 있던 미아와 아리사가, 요리를 내민 모습 그대로 내 모습을 보고 물었다.

“아니, 입구 쪽에서 누구를 찾고 있는 노움이 있길래.”

“노움? —간자! 이쪽이야!”

내 옆에서 대식가다운 식욕을 발휘하고 있던 죠죠리 씨가, 커다란 코의 자그마한 아저씨 풍채를 한 노움 남성을 불렀다.

“죠죠리 씨가 아는 사람인가요?”

“사토 씨랑 면식이 없었던가요? 그는 보르에하르트의 지하에서 비약 조합 같은 걸 해주는 연금술사에요.”

지하라면 미스릴 공방이 있는— 생각났다.

간자라면, 내가 보르에하르트 자치령을 방문했을 때 부재중이던 노움 연금술사의 이름이야.

그런 것을 떠올리는 사이에, 간자 씨가 연회에 합류했다.

가로하루 씨에게 우리들에 대해 들으면서, 웨이트리스에게 술을 주문했다.

“당신이 사토야?!”

간자 씨가 악수를 청하길래 잡았더니, 쥔 손을 붕붕 흔들었다.

“만나고 싶었지!”

아무래도, 그는 나를 아는 모양이다.

“내가 보르에헤임의 난리 때문에 부재중일 때, 일을 해줬다며?”

“간자 공의 작업장을 멋대로 써서 죄송합니다.”

“괜찮아. 나리도 좋아하셨으니까.”

간자 씨가 털털하게 말하고, 웨이트리스에게 받은 잔을 들이켰다.

“있잖아, 보르에헤임의 난리라는 건 뭐였어?”

“응, 신경 쓰여.”

아리사가 간자 씨에게 물었다.

미아도 그런 것 같고, 나도 조금 신경 쓰인다.

또 마족이 암약을 한 건 아니겠지?

“술 창고의 설비가 망가져서 실력 있는 노움 전부에게 소집이 걸렸어.”

그게, 뭐야?

무심코 입에서 나올뻔했지만, 죠죠리 씨도 다지울 씨도 술 때문이라면 어쩔 수 없다는 분위기다.

“그건 이미 해결된 건가요?”

“그래. 아는 엘프가 조언을 해줬지. 어떻게든 수리가 됐어.”

“그건 다행이네요.”

아직 해결이 안됐다면 도우러 갈까 했는데, 이미 해결이 된 모양이군.

기왕 이렇게 된 거, 주조 설비 수리 축하로 주점에서 가장 좋은 술을 모두에게 대접하기로 했다.

“가로하루, 사양하지 말고 너도 마셔라!”

"기다려, 간자. 나는 술 못 마신다고."

"그래그래. 드워프의 『술 못 마셔』는 안 믿기로 했다."

"간자, 안돼. 가로하루 씨는 정말로 술을 못 마셔."

싫어하는 가로하루 씨에게 억지로 먹이려는 간자 씨의 알코올 강요를, 죠죠리 씨가 황급히 말렸다.

그러고 보니 가로하루 씨는 술을 못 마신댔지.

"잠깐, 괜찮을까?"

요염한 분위기의 서른줄 미녀가 나타나, 익숙한 동작으로 내 볼에 손을 뻗었다.

"안 불렀거든!"

"응, 금지."

그것을 아리사와 미아의 철벽 페어가 블록했다. 참 빠르다.

"검은 머리 소년에, 여자아이들— 드워프들은 신탁에 없지만, 문제없겠지."

서른줄 미녀는 철벽 페어의 행동에 기분 상한 기색 없이, 잘난 어조로 말했다.

"실례지만 누구신지?"

"나는 카리온 신전의 무녀야. 감사하게도, 당신들에게 신탁을 고하러 왔다는 거지."

뒷사회의 대표자 같은 건가 했는데, 신전의 무녀였구나.

무녀가 방울을 울리자, 소란스럽던 주점이 찬물을 끼얹은 것처럼 조용해졌다.

"눈과 얼음으로 갇힌 땅에 재앙이 있으리라. 이는 사람들을 좀

먹으니—."

그녀가 말한 길게 이어지는 애매한 내용의 예언을 한 마디로 요약하면, 동방 소국군 어디선가 조만간 일어날 재해의 신탁인 것 같다.

"그러면, 전달했어."

"어째서, 그 신탁을 저에게?"

"카리온 님은『최적의 해답』이라고 하셨습니다."

무녀가 대답하고 그 자리에서 우아하게 물러갔다.

"그건 그렇고……『최적의 해답』이라."

카리온 신다운 말이군.

그렇지만, 그렇기에「나한테 알리지 않으면 해결되지 않는 뭔가가 일어난다」라는 가능성도 생각할 수 있다.

내가 필요하다면, 어떤 능력이지?

전투 능력이라면, 상대가 마왕이나「**따르지 않는 것**」같은 위험한 상대니까 가능하면 아니었으면 좋겠다.

호기심을 따르며 여러모로 손을 댔으니, 가능한 일이 너무 많아서 좁힐 수가 없네.

"대규모의 유행병 같은 걸까?"

"무슨 일이 일어나는 건 추운 지방이라고 하니까, 가능성은 높네."

이 경우는 약품 양산 능력이지만, 그거라면 내가 아니라도「환상의 숲」에 사는 노마녀나 오유고크 공작령의 연금술사들이라도 괜찮을 거야.

"병이라면 짚이는 게 있어요."

죠죠리 씨의 말에 따르면, 동방 소국군에서 눈의 나라로 불리는 키워크 왕국에 역병이 발생한 적이 있다고 한다.

예언에 있던「눈과 얼음으로 갇힌 땅」에 해당될 것 같군.

"보르에하르트의 자료에 따르면, 대규모 역병은 20년에 한 번 정도의 빈도일 텐데……."

지난 50년 정도는 대규모 역병이 발생하지 않았다고 한다.

"그밖에는 르모크 왕국이네요."

"르모크 왕국도 설국인가요?"

르모크 왕국의 메네아 왕녀에게 요청을 받아 용사 하야토랑 같이 흑룡 퇴치를 하러 간 적이 있는데, 설국이란 인상은 없었다.

"4년에 한 번, 눈과 얼음이 전토를 뒤덮는『겨울의 달』이 있어요. 축도화대제(祝桃花大祭)라는 축제가 열리는 해 한정이지만, 아마 올해가 개최되는 해일 거예요."

"복숭아꽃의 축제인데, 전토를 눈과 얼음으로 뒤덮는 건가요?"

이 세계의 계절은「도시 핵」으로 컨트롤 되니까, 의도해서「눈과 얾음으로 뒤덮는」걸 텐데.

"네. 복숭아꽃을 얼음에 가둬서,『겨울의 달』동안 시들지 않도록 한다고 해요."

그렇군. 인위적으로 계절을 컨트롤할 수 있으니까 볼 수 있는 광경이란 거군. 그건 꼭 구경하고 싶어.

죠죠리 씨에게 자세하게 물어보니, 르모크 왕국의「겨울의 달」은 다음달, 키워크 왕국은 1년의 3분의 2가 겨울이고 지금이 한창 겨울 시즌이라고 한다.

"일단, 키워크 왕국부터일까?"

유행하기 전이라면 병을 맵 검색으로 좁히는 게 어렵다.

관광대신의 일도 되니까, 일단 눈의 나라부터 가봐야겠군.

눈 풍경

"사토입니다. 스키를 타러 갔을 때, 숙소에 장작을 떼우는 난로가 있으면 텐션이 올라갔어요. 위스키를 한 손에 들고 난로의 불을 보고 있으면, 도회지의 소란스러움을 잊을 수 있단 말이죠."

"우와, 굉장하네."

요루스카에서 북동 방향에 있는 광대한 마물의 영역을 넘어 산맥 너머로 나오기 직전, 갑자기 눈보라를 만났다.

"눈!"

"큰일난 거예요! 눈인 거예요!"

타마와 포치가 소란을 피운다.

역시, 아이들은 눈 내리는 걸 좋아하네.

—라고 생각하고 있었는데, 뭔가 좀 이상하다.

"포치!"

"타마!"

둘이 서로의 얼굴을 마주보더니, 이동에 쓰던 골렘 말에서 뛰어내려 내쪽으로 달려왔다.

"눈 안돼!"

"주인님, 얼른 꽁꽁 뭉쳐야 안 위험한 거예요."

내 허리를 꽉 끌어안은 둘이, 다른 동료들을 돌아보면서 필사적으로 손짓했다.

낙마하면 위험하니까, 둘을 끌어안고 말에서 내렸다.

"리자, 얼른~, 나나도~."

"아리사랑 미아도, 얼른 달라붙는 거예요! 루루도 얼른! 인 거예요!"

무슨 놀이인가 했는데, 포치의 꼬리가 다리 사이로 숨어있고 두 사람의 목소리가 너무 진지하다.

"주인님, 실례합니다."

게다가 부름을 들은 리자가 진지한 표정으로 정면에서 나를 끌어안았다.

이런 놀이에 응하다니, 리자치고는 드문 반응이다.

"마스터, 지원 요청을 수락했습니다. 등을 지킨다고 고합니다."

등이 따뜻하고 행복해졌다.

평소랑 다른 아인 소녀들의 행동이 신경 쓰이지만, 조금만 더 상태를 보자. 부드럽기도 하고.

"에헤헤~, 위험한 건 안 되지~."

"응, 금지."

아리사와 미아는 즐거워하며 끌어안았다.

"루루도 얼른~?"

"루루도 안 서두르면 죽어버리는 거예요!"

"아무도 안 죽으니까 괜찮은걸?"

무릎을 굽히고 타마, 포치와 같은 높이까지 시선을 낮춘 루루가 둘에게 사정을 물었다.

"눈은 사신~?"

"눈은 예쁘지만, 눈이 내릴 때 안 달라붙으면 누군가 데려가는 거예요."

상황이 이해가 어려워서 리자에게 설명을 요구했다.

"전 주인 때 눈이 심하게 내린 해가 있었습니다……. 그때, 인간족과 뱀 머리 종족의 노예들이 몇 명이나 동사하는 일이 있었지요."

그렇군…… 전 주인 때의 트라우마군.

"타마, 포치, 여기 있는 모두는 괜찮아."

나는 그것을 설명하면서 「방어벽(쉘터)」으로 주위를 둘러싸 눈보라에서 벗어났다. 아리사가 재빨리 불 마법으로 방어벽 안의 공간을 데우고 쌓이기 시작한 눈을 제거하여, 주위를 따스한 봄의 기온으로 채웠다.

덤으로 집광 레이저를 쏴서 두꺼운 눈구름을 떨쳐내, 기세가 늘어난 눈보라를 강제 종료시켰다.

미아도 정령 마법으로 봄 같은 따스한 바람을 만들었다.

"따끈따끈~?"

"주인님은, 엄청 굉장한 거예요!"

타마와 포치가 행복한 표정으로 눈웃음을 지으며 힘을 풀었다.

"어라? 주인님뿐이야?"

"아닌 거예요! 아리사랑 미아도 굉장한 거예요!"

"오우, 예~스~."

"응."

포치와 타마가 당황하며 가슴을 쭉 펴는 아리사와 미아를 급하게 칭찬했다.

"아직 눈이 남아있으니, 눈이 무섭기만 한 게 아니라는 걸 가르쳐줄게!"

아리사가 장난꾸러기의 미소를 지으며 말했다.

"뉴~?"

"뭐 하는 거예요?"

"노는 거야!"

아리사가 이상한 포즈로 선언했다.

"눈으로 노는 거예요?"

"그래! 눈싸움이랑 눈사람을 만드는 건 기본이고, **카마쿠라**[#1]를 만들어 안에서 따끈하고 달콤한 **젠자이**나 **오시루코**[#2]를 먹는 거야!"

"시루코~?"

"고기는 들어가는 거예요?"

"아니. 오시루코에 고기는 안 들어가니까, 고깃국 같은 것도 같이 만들어달라고 할까? 오뎅도 좋지만, 그건 일본주나 맥주가 마시고 싶으니까 제외하고."

아리사가 차례차례 말하는 설국의 놀이에, 타마와 포치가 이끌리고 있다.

#1 카마쿠라 일본의 북쪽 지방에 전해지는 전통 얼음집. 이글루와 유사하다.
#2 젠자이, 시루코 일본식 팥죽. 관동 지방은 국물이 있는 걸 시루코, 국물이 없으면 젠자이라고 한다. 한국식 팥죽처럼 쌀을 넣지는 않는다.

포치의 꼬리가 활기차게 흔들리기 시작하는 걸 확인한 아리사가, 권유에서 행동으로 이행했다.

"각오는 됐어?"

"아이아이 서~."

"라져인 거예요!"

아리사가 설원을 가리켰다.

"그러면, 간다!"

"고~."

"논스톱, 인 거예요!"

아리사를 선두로 연소자 팀이 설원에 돌격한다. 나나도 같이 가는군.

―LYURYU?

즐거운 분위기에 이끌렸는지 포치의 펜던트「용면 요람」에서 백룡 류류가 뛰쳐나왔지만, 바깥의 추위에 놀라 바로 용면 요람 속으로 돌아가 버렸다.

추위에 강해 보이는 모습인데, 추운 건 싫어하는 모양이네.

"이게 눈이군요라고 확인합니다."

"아주 예쁘고 굉장해! 차갑고, 손가락으로 만지면 녹아버려! 정말이야?"

나나가 눈의 감촉을 즐기고, 미아가 꽃에 쌓인 눈을 보고 흥분했다.

"하지만, 생각보다도 눈이 적네."

눈을 모아서 루루와 눈 토끼를 만들던 아리사가, 드러나 있는 초원에 난처한 표정을 지었다.

"금방 눈 구름을 치워버렸으니까. 저 능선을 넘어가면 눈이 더 있나 봐."

"그러면, 일단 능선 너머까지 가보자."

아무리 소량이라지만 눈이 내린 장소를 골렘 말로 오르는 건 위험하니까, 여기서부터는 소형 비공정으로 숏컷했다.

"우와~, 굉장하네."

능선 너머는 온통 은빛이었다.

설원에 착지한 비공정에서, 아리사를 선두로 연소자 팀이 돌격했다. 나나도 함께다.

아까와 달리 방한구를 풀로 상비했으니 감기 걸릴 걱정은 없다.

"뉴아~."

"아우치인 거예요."

새로 내린 눈이라 부드러워서 그런지, 순식간에 눈에 빠져 버렸다.

마력 갑옷 스킬을 응용해서, 발바닥에 **설피**를 만들어 곁으로 달려갔다.

"사토."

미아가 헬프콜을 하길래, 마술적인 염동력인 「이력의 손」으로 연소자 팀과 나나를 구출했다.

"내가 이런 실수를 하다니……."

"일단, 눈놀이 전에 준비를 해야겠다."

반성하는 아리사에게 말하고, 사람 수만큼 **설피**를 만들어 장비했다.

“우선 눈사람이야! 카마쿠라는 난이도가 높으니까, 눈에 익숙해진 다음에 만들자!”

동료들이 눈사람을 만드는 걸 지켜보면서, 맵을 열어 「모든 맵 탐사」 마법을 썼다.

여기는 동방 소국군에서 눈의 나라로 불리는 키워크 왕국의 영역이다.

죠죠리 씨의 말을 듣고 일단 역병을 체크 해봤는데, 지금은 만연의 징후가 없다.

이어서 언제나 하는 체크도 했다. 맵 안에 전생자나 용사, 마족은 없고 신의 사도나 UNKNOWN 같은 존재도 안 보인다. 요루스카에서 현자의 손제자를 소금상으로 만든 신의 사도는 이쪽 방면에는 안 온 모양이군.

일단, 지금 당장 행동해야 하는 무언가는 없는 모양이다.

“눈덩이를 이렇게 해서 크게 만드는 거야!”

아리사가 타마와 포치에게 시범을 보이고 있다.

“데굴데굴~.”

“포치도 데굴데굴하는 거예요!”

타마와 포치가 눈사람용으로 눈덩이를 굴려 커다랗게 만든다.

“사토, 눈토끼.”

“마스터, 눈병아리라고 고합니다.”

미아와 나나가 눈토끼와 눈병아리를 보여주러 왔다.

눈 부분은 어디서 가져왔는지 작은 빨간 열매를 붙였다.
"귀엽구나."
"응, 똑같아."
토끼 귀와 자기 트윈테일이 똑같다며 미아가 웃었다.
"마스터, 저도 『귀여워』를 희망합니다."
"응, 귀엽다."
내가 칭찬하자, 나나가 무표정한 그대로 작게 입가를 끌어올렸다.
"—노와아아아."
"아리사가 큰일난 거예요!"
"괜찮아이~?"
아이들의 커다란 소리에 시선을 돌리자, 커다란 눈사람에 파묻힌 아리사가 보였다.
눈사람의 머리를 올리려다가 실패한 모양이군. 포치와 타마가 금방 눈덩이를 치우고 아리사를 구출했다.
"리벤지야! 다음 눈사람을 만들자!"
"라져인 거예요."
"아이아이 서~."
포치와 타마는 얼른 두 번째 눈사람을 만들기 위해 커다란 눈덩이를 굴리기 시작했다.
어쩌면 눈덩이 만드는 걸 더 좋아하는 걸지도 몰라.
"주인님! 주인님도 같이 만들자!"
"알았어. 금방 갈게."
기왕 이렇게 된 거, 모두와 함께 눈사람을 만들 생각이다.

단단하게 쥔 눈덩이—는 흉기로 써도 될 정도의 얼음덩어리가 되어 버려서, 가볍게 다시 뭉친 눈덩이를 설원에 굴려 커다랗게 만들었다.

"이 정도면 될까?"

"마스터, 더 크지 않으면 이걸 올릴 수 없다고 고합니다."

나나가 커다란 눈덩이 옆에서 말했다.

"그걸 토대로 하면 좋지 않을까?"

"안 된다고 부정합니다. 윳키는 머리 유닛이라고 설명합니다."

그렇군. 나나가 고집이 있구나.

눈덩이에 윳키란 이름을 붙일 정도니까.

나는 요청대로 눈덩이를 크게 만들어서 눈사람의 토대를 완성했다.

아무리 그래도 내 어깨까지 오는 눈덩이 위에 손으로 올리는 건 어려우니까, 윳키는 「이력의 손」으로 들어 올렸다.

"크고 강해보인다고 평가합니다."

"우우음~."

"이건 질 수 없는 거예요! 타마, 더 커다란 눈사람을 만드는 거예요."

"오케이~."

나나와 내 눈사람을 보고, 타마와 포치의 투지에 불이 붙은 모양이군.

"너무 멀리까지 가면 안 된다."

"아이아이 서~."

"네, 인 거예요."

"주인님, 제가 따라가겠습니다."

타마와 포치를 지켜보는 역할은 리자가 맡아주었다.

"어라? 아리사는?"

"저기."

미아가 조금 떨어진 나무 너머를 가리켰다.

뭔가 눈 조각상 같은 걸 만들고 있네.

"왜 저렇게 떨어진 장소에 있지?"

눈이 부족하진 않을 거고— 그런 식으로 생각하면서 다가가자, 이유를 알 수 있었다.

"아리사는 뭘 만들고 있니?"

"눈 조각상이야! 예술성이 높은, 거……."

웃으면서 돌아본 그녀의 등뒤에, 묘하게 리얼한 눈 조각상이 있었다.

내 얼굴을 본 순간, 아리사의 미소가 얼어붙었다.

"해명할 게 있으면 들어보자."

"—아니드래요."

아리사가 엉터리 사투리로 변명이 안 되는 변명을 했다.

"몰수."

"아~! 예술품이!"

"다음에는 초상권에 신경을 쓰세요."

나랑 비슷하게 생긴 나신상을 만들지만 않으면 몰수 안 한다고.

"으읏, 어느 시대든 예술은 이해받지 못하는구나."

"공연음란죄다."

칭얼대는 아리사를 데리고 일행들 곁으로 돌아왔다.

포치랑 타마의 권유로, 아리사가 팬시한 눈 조각 만들기에 끼어들었다.

"—그렇지."

요루스카에서 산 「눈의 종자 제작(크리에이트 스노우 서번트)」 두루마리를 써봤다.

두루마리를 쓰자 눈이 쑥쑥 움직여서 30센티쯤 되는 눈사람 골렘이 생겼다. 간단한 명령을 내릴 수 있었다.

이동은 뿅뿅 뛰는구나.

"마스터! 귀여워를 발견했다고 고합니다."

나나가 초고속으로 반응해 날아왔다.

"귀여워를 확보한다고 주장합니다."

나나가 끌어안은 눈사람이 버둥버둥 움직인다.

아무래도 좀 약해서, 버둥거리는 사이 AR표시에 나오는 체력 게이지가 제로가 되어 무너져 버렸다.

"요루스카에서 산 두루마리야?"

"그래. 다음은 마법으로—."

나는 마법란에서 「눈의 종자 제작」을 써봤다.

마법으로는, 눈이 어마어마한 기세로 솟아올라 높이가 5미터나 되는 거대한 눈사람 골렘이 만들어졌다.

밑에서 올려다보니, 묘한 위압감이 있군.

뭐랄까, 「눈사람 씨」라고 불러야 할 것 같은 느낌이야.

"와오~."

"아주아주 굉장한 거예요!"

타마랑 포치가 눈사람 골렘 주위를 뛰면서 기뻐했다.

"디폴트 형태는 두루마리랑 같구나—."

기본적으로 소재가 다른 것뿐이지, 「땅의 종자 제작」이랑 다를 바 없는 것 같군.

다만 거대화한 탓에, 뛰어서 이동하면 눈이 흩어지고 소음이 굉장하다.

"타마, 눈 조각상 하나 빌려도 되니?"

"네잉."

타마가 만들고 있던 눈 조각상 「고기의 제전」 시리즈 중에서 소의 눈 조각상을 빌려 「눈의 종자 제작」을 썼다.

"소 아저씨가 움직인 거예요!"

"오우, 그레이트~?"

먼저 만든 눈사람과 달리, 석상 골렘처럼 매끄럽게 움직인다.

"주인님, 얼음 조각도 대상이 되는 걸까?"

"어떨까? 해보자."

얼음 마법 「빙결(프리즈 워터)」로 얼음 기둥을 만들고, 타마가 간단한 얼음 조각상을 만들었다.

"이거면 돼~?"

"그래, 충분해."

멧돼지 얼음 조각상에 「눈의 종자 제작」을 쓰자 문제없이 골렘화 되었다.

얼음 조각상보다 마력 소비가 조금 크지만, 문제는 없다.

타마에게 감사를 하고 마법을 풀어 얼음 조각과 눈 조각을 반납하고, 눈사람 골렘 쪽에서 내구성을 조사했다.

"내구도는 어느 정도일까?"

포치의 펀치 한 방으로 골렘의 배에 구멍이 뚫렸지만, 금방 영상을 되돌린 것처럼 구멍이 수복됐다.

"……이건 재밌네. 공격은 할 수 있는 걸까?"

—MVA.

숯 조각의 입을 재주 좋게 벌린 골렘이 한 번 포효한 다음, 고드름이 섞인 눈보라 브레스를 뿜었다.

"꽤 흉악하네."

"응, 강해."

"거점 방어용으로는 좋겠습니다."

아리사, 미아, 리자가 골렘을 평가했다.

"눈을 치울 때도 편리하겠어."

아리사가 흙이 보이는 땅을 가리켰다.

골렘의 소재로 쓴 탓에 상당한 면적에서 지면이 보이게 되었다.

검증을 마친 우리는 눈사람 골렘이 남긴 눈더미를 사용해 눈사람이나 눈 조각상을 만들고 놀았다.

"잔뜩."

"역시, 눈사람이 늘어서 있으면 한겨울이란 느낌이 나네."

미아와 아리사가 만족스럽게 잔뜩 생긴 눈사람과 눈 조각상을 보았다.

"에취."

미아가 귀여운 기침을 했다.

"주인님, 뭔가 따뜻한 걸 준비할까요?"

"그렇네."

이 설원에서는 불을 피우는 것도 힘들 것 같으니—.

"아리사, 잠깐 도와줘."

"응? 내가?"

아리사의 질문에 수긍했다.

"—여기에 거점을 만들자."

거주지에서 적당히 떨어져 있으니까, 「집 제작(크리에이트 하우스)」 마법으로 겔렌데에 어울리는 롯지를 만들 생각이다.

아리사에게 부탁해 마법의 실험으로 지면이 보이게 된 범위의 눈을 불 마법으로 완전히 녹였다. 다음은 미아의 정령 마법으로 땅을 다지고, 스키장에 흔히 있는 롯지풍 건물을 「집 제작」 마법으로 만들었다.

"별장이 생긴 거예요!"

"오우, 그레이트~."

"이건 질 수 없겠어. 얘들아! 카마쿠라 만들자!"

"예스 아리사. 렛츠 카마쿠라라고 고합니다."

롯지에 대항 의식을 불태우는 아리사가 나나와 아이들을 데리고 카마쿠라 만들기를 시작했다.

"너무 멀리 가지 마라~."

"알~아요!"

눈놀이는 사고가 무섭거든.

"롯지를 얼른 마무리할까."

내장은 스토리지에 스톡해둔 가구를 쓰자.

난방 기구는 양철 스토브 비슷한 거랑 코타츠 마법 도구를 준비했다. 코타츠는 사람 수와 문화를 고려하여, 접이식 코타츠 대형과 일반적인 테이블형의 물건을 준비했다.

코타츠 안에서 발이 닿는 건 일본의 좋은 전통문화라고 생각하거든.

"주인님. 저는 주방을 쓸 수 있게 하고, 시루코나 고깃국을 만들어 올게요."

"루루, 저도 돕겠습니다."

같이 가구 설치를 도와준 루루가 제안하자, 리자도 협력하겠다고 나섰다.

그러고 보니 따뜻한 걸 준비한다는 얘기에서 롯지를 만들었지. 만드는 게 즐거워서 잊고 있었군.

"두 사람도, 다른 애들이랑 같이 놀러 가도 되는데?"

시루코 정도는 내가 만들면 되니까.

"아뇨, 저는 고향에서 자주 눈놀이를 했으니까 괜찮아요."

"저는 아무래도 추위에 약해서."

둘이 그냥 사양하는 건 아니구나.

"그러면 주방은 둘에게 맡길게."

조리 도구 같은 건 루루의 요정 가방에 들어있으니까 주방 관련으로는 맡겨도 되겠지.

"놀고 싶어지면, 언제든지 다녀와도 돼."

주방으로 가는 루루와 리자에게 말해뒀다.

나는 아이들이 노는 설원 쪽에 있는 우드덱에서 아이들을 지켜보며 공작을 하기로 했다.

“마스터는 뭘 만들고 있는 건가요라고 묻습니다.”

작업하는 내가 신경 쓰였는지, 롯지 근처에서 카마쿠라를 만들고 있던 나나가 다가왔다.

“눈밭에서 노는 도구야.”

내가 만들고 있는 건 스노우 보드와 스키 도구다.

그게 끝나면 눈썰매를 만들 생각이다. 기왕 만드는 거, 순록형 골렘도 만들까? 속이 빈 소재로 경량화를 하면 눈에 가라앉지도 않을 거야.

“으윽, 이세계까지 리얼충의 마수가…….”

완성된 스노우 보드에 왁스를 바르고 있는데, 아리사가 원망스런 말을 했다.

마음은 이해하지만, 즐거운 스포츠를 그쪽으로 묶어서 부정하지는 말자.

“어라? 카마쿠라는?”

“어째선지 무너져버려.”

“무너진다고?”

아리사가 이상한 말을 하길래, 시험 삼아 방금 하던 작업을 다시 시켜봤다.

“그렇게 만드는 거던가?”

아리사가 이누이트식으로 얼음덩어리 블록을 쌓아올려 카마쿠라를 만들었다.

뭐, 이건 얼음덩어리가 아니라 눈덩어리지만.

"이게 아니야? 전에 만화에서 본 건 이런 느낌이었는데.

"내가 시골에서 만들던 방식은 눈을 쌓아올려 돔으로 만들고, 나중에 삽 같은 걸로 안쪽을 파내는 순서였어."

"아~, 그랬었나? 이글루 만드는 법이랑 헷갈렸나 봐."

아리사가 납득을 했으니, 눈을 쌓아올리는 내 방식이 채용됐다.

"쓱싹쓱싹쓱싹~."

"포치는 눈 모으기 머신인 거예요!"

타마와 포치가 동물 같은 포즈로 눈을 힘차게 긁어모아 눈의 돔을 만들었다.

"그쯤에서 스톱. 미아, 안개 같은 샤워로 돔을 적셔줘."

"괜찮아?"

"응. 얼려서 강도를 늘리는 거야."

"알았어."

미아가 물 마법으로 눈에 이슬비를 뿌렸다.

"다 같이 삽으로 눈을 두드려서 굳히자. 부수지 않도록 조심하고."

"툭툭툭~."

"포치도 툭툭툭 하는 거에요!"

"아하하, 어쩐지 즐겁네."

"응, 즐거워."

다 같이 분담해서 눈의 돔을 굳혔다.

뭔가 부서지는 소리가 나고, 돔 반대쪽에서 풀이 죽은 분위기의 나나가 돌아왔다.

"왜 그러니?"

"마스터, 힘 조절을 실패해서 조금 부서지고 말았다고 사죄합니다."

"괜찮아. 금방 고칠 수 있어."

나나를 위로해주고, 돔을 수복했다.

방금 전 순서를 반복해서 반경 1미터 반 정도 되는 눈의 돔이 완성된 다음, 이번에는 입구의 크기를 정하고 무너지지 않도록 신중하게 파냈다.

"신중~."

"포치는 정밀 공사의 프로인 거에요!"

"무너졌어."

"걱정말라고 고합니다."

몇 번인가 실패를 하면서도, 안이 꽤 괜찮게 넓어졌다.

"아리사는 괜찮아?"

"포기. 지성파인 아리사한테는 조금 오버워크야."

휴식하는 아리사에게, 철야 작업용으로 스톡해둔 따뜻한 커피를 스토리지에서 꺼내 건넸다.

"좋아, 그 정도에서 스톱! 그 이상 파면 무너질 거야."

술리 마법 「투시」로 눈의 돔 두께를 체크했으니 틀림없다.

"다음은 안에 시치린 화로랑 짚으로 짠 깔개를 놓으면 완성이네!"

휴식하고 조금 부활한 아리사가 선언했다.

제법 마니악한 초이스군.

◆

"다들, 기다렸지."

쟁반을 든 루루가 이쪽으로 왔다.

"좋은 냄새라고 고합니다."

"달콤한 냄새~?"

"젠자이, 인 거예요!"

"시루코?"

"미아가 정답. 오늘 만든 건 시루코야. 다음에 만들 때는 젠자이로 할게."

카마쿠라 안에서 시치린 화로에 손을 내밀고 불을 쬐고 있던 연소자 팀과 나나에게, 뜨끈한 시루코를 나눠줬다.

"주인님도 드세요."

"고마워, 루루. 같이 불 쬘래?"

"네, 실례합니다."

앉은 장소를 조금 움직여서 깔개 절반 정도를 비우자, 루루가 재빨리 앉았다.

"꽤 넓군요."

시루코 냄비를 든 리자가 뒤를 이었다.

"안에서 불을 피우거나 하면, 눈의 천장이 녹지 않는 건가요?"

"이 정도라면 괜찮아. 녹은 다음에 금방 주변의 추위에 얼게 되니까."

리자가 당연한 걱정을 하길래, 괜찮은 이유를 설명해줬다.

"달아맛나."

"아주아주 델린져러스인 거예요."

"응, 맛있어."

연소자 팀이 시루코를 빠르게 먹었다.

"어머? 시루코에 떡은 안 넣었어?"

"나한테 구이용 석쇠가 없었어. 주인님이 꺼내주시면 구우려고."

아리사의 물음에, 루루가 미안한 기색으로 말했다.

"떡? 시루코에는 찹쌀경단 아냐?"

나는 스토리지에서 석쇠와 잘라둔 떡을 꺼냈다. 전에 갓 뽑은 떡은 구웠더니 부풀지 않아서, 일부러 건조시킨 거다.

"딱히 그런 규칙은 없어. 좋아하는 걸 넣으면 되지 않을까? 나도 더운 계절에는 찹쌀경단이었던 기억이 있어."

"이아. 그런 거구나."

여동생이 찹쌀경단파라서, 시루코는 찹쌀경단을 넣었었다.

"주인님, 찹쌀경단을 준비할까요?"

"아니, 떡이라도 돼. 딱히 고집하는 건 아니니까."

"그러면, 사람 수에 맞춰 떡을 구울게요."

"시치린 화로로 그렇게 동시에는 못 구워. 순서대로 하자."

동시에 구울 수 있는 건 다섯 개 정도지.

그래서, 연소자 팀과 나나 것부터 굽기로 했다.

"푸우~."

"포치도 부풀리는 거예요!"

타마가 석쇠에서 부푸는 떡에 대항하여 볼을 부풀리자, 포치도 대항해서 코를 잡고 볼을 부풀렸다.

"푸하."

이상한 표정을 짓는 두 사람을 보고 아리사가 참지 못해 웃음을 터뜨렸다.

"잠깐, 이상한 표정은 반칙이야."

"재미있어~?"

"포치는 이상한 표정의 프로인 거에요!"

아리사가 웃는 게 기뻤는지, 타마와 포치가 본격적인 이상한 표정으로 아리사를 웃겼다.

"귀엽지만, 떡이 다 구워졌어. 맨 처음은 누구부터 먹을래?"

"나."

"그러면 저는 두 번째라고 고합니다."

"타마 세 번째~."

"포, 포치는 네 번째, 인 거예요."

늦어버린 포치가 조금 초조한 표정이다.

나는 긴 젓가락으로 집은 떡을 각자의 그릇에 넣어줬다.

"아리사는?"

"머, 먹을래— 하아하아하아, 너무 웃어서 옆구리 아파."

숨 넘어가는 아리사가 손을 들고 다섯 번째를 주장했다.

나는 아리사에게 마지막 하나를 넣어주고, 우리들 몫을 구웠다.

"맛있어."

"예스, 미아. 떡에 묻은 시루코가 맛있다고 고합니다."

"달아맛나."

"아주아주아주 델린저러스인 거예요."

"맛있어어."

다들 입을 모아 기뻐한다.

"잘 씹어서 먹어야 돼. 급하게 먹다가 목에 걸리지 않도록."

석쇠 틈으로 마른 오징어를 구워서 뜨끈하게 데운 술과 함께 먹고 싶은 기분도 들지만, 낮부터 마시는 것도 좀 그렇지. 유혹에 버티고, 아이들에게 떡을 추가로 구워줬다.

"자, 루루랑 리자 몫."

""감사합니다, 주인님.""

리자가 얼마 안 남은 시루코 위에 올라간 떡을 보고 난처한 기색이길래, 식지 않도록 스토리지에 수납해둔 냄비에서 시루코를 더 부어줬다.

"주인님, 나도."

"타마도~."

"포치도 더 먹고 싶은 거예요!"

"사토."

"마스터."

"그래그래. 순서대로 줄게."

금방 다 먹을 기세군.

너무 많이 먹으면 점심을 못 먹을 것 같으니까, 냄비가 비면 끝내자.

"응. 카마쿠라에서 먹는 떡 들어간 시루코 맛있다."

"네, 주인님. 참 맛있습니다."

열심히 먹는 아이들도 귀엽지만, 늘어나는 떡에 눈이 동그래진 리자도 귀엽다.

루루랑 나나도 맛있어하네.

"주인님, 이 다음은 도시에 탐문하러 갈 거야?"

늘어나는 떡과 격투에서 승리한 아리사가, 차를 한 모금 마신 뒤에 물었다.

"아니, 이 롯지를 거점 삼아, 멀리서 확인을 해보려고."

기껏 눈 풍경 속에 왔으니, 얼마간 놀고 싶은 마음이 있다.

"그래도 돼?"

"괜찮아. 여기서 조사해본 바로는, 긴급성이 높은 상황은 아닌 것 같으니까."

"그래? 그러면 안심하고 놀 수 있네."

아리사가 말하고, 타마와 포치가 시루코에서 늘어나는 떡을 문 채 눈빛을 반짝거리며 눈길을 보냈다.

그 눈은 「다음에 뭐하고 놀아?」라고 말하고 있었다.

"그렇네~."

아리사가 팔짱을 끼고 조금 뜸을 들였다.

타마와 포치가 떡을 삼키는 걸 기다리고 말을 이었다.

"좋아! 이거 먹고 나면, 다음은 썰매 타고 놀자."

"썰매라면 포치가 끄는 거예요!"

"타마도~?"

"아하하. 눈썰매는 끄는 게 아니라, 위에 타는 거야."

포치랑 타마라면 개가 끄는 것보다 빨리 눈썰매를 끌 것 같지만, 아무래도 그렇게 노는 건 아닌 것 같아.

시루코를 다 먹은 우리는, 카마쿠라를 나와서 윈터 스포츠에 전념하기로 했다.

"빨라빨라~."

"포치는 바람이 되는 거예요!"

타마와 포치가 널빤지를 깎아 만든 썰매로 사면을 내려간다.

"스피드를 너무 내는 건 주의하렴!"

"냐하하~."

"스피디한 거예요!"

아리사의 주의도 안 들리는군.

"—아."

코너링을 실패한 포치가 눈에 처박혀 멈췄다.

타마도 급선회를 하다가, 밸런스가 무너져 눈에 푹 파묻혔다.

"뉴."

"푸하~, 인 거예요!"

눈에서 머리를 내민 타마랑 포치가 서로의 얼굴을 보고 웃었다.

아무래도 눈에 파묻히는 게 즐거운 모양이네.

"또 한 번인 거예요!"

"오우, 예스~."

훌훌 눈을 떨쳐내고, 타마와 포치가 썰매를 잡고 힘차게 눈을 헤치며 돌아왔다.

"후우, 꼬맹이들 기운을 따라갈 수가 없어."

"응, 기운차."

방금 전까지 함께 썰매를 타고 있던 아리사와 미아가 썰매를 방석삼아 앉았다.

"벌써 지쳤어?"

"내려가는 건 재밌는데, 돌아오는 게 힘들어."

"이쪽의 완만한 면에서 타면 어때?"

"에~, 그쪽은 썰매 타기에는 너무 완만해."

주문이 꽤 많구나.

"마스터, 이 도구에 흥미가 있다고 고합니다."

나나가 우드덱에 세워둔 스키 도구에 흥미를 보였다.

"그러면, 스키를 타볼래?"

완만한 사면이라면, 스키 초보자가 익숙해지기에 딱 좋을 거야.

"마스터, 장착 완료라고 고합니다."

"응, 완벽해."

현대풍 스키웨어로 갈아입은 나나와 미아가, 스키판을 장비하고 포즈를 취했다.

스포츠 잡지의 표지를 장식할 수 있는 귀여움이다.

"응, 고정쇠는 제대로 조였고— 아차. 끈이 조금 느슨하네."

"조여."

"응. 하지만 제대로 안 묶으면 벗겨지거나 다칠 수 있으니까."

골절돼도 치유 마법으로 금방 고칠 수 있지만, 굳이 다치고 아플 필요도 없지.

"주인님, 잠깐 도와줘."

아리사가 루루와 리자의 스키판 장착에 고생하고 있었다.

"아아, 신발 바닥에 눈이 들어간 거야."

신발 측면을 두드려 눈을 떨쳐내고, 장착시켜줬다.

"포치랑 타마도 이리 와보자~!"

"뭐 하는 거예요?'

"스키야. 같이 타자."

"아이아이 서~."

"네, 인 거예요."

아직 썰매로 놀고 싶은 모양이지만, 다 함께 스키를 장착한 걸 보고 흥미가 생긴 모양이다.

아리사랑 분담해서 두 사람에게 스키 도구 장착을 시켰다.

"똑같아~."

"짜자잔—아와와~인 거예요."

"우읍스~."

포치가 포즈를 취하려다가 밸런스가 무너지고, 타마를 끌어들이며 넘어졌다.

"우엑."

둘에게 깔린 아리사가 비명을 질렀다.

"괜찮아?"

"응, 뭐 괜찮아."

옷에 내충격 기능을 추가해두길 잘했군.

일단 나무에 격돌해도 괜찮게 해뒀다.

"아리사는 스키 탈 수 있니?"

일으켜주고 물어봤다.

"보겐 정도는."

"그러면, 괜찮겠네."

아리사를 조수로 지명하고, 이세계 스키 교실을 열었다.

게걸음부터 시작하여, 보겐으로 똑바로 미끄러지는 걸 가르쳤다.

"다리를 팔(八)자로 하고서 미끄러지는 거야."

"팔 자인가요?"

리자가 고개를 갸웃거렸다.

그렇군. 이세계는 문자가 달랐지.

"이런 형태로 하는 거야. 멈출 때는 안쪽부터 바깥쪽으로 힘을 넣는 느낌으로 엣지— 여기다. 여기를 눈에 밀어 넣는 느낌이지."

동하지 않은 단어는 제스처로 보여주며 돌파했다.

조금 겁을 먹은 루루 말고는 생각보다 간단히 보겐을 마스터하고 푸르그 보겐으로 방향을 바꾸며 미끄러지게 됐다.

"스키는 참 즐겁다고 평가합니다."

"응, 동의."

나나와 미아는 기본에 충실하게 즐기고 있다.

"직선 활강은 제법 빠르군요."

"스피~디~."

"썰매보다 빠른 거예요!"

"속도를 너무 내면 안 된다."

그 경고는 늦었는지—.

"뇨아~인 거예요."

포치가 혹 같은 눈을 타고 올라가 밸런스가 무너져서, 만화처럼 데굴데굴 굴러 눈덩이가 되었다.

"괜찮아~?"

밸런스 감각이 좋은 닌자 타마가 포치를 구하러 갔다.

리자도 요령을 터득했는지, 숙련자처럼 미끄러져 포치의 곁으로 갔다.

"아리사는 안 타?"

루루를 맨투맨으로 지도하고 있을 때, 아리사가 처음 장소에서 움직이지 않는 걸 깨달았다.

"아~, 응. 바람이 좀, 그래서."

—바람?

아리사가 고개를 돌리고 있다.

"혹시, 못 타는 거니?"

아까 「보겐 정도는」이라고 했었는데.

"오늘은 조금 바람이 안 좋아서."

"그렇구나."

어떻게든 바람 탓으로 하고 싶은 거구나.

"그러면, 바람이 좋아지도록 루루랑 같이 연습하자."

"어, 어쩔 수 없네. 루루한테 시범을 보여줄게."

"우후후. 고마워, 아리사."

허세를 부리는 아리사에게, 루루가 자애로운 미소를 보냈다.

처음에 가볍게 했던 기초를 다시 한번, 이번에는 꼼꼼하게 가르쳤다.

"처음부터 잘하려고 하지 마. 『넘어져도 된다』 정도의 가벼운 마음으로 하자. 눈도 새로 내린 눈이라 부드러우니까 분명 재미있을 거야."

포치는 일부러 그러는 게 아닐까 싶을 정도로 눈에 파묻힌다니까.

"아리사, 엉덩이를 너무 뒤로 뺐어."

나는 내 스키판을 풀고, 아리사의 곁으로 가서 자세를 교정해줬다.

"이, 이렇게?"

"그래그래. 잘하네."

오늘은 여유가 없는지, 평소 같으면 성희롱 공격을 해올 상황에서도 성실하게 스키 연습에 집중했다.

"응, 미끄러지게 됐네."

"자전거랑 같아서, 일단 한 번 익히면 간단해."

"주인님 덕분이네요."

"물론, 나도 감사하고 있어."

연습한 보람이 있어서, 둘도 보겐으로 탈 수 있게 됐다.

나도 같이 타려고 스키판을 회수하러 갔다.

"아~아~."

매끄럽게 미끄러져 다가온 미아가, 눈앞에서 국어책 읽기의 비명을 지르며 넘어졌다.

"도와줘."

"예스 미아."

내가 일으켜주는 것보다 빨리, 뒤에서 미끄러져 온 나나가 미아를 일으켰다.

"아니야."

미아가 고개를 홱 돌렸다.

아무래도, 내가 일으켜주길 바라는 모양이네.

"마스터?"

"나나가 잘못한 거 아냐."

미아의 태도에 고개를 갸웃거린 나나의 머리를 쓰다듬어 위로해줬다.

"사토."

"그래요, 공주님."

양손을 펼치고 「어서」라고 말하는 것 같은 미아를 안아서 일으켜줬다.

"마스터, 미아는 공주님이 아니라고 고합니다. 라이브러리의 금칙사항에 등록되어 있다고 정보를 개시합니다."

처음에는 나나의 말이 무슨 소린지 잘 몰랐는데, 나나가 합류했을 당시에 미아를 「공주」라고 부르다가 본인이 거부해서 칭호가 바뀐 일이 있었다는 게 떠올랐다.

"그랬었지. 미안."

"예스 마스터."

나나가 만족스레 고개를 끄덕였다.

나는 두 사람을 재촉하여 함께 스키를 탔다.

"눈이 꽤 좋은걸."

오랜만에 스키를 즐기기 위해, 치트 스킬류나 마법은 안 썼다.

홋카이도의 니세코에 지지 않는 파우더 스노우를 즐기고, 미아와 나나가 춤을 추듯 설산에 스키 자국을 그렸다.

리프트가 없어서, 돌아갈 때는 「이력의 손」으로 둘을 들고 천구로 돌아갔다.

"리자, 빨라~."

"질 수 없는 거예요."

눈앞을 아인 소녀들이 미끄러진다.

"패러렐~."

"룬룬인 거예요!"

타마와 포치가 로봇 애니메이션 타이틀 같은 말을 하면서, 패러렐 턴을 한다. 고레벨에 각종 능력치가 높은 덕분인지 배우는 게 빠르군.

만족했으니, 이번엔 스노우 보드로 놀자.

"즐거워."

"냐하하~."

미아와 타마는 금방 스노우 보드를 마스터했다.

리자와 나나는 스키를 더 좋아하는지, 급경사면에 만든 상급자 코스를 즐기고 있다. 루루는 이제 막 배운 스키를 연습하고 싶다고 해서 초보자 코스를 타고 있다.

"포치는 눈설매의 매력을 재확인한 거예요."

"이해해. 어쩐지 안심되지."

포치랑 아리사가 썰매로 회귀했다.

"타마도 할래~."

타마도 썰매의 매력에 함락된 모양이군.

방치되어 있는 타마전용 보드가 조금 쓸쓸해 보인다.

"주인님. 이쪽의 커다란 썰매 써도 되는 거예요?"

"응. 그건 어른용으로 만든 거니까, 둘이나 셋이 같이 탈 수 있지 않을까?"

"재밌어 보여~?"

"해보고 싶은 거예요."

"그러면, 셋이서 타보자."

타마, 아리사, 포치 순서로 어른용 썰매를 타고 내려간다.

"주인님! 패러렐 턴을 해냈어요!"

"오오! 굉장한걸."

루루가 함박웃음을 지으며 보고했다.

다들 배우는 게 빨라.

"그러면, 같이 타자."

"네!"

루루에게 말했더니, 반짝이는 미소로 즉답했다.

몇 번인가 코스를 타서 익숙해진 다음, 같이 타던 미아가 말했다.

"경쟁."

"예스 미아. 지지 않는다고 고합니다."

"좋습니다. 질 수는 없죠."

플라잉으로 출발한 미아를, 나나와 리자가 따라갔다.

"가자, 루루."

“네, 주인님!”

나도 루루랑 같이 출발했다.

“타마, 포치, 쫓아가자!”

“라저~.”

“케이오케이인 거예요!”

힘차게 응답하는 목소리가 뒤에서 들린다.

“포치타마 엔진 전개!”

“뉴오아~.”

“우오오오오인 거예요!”

뒤에서 눈구름을 피워 올리면서, 아리사가 탄 썰매가 따라온다.

포치타마 트윈 엔진을 탑재해서 스노우 모빌 빰치는 고성능 썰매로군.

두 사람이 차는 힘은 눈을 날려버리느라 제대로 추진력이 안 나오는지, 보이는 것만큼 빠르지는 않네.

“루루, 먼저 따라잡히면 지는 거야.”

“주, 주인님, 기다려 주세요~.”

평범하게 내려가도 따라잡히지는 않겠지만, 기왕이니 즐기기로 했다.

“위험해! 상대가 스피드업했어!”

“기다려기다려~.”

“포치도 터보 부스트 전개인 거예요!”

뒤를 돌아보자, 타마랑 포치가 급가속하는 게 보였다.

아무래도, 순동을 쓰는 모양이네.

"주인님!"

루루가 필사적인 목소리로 나를 불렀다.

—어라?

발을 아래로 당기는 감각을 느낀 다음에 내 몸이 공중에 떠올랐다.

"꺄아아아아."

공중에 떠오른 루루가 비명을 질렀다.

아무래도 우리가 스키를 타고 있던 곳이 절벽에서 튀어나온 설비(雪庇) 같은 장소였나 보군.

벼랑 끝에서 10미터 이상 멀어서 방심했다.

아래까지 상당히 높군.

"루루! 손을 뻗어."

"주인님."

루루가 열심히 뻗은 팔을 붙잡았다.

그대로 끌어안고 천구를 발동했다.

"노와아아아아아아아."

"우와~, 인 거예요."

"웃햐~."

아무래도 아리사가 탄 썰매도 멈추지 못하고 벼랑에서 다이빙한 모양이군.

—LYURYU.

포치의 펜던트 「용면 요람」에서 잠들어 있던 어린 용 류류가 뛰쳐나와, 뒷다리로 포치의 어깨를 붙잡아 열심히 당겼다.

올려다보는 시야에, 아리사가 썰매와 함께 사라지는 게 보였다.

레이더의 광점을 보니 썰매랑 같이 「귀환전이」를 한 모양인데, 포치랑 타마는 그대로 낙하중이다. 아마 썰매에서 손을 뗐기 때문에 마법의 범위 밖으로 나가버린 거겠지.

—LYURYU.

류류의 힘으로는 포치를 들어올리지 못하는 모양이군.

"괜찮은 거에요. —공중 킥인 거예요!"

포치가 공중을 차서 감속해, 자세를 바로잡는 게 보였다.

"빙그르르~."

타마는 닌자답게, 날다람쥐처럼 망토를 써서 공중을 활공하여 벼랑 아래로 내려섰다.

포치가 공보를 써서 타마 옆에 착지했다.

"별 거 아니다, 인 거예요."

포치가 지상에서 포즈를 취한 직후에, 위에서 내려온 눈을 맞고서 사면을 굴러가 버렸다. 참으로 포치다워.

—LYURYU.

류류가 그걸 따라갔다.

참고로 타마는 재빨리 회피해서 무사했다.

뭐, 포치 쪽도 즐거워 보이는 비명이 들리니까 괜찮을 거야.

나는 포치를 회수하려고 맵을 열었다.

—어라?

포치가 굴러가는 방향에 현지인 아이가 있군.

『포치 대원, 너에게 긴급 지령이다.』

나는 「원거리 통화」 마법으로 절찬리에 굴러가는 포치에게 지령을 전달했다.

막간: 설국의 소녀

나는 키워크 왕국 북부에 있는 눈사태 마을의 쿠피네.

시가 왕국에서 오는 행상인 폰타 씨는 이 나라를 눈과 얼음 나무가 아름다운 왕국이라고 부르지만, 춥고 가난하기만 한 작은 나라다.

옆 나라인 코게오크 왕국이랑 사이가 나빠서, 몇 년마다 전쟁을 하고 있다.

우리 할아버지도, 아빠도, 오빠도 병사로 끌려가서 돌아오지 않았다.

"언니, 사냥 가면 안 돼."

"그래, 쿠피네. 혼자서 사냥을 나갔다간, 눈표범한테 잡아먹힌다."

"미안. 눈보라가 그친 지금밖에 없어."

여동생과 할머니가 말리지만, 나에겐 선택지는 없다.

틈새바람이 불어 닥치는 이 집에는, 짧은 봄에 채집해온 산채 절임은커녕 말린 고기도 말린 생선도 눈 야채도 남지 않았다. 이 집에 있는 건 여행자 언니가 준 소금뿐이다.

야크를 길렀을 무렵이라면 야크젖이 있었지만, 2년이나 이어지는 긴 겨울 동안 모두 처분해 버렸다.

지난 사흘간, 물밖에 못 마신 몸에서 힘이 빠지기 시작했다.

지금은 식량을 구하지 않으면 아사를 면할 수 없어.

눈토끼 같은 사치는 바라지도 않는다.

안개벌레나 다람쥐, 눈 아래의 잡초라도 좋으니까, 뭐든 구해와야 돼.

얼어붙은 문을 차서 열고, 나는 눈 속에 발을 내밀었다.

—하얗다, 하얗다, 하얗다.

평소의 광경 속에서, 멀리 보이는 키워크 산을 표식 삼아 나아갔다.

"아! 수빙초다."

이 풀은 먹을 수 없지만 「연성」이라는 거에 쓴다고 해서, 행상인 폰타 씨가 비싸게 사준다.

폰타 씨가 오는 봄까지 살아있다면, 보존식이랑 교환해야지.

나는 생각지 못한 수확물에 운이 좋다며 웃음을 흘렸다.

이 운을 살려서, 뭔가 먹을 수 있는 걸 찾아야지.

—눈, 눈, 눈.

설피를 신고 있어도 새로 내려서 가루 같은 부드러운 눈은 내 발을 삼켜서, 얼마없는 체력을 빼앗아간다.

눈 너머에 작은 하얀 그림자가 움직이는 게 보였다.

혹시, 눈토끼?

오늘 나는 정말로 운이 좋은가 봐.

나는 기대를 담아서, 등에 지고 있던 아빠의 유품인 단궁을 잡았다.

털썩 소리가 나고, 가까운 나무에서 눈이 떨어졌다.

—바보! 눈토끼가 도망치면 어쩔 거야!

나는 마음속으로 욕설을 뱉으면서 단궁에 너덜너덜한 수제 화살을 메겼다.

하얀 그림자가 보인 장소에서, 눈이 튀어 올랐다.

—안 놓쳐!

반사적으로 달려나간 내 시야에 비친 것은, 하얀 눈 속에 보인 핑크색의 삼각형.

튕겨나가 흩어지는 눈과 하얀 안개 같은 김이, 핑크색 주변에서 흔들렸다.

—위험해.

그걸 깨달았을 때는, 이미 늦었다.

눈 속에서 일어선 것은 새하얀 눈색의 짐승이다.

그것도 눈표범마저 먹이로 삼는, 설원의 패자— 분사 늑대(로켓 울프).

눈사태 같은 소리를 내면서 등뒤의 눈을 날려버리고, 눈 깜박할 사이에 눈앞에 나타났다.

—PHYUSWYURUUUUUU.

미지근하고 냄새나는 숨결이, 다리에 힘이 풀린 내 얼굴에 닿는다.

날카롭고 하얀 송곳니에서 흘러내린 방울이, 눈에 깊은 자국을 남겼다.

—아아, 나는 여기서 끝이다.

여동생이나 할머니나 병에 걸린 엄마를 남기고 가는 건 걱정이지만, 이 고통만 있는 삶에서 벗어날 수 있다면 그것도 나쁘지 않아.

그렇게 포기하는 마음도, 얼굴 위에 떨어진 따뜻한 침에 날아가 버렸다.

—죽고 싶지 않아, 죽고 싶지 않아, 죽고 싶지 않아!

"누, 누가, 좀 살려줘어어어어어어어!"

"네, 인 거예요."

—어?

눈의 나라

"사토입니다. 설국의 친구가 「여행으로 오는 거야 좋지만, 사는 건 추천 안 한다」라고 했습니다. 물론, 눈이나 추위에 관해 잔뜩 투덜거린 다음에 설국이기에 있는 에피소드를 유창하게 말해줬으니 고향을 참 좋아하는 거겠죠."

"……여기(여가)는 천국, 인가(이가)요?"

침대 위에서 눈을 뜬 소녀가 중얼거렸다.

〉「동방 소국 공통어」 스킬을 얻었다.

새로운 스킬을 얻었지만, 시가 국어의 방언인 모양이라 평범하게 의미를 알 수 있었다.

스킬을 쓸 생각은 없었지만, 뉘앙스 보정용으로 「번역: 하급(렛서 트랜슬레이트)」 마법을 발동해두자.

"……저기?"

소녀가 당황하며 나를 올려다 보았다.

이 아이는 키워크 왕국의 설산에서 대형 마물 분사 늑대에게 습격받았을 때 포치가 구한 마을의 소녀다.

모직물로 만들어진 그녀의 옷은 분사 늑대의 피로 지저분해졌으니, 지금은 하얀 목면의 원피스를 입혀놨다.

산에서 조난을 했는지 기아 상태인 데다가 지독하게 쇠약해서, 영양 보급용 마법약을 먹이고 설산의 롯지에 보호하여 재워두고 있었다.

방금 전까지 잠에 취한 눈으로 침대의 감촉을 즐기고 있었는데, 드디어 제대로 눈을 뜬 모양이군.

"아니야. 여기는 네 마을 근처에 있는 산장이다."

"—산장, 인가요?"

번역 마법의 효과인지, 방언 같았던 그녀의 말이 평범하게 들린다.

방언은 방언대로 귀여웠지만, 일부러 마법을 차단할 필요는 없을 거야.

"눈 속에 쓰러져 있었어."

"아!"

착각이 풀렸는지, 소녀가 침대에서 황급히 몸을 일으키려다가 빈혈을 일으켰다.

나는 재빨리 그걸 지탱해주면서, 소녀의 등에 쿠션을 여러 개 끼워 앉혔다.

"일단, 이거라도 마시고 진정하렴."

"맛있어…… 여름의 벌꿀수 같아."

내가 내민 유자차를, 소녀가 보물처럼 천천히 마셨다.

이건 유자 마멀레이드를 따끈한 물에 탄 달콤한 차다.

시루코 냄비는 이미 다 비어서, 이번에는 이걸 골랐다.

"루루 특제 우유죽을 가져왔어!"

"단팥 햄버그도~?"

"역시 고기가 필요한 거예요!"

—LYURYU.

"응, 하얀 빵."

소녀가 유자차를 다 마실 무렵에, 연소자팀이 식사를 가져왔다.

1시간 정도 전에 먹인 영양 보급제로 위가 진정되었을 거라 생각하지만, 아무리 그래도 고기는 좀 벅차겠지.

그러나 그런 걱정은 필요 없었는지, 소녀는 순식간에 우유죽을 해치우고 하얀 빵의 부드러움에 놀라면서도 작은 단팥 햄버그를 흥미롭게 입으로 옮겼다.

그리고, 이 햄버그에 쓴 고기는 소녀를 죽이려고 한 분사 늑대의 고기다.

전에도 먹었지만, 육식 짐승인데 냄새가 별로 없는 쇠고기 같은 맛이라 아인 소녀를 비롯한 모두가 절찬했다.

이 나라에 적지 않은 수가 번식하고 있으니, 나중에 멸종하지 않을 정도로 사냥을 할 생각이다.

"후우, 이렇게 먹은 건 3년 전의 수확제 때 이후로 처음이야."

식사를 마치고 배가 불러진 다음, 소녀가 그제야 생각났는지 사과의 말을 하고, 이어서 나랑 포치에게 감사인사를 했다.

"저, 저기, 인사도 없이 먹어버려서 죄송합니다. 구해주셔서 감사합니다. 저는 눈사태 마을의 쿠피네라고 해요."

"나는 시가 왕국의 사토야."

그녀를 마을에 바래다주면 이제 만날 일이 없을 테니까, 작위나 가문은 말하지 않았다.

"에~, 그럴 땐 에치고에 은거한 포목상이라고 말하면 좋잖아~."

"은신 포복~?"

"포치는 생선포보다 육포를 좋아하는 거예요."

"바삭바삭 김가루."

아리사의 말을 착각한 연소자팀이, 이상한 방향으로 탈선했다.

"저, 저기. 오빠는 노예 상인인가요?"

"아니, 달라. 그냥 여행자야."

내가 부정하자 쿠피네가 실망한 표정을 지었다.

자기가 원해서 몸을 팔려고 할 것 같지 않으니— 조금 신경 쓰여서 그녀의 마을을 범위 검색해봤다.

—이런. 마을의 9할이 기아 상태군.

도착해서 맵 검색을 했을 때는 질병으로 검색해서 깨닫지 못했다.

게다가, 이 나라의 왕도랑 그 주변을 제외한 많은 마을이 비슷한 상태다. 옛날 무노령이 떠오르네.

아무래도, 몸을 팔아서라도 식량을 입수하고 싶은 위험한 상태인 모양이다.

"뭔가 난처한 일이 있으면 말해줄래? 힘이 될지도 모르잖아?"

내 말에 주저하던 소녀— 쿠피네가, 어쩔 수 없다고 생각했는지 마을의 곤궁함을 말하고, 조금이라도 좋으니까 식량을 나눠달라고 호소했다.

"부탁해요! 마을에 돈은 없지만, 저를 포함해서 미혼인 여자애가 아홉 명 있어요. 시가 왕국에서 노예로 판 돈으로 식량을—."

—어라?

노예 상인이라는 오해는 풀었을 텐데, 쿠피네는 아직 믿지 않는 모양이군.

"진정해. 몸은 안 팔아도 되니까, 일단 가지고 있는 식량 여유분을 가지고 네 마을에 가자."

나는 일단 그렇게 쿠피네에게 말했다.

"하지만, 마을에 돈이—."

"돈은 필요없어. 난처한 사람한테 베푸는 게 가훈이거든."

"가훈, 인가요?"

"그래. 그러니까 걱정 안 해도 돼."

내가 생각해도 참 대충이지만, 사기 스킬 덕분인지 쿠피네가 믿어준 모양이다.

"그러면, 안내할게요!"

쿠피네가 힘차게 일어섰다.

"기다려. 지금은 무리야. 해도 졌고, 바깥에 굉장한 눈보라가 치거든."

나는 맵이 있지만, 방금 전처럼 설비에 빠져서 추락하면 위험하다.

무엇보다, 건강하다고 하기 어려운 쿠피네에게 무리가 하는 걸 피하고 싶어.

"해가 뜨면 가자."

"알겠어요. 감사합니다. 사토 씨."

안심했는지, 아니면 배가 불러서 그런지 졸린 분위기라서 그대로 재웠다.

이튿날 아침 눈 내리는 기세가 줄어드는 걸 기다려서, 동료들과 함께 쿠피네를 데리고 눈사태 마을에 가기로 했다.

추위에 약한 류류는 롯지를 나오자마자 포치의 펜던트 「용면요람」으로 도망쳤다.

마을까지 거리가 있으니, 놀이용으로 만든 설상선을 이동에 사용했다. 얼음으로 만든 카누 같은 본체에 삼각돛으로 바람을 받아 나아간다.

"빨라~."

"포치는 바람이 되는 거예요!"

"우햐~, 엄청 무서워."

"응, 박력."

우리 애들은 참 좋아했지만, 쿠피네는 예상 이상의 속도에 표정이 굳어지고 말이 없었다.

이동 중에 나무 위에서 눈표범이 덤벼들었지만, 설상선의 속도를 잘못 쟀는지 후방에 착지했다.

뭐, 이 속도 차이라면 쫓아올 수 없겠지.

이윽고, 눈 속에 드문드문 집이 보이기 시작했다.

멀리서 보이는 눈사태 마을은 산의 경사면에 펼쳐진 인구 70명 정도의 작은 마을이다.

눈에 파묻힌 판잣집에는 커다란 축사가 병설되어 있지만, 그곳에 가축이 있는 집은 하나도 없었다.

마을은 남자가 적고, 여성이 8할을 넘었다. 아마 돈을 벌러 나간 거겠지.

촌장의 집에 도착할 무렵에는, 하늘에서 눈이 소록소록 내리기 시작했다.

◆

"우리 집은 저기에요!"

마을에 들어가서 설상선의 돛을 접고, 쿠피네의 집까지 로프로 끌고 갔다.

집 가까이 커다란 나무가 몇 그루 있으니, 저기에 설상선을 고정하자.

"어쩐지 눈이 쌓여서 무너질 것 같아."

아리사가 눈이 불룩하게 쌓인 지붕을 올려다 보았다.

"쿠피네, 눈 안 치워도 돼?"

"요전까지 눈보라가 계속 쳐서, 밖에서 작업을 못했어."

쿠피네가 「나중에 여동생이랑 할 거예요」라고 창피한 기색으로 말을 이었다.

"그러면, 포치가 도와주는 거예요!"

"타마도 도와~."

"아하하, 고마워. 하지만 눈은 무거워. 작은 애한테는 무리야."

"그렇지 않아~?"

"그런 거예요! 포치는 장사인 거예요!"

포치가 알통을 만들려고 했지만, 두툼한 방한구가 방해돼서 알 수 없다.

뭐, 방한구가 없어도 알 수 없겠지만.

"포치, 그건 나중에 하세요. 우선, 식량을 옮기죠."

"아, 죄송합니다."

리자가 말하고 쿠피네를 재촉했다.

"다녀왔어, 지금 돌아왔—."

"언니이이이!"

"—으악."

쿠피네가 문 앞의 눈을 헤치고 나무 문을 열자마자, 안에서 탄환 같은 기세로 누군가가 뛰어나와 쿠피네를 눈 위에 쓰러뜨렸다.

"걱정했잖아! 해가 졌는데 언니가 돌아오지도 않고, 밖에는 눈보라 치고!"

"다녀왔어. 코프네. 걱정 끼쳐서 미안."

쿠피네를 쓰러뜨린 건 그녀의 여동생인가 보군.

"어머나, 손님이니?"

"응, 내 은인이야!"

"어머나, 그러니. 아무것도 없는 집이지만, 하다못해 불이라도 쬐세요."

할머니의 안내로 집에 들어갔다.

들어가자마자 바로 나오는 흙바닥 너머에 마루를 깔아놓은 12제곱미터쯤 되는 방이 있고, 그 안쪽에 누군가 누워있는 모양이다.

"엄마, 몸은 어때? 사토 씨가 식량을 나눠줬으니까, 뭔가 든든한 걸로 만들어줄게."

"밥? 저기, 언니, 밥 있어?"

쿠피네의 말에, 누워 있던 어머니가 아니라 여동생이 신이 나서 반응했다.

"딸— 저 애들의 어미는 병으로 앓아 누웠습니다만, 떨어져 있으면 옮진 않으니 안심하세요."

할머니 말에 따르면, 엄마는「눈가시열」이라는 극히 평범한 유행병이다. 매년 이 시기가 되면 유행한다고 했다.

눈가시열은 대개 열이 나고, 몸 여기저기에 가시가 박힌 것 같은 통증이 생기는 게 특징으로, 그것 말고는 콧물이나 기침, 재채기 등, 흔한 감기와 별다를 것 없는 느낌인 것 같다.

뭐, 그 정도의 병이라면 예언의 대상이 되진 않겠지.

"올해는 평소보다 이르거나, 감염이 퍼지거나 그러진 않았나요?"

"아니, 평소랑 같으니까 걱정 안 해도 되우."

그 예언에 관련된 건가 생각했는데, 생각이 지나쳤나 보군.

"약이 있으니 쓰세요."

"사토."

이런 병 전반에 효과가 있는 약을 꺼냈더니, 미아가 소매를 당겼다.

"고칠 수 있어."

"마법으로?"

"응."

"그러면, 영양 보급을 한 다음에 치료하자."

"저, 저기."

미아랑 의논을 하고 있는데, 어머니가 말을 걸었다.

"보시는 것처럼 가난한 집이라, 그렇게 비싼 약값은, 도저히……."

"괜찮아요. 그냥 참견하는 거니까, 돈은 안 받습니다."

"귀인의 의무, 노블리스 오블리제라는 거야!"

더욱이 사양하는 어머니였지만, 아리사가 말하자 기세에 밀려 어머니도 조심스럽게 수긍했다.

다들 좋아한다니까. 노블리스 오블리제.

"그러면—."

어머니의 체력이 떨어져 있으니, 미아의 「질병 치유(큐어 디지즈)」를 쓰기 전에 영양 보급 마법약을 먹이려고 했는데—.

"콜록콜록— 죄송합니다. 비싼 약인데."

"병으로 목이 상한 모양이군요."

어머니가 기침을 해서 마법약을 제대로 못 마신다.

"미아, 치유 마법을 써줘."

"응? 치유?"

"응. 질병 치유 마법이 아니라 보통 거."

"그렇구나. 치유 마법으로 상한 목을 먼저 치료하는 거구나."

"납득."

미아보다 먼저 아리사가 이유를 짐작해주었다.

"■■……■ 치유(아쿠아 힐): 물."

"이게, 치유 마법?"

미아의 마법이 발동하는 것을 보고, 쿠피네가 놀란 목소리를 냈다.

"—굉장해. 숨을 쉬는 것도 힘들었는데, 통증이 전혀 없네."

"병이 나은 건 아니니까, 이틈에 이 약을 마시세요."

영양 보급 마법약을 마시고 조금 기다린 뒤에, 미아가 질병 치유의 마법을 썼다.

"……■■■ 질병 치유."

"—굉장해. 가슴이 가벼워졌어요. 두통도 오한도 없어요."

"완치."

미아가 피스 사인을 했다.

"엄마. 루루 씨가 스튜를 만들어줬어!"

쿠피네가 스튜 그릇을 엄마한테 가져왔다.

"어머, 건더기가 많네. 이렇게 많이 죄송해요."

"신경 쓰지 않으셔도 돼요. 그보다도 잘 먹고 건강해지셔야죠."

어머니가 눈물을 흘리면서 스튜를 먹었다.

"자자, 다들 먹어!"

아리사가 타고난 명랑함으로, 울적한 자리의 분위기를 리셋했다.

"우와~. 고기랑 토란이 들어있어! 맛있어~!"

"정말이구나. 무슨 고기인고."

"분사 늑대 고기인 거예요! 아주 맛있는 거예요!"

"분사 늑대?"

"할머니, 사신 늑대를 말하는 거야."

쿠피네가 분사 늑대의 이 지방 호칭을 말하자, 할머니가 눈이

동그래졌다.

“사토 님은 강하시군요.”

“아니야! 사신 늑대를 쓰러뜨린 건 포치야! 엄청 강해!”

“그렇게 칭찬하면 쑥스러운 거예요.”

포치가 꾸물꾸물하면서 부끄러워한다.

“그렇지, 쿠피네. 식량이랑 장작은 어디 두면 돼?”

“나중에 옮길 테니까 흙바닥 아무데나 괜찮아.”

그렇게 말하길래, 구석에 쌓아뒀다.

“식량은 보존이 잘 되는 거랑 소금을 넉넉히 두고 갈게.”

“아! 소금은 괜찮아!”

“그래?”

산촌이고, 바다도 머니까 부족할 거라고 생각했는데.

“응, 전에 여행자 언니한테 잔뜩 받았어.”

그렇게 말하고 쿠피네가 부엌의 창고에서, 나뭇가지 모양의 소금 덩어리를 보여줬다.

“일부러 나뭇가지 모양으로 만들었어?”

“쿠피네. 잠깐 보여줄 수 있을까?”

“응, 괜찮아. 아직 잔뜩 있으니까, 필요하면 줄게.”

팝업된 AR표시의 상세정보에 따르면, 이건 「나뭇가지 모양의 소금」이 아니라 「나뭇가지를 소금으로 바꾼 것」이라는 걸 알 수 있었다.

뭔가를 소금으로 바꾸는 능력— 내 뇌리에, 요루스카에서 사도의 천벌로 소금상으로 변한 「현자의 손제자」가 떠올랐다.

그도 뭔가의 힘으로 소금상으로 변해버렸다.

"아리사—."

함께 나뭇가지를 바라보는 아리사에게, 그것을 작은 소리로 전달했다.

"그러니까, 사도가 이 마을에 왔었다는 거야?"

"가능성은 높아."

우연히 똑같은 힘을 가진 다른 인물이었다, 라는 가능성은 낮을 거야.

"그 사람은 뭐 하러 이 마을에 왔다고 했어?"

"응, 자이크온 신에 대한 신앙심을 모으기 위해서 여행을 한다고 했었어."

"이 소금을 쓸 때마다, 자이크온 신에게 감사를 하라고 했어."

그렇군. 사도다운 대가다.

"선인 같은걸."

"아아, 그렇네."

손제자 일을 생각하면, 무례한 자에게 엄격한 느낌이다.

만나면 되도록 온건하게 말을 걸어야지.

"그래서 사도— 그 사람은 다음에 어디 간다고 말했어?"

"응. 다른 마을들을 돌고서, 왕도에 간댔어."

알고는 있었지만, 맵 검색으로는 사도 같은 기척이 없다.

"그 사람이 온 건 최근이야?"

"지지난 달, 정도였을 거야. 그치? 엄마."

"그렇구나. 눈 순무가 나는 무렵이었으니까, 맞을 거야."

그렇군. 사도는 이미 이 나라에서 신앙심 획득을 마치고 다음 나라— 아마도 요루스카 쪽으로 이동해버린 거겠지.

만나지 못한 것은 유감이지만, 사도의 목적을 안 것만 해도 대수확이다.

다음은 쿠피네 일가의 식사가 끝난 뒤, 촌장의 집으로 안내와 중개를 부탁해야지.

◆

"사토 님. 마을을 대표해서 감사드립니다."

촌장과 마을 사람들이 우리들 앞에서 일제히 엎드렸다.

마을 사람들의 기아 상태는 영양 보급 마법약과 유동식으로 위기를 벗어나고, 움직일 수 있는 수준의 사람들이 촌장의 집에 모였다.

충분한 식량을 제공했으니까, 봄까지는 괜찮을 거야.

덤으로 병자가 쿠피네의 어머니를 포함해서 몇 명 있었지만, 미아의 마법으로 치유했다. 감염의 원인을 없애두면 좋으니까.

"이건 사소한 것입니다만, 마을 사람들이 모은 물건입니다. 부디 받아주십시오."

촌장이 내민 물건은 갖가지 모직물의 의상과 소도구, 나무 조각이나 빗, 청동제 검이나 화살촉 등이었다.

검과 화살촉은 독특한 의장의 골이 파여 있었다.

"독특한 문양이네요. 이건 무슨 의미가 있는 건가요?"

"이건 눈표범이나 곰을 잡을 때 마비독을 바르기 위한 골입니다."
검은 손잡이에 칼날막이가 없는 독특한 디자인으로, 자루에 미끄럼 방지를 겸해서 조각이 새겨져 있으니, 공예품으로서도 통할 것 같군.
"이 모직물의 무늬도 여러 가지로 다양하군요."
"맞수다. 짜는 법이나 자수로 누가 만든 건지 알 수 있수다."
주름이 쪼글쪼글한 할머니가, 자수를 손가락으로 더듬으며 말해주었다.
대대로 집에 전해지는 무늬가 있고, 시집을 갈 때까지 새로운 무늬를 만드는 게 제몫을 하는 증거가 된다고 했다.
마을의 위기를 구해서 다행이군.
이런 기술이나 문화는 이어지면 좋으니까.
촌장의 집에 딱 하나 남아있다는 비장의 고구마 소주를 마시면서, 이 나라에 대해 들었다.
"전쟁인가요?"
"네. 겨울이 이어지는 2년 정도는 없었습니다만, 그때까지는 매년 옆 나라 코게오크 왕국이랑 싸워댔습니다."
전쟁 때마다 징병을 해서, 마을의 남자들이 해마다 줄어들었다고 한다.
관광성의 자료에도 옆 나라하고 정기적인 전쟁을 한다고 적혀 있었지.
"전쟁이 없는 건 좋은데, 이렇게 겨울만 이어져서는 야크가 먹을 풀도 안 자라우."

"아아, 강이나 웅덩이의 생선도 수초가 안 자라서 다 없어져버렸지."

"길어야 두 달 정도지만, 봄이나 여름이 그립구먼."

그런 무모한 환경에서 용케 2년이나 버텼군.

아마도, 겨울이 이어지는 건 도시 핵(시티 코어)의 마력 분배가 잘 안 되기 때문이겠지.

마을의 축사가 빈 것은 키울 수 없게 된 야크라는 가축을 잡아서 식량으로 삼았기 때문이라고 한다.

"이 마을은 요구르트 요리가 맛있다고 왕도에서도 유명했수다."

"사토 님한테도 먹여주고 싶구먼."

"야크의 젖술도 있지."

맵으로 조사해보니, 키워크 왕국의 바깥쪽에 있는 마물의 영역에 야생 야크 무리가 있다.

현재 상황에서는 의미가 없겠지만, 이 나라의 겨울을 어떻게 할 수 있으면 요구르트 요리나 젖술도 부활할지 몰라.

관광 대신으로서 전력을 다할 셈이다.

그 예언에 관계가 있을지는 모르지만, 일단 겨울이 장기화되는 원인을 조사해 봐야지—.

◆

"—눈 조각상이 식량을 나르고 있다고?"

"그 정신 나간 헛소리는 뭐야?"

키워크 왕국의 유일한 도시인 왕도 키워크의 서민가에 있는 주점에서, 그런 소문이 오가고 있었다.

“식인 수초(머더 켈프) 육포 말고 다른 안주를 먹을 수 있으면, 헛소리라도 기대고 싶구만.”

“뭐, 달리 먹을 게 없다지만 솔직히 질렸으니까.”

취객들이 말하는 것처럼, 이 왕도에서는 가까운 호수에 서식하는 식인 수초라는 마물의 시체를 식량 삼아 식량난에서 벗어나고 있었다.

왕도 주변의 마을이나 가도 근처에 있는 소도시도 그 은혜를 입고 있지만, 모든 마을에 나눌 정도의 수확량은 없는 모양이군.

“맛도 없어.”

“그래도 먹을 수 없는 변경 녀석들보다야 낫지.”

“그렇긴 하지. 맛없는 식인 수초에 건배!”

게다가 식인 수초는 단적으로 말해 맛이 없으니까, 왕도의 몇 안 되는 부유층 사람들은 외국에서 수입한 식량을 고액으로 사는 모양이다.

식인 수초는 데미고블린 급으로 약한 마물이라고 하는데, 차가운 수중으로 끌어들여 목숨을 잃는 자도 적지 않다고 한다.

“어이, 젊은 녀석.”

식인 수초 육포를 안주 삼아 소문을 들으면서 고구마 소주를 마시고 있는데, 주점의 주인이 턱짓을 하며 입구를 보라고 재촉했다.

입구에서 모습을 드러낸 작은 남자가 내 옆에 앉았다.

"벚꽃."

"핀다."

암호문을 듣고, 작은 남자가 작게 숨을 내쉬었다.

이 남자는 시가 왕국의 밀정으로, 키워크 왕국의 정보수집을 담당하고 있었다.

재상이 가르쳐준 방법으로 주점의 점주에게 접촉하여, 그를 불러냈다.

"여긴 위험해. 따라와라."

작은 남자를 따라서 주점의 뒷문으로 나가 좁은 골목을 나아가자, 창고 같은 장소에 도착했다.

창고에는 몇 명인가 험상궂은 남자들이 있었지만, 작은 남자를 한 번 보더니 이쪽에 관심을 보이지 않고 자기들의 바보 같은 이야기를 계속했다.

창고의 지하에 있는 작은 남자의 안전 가옥에 도착해서, 드디어 정보수집을 시작할 수 있었다.

"뭘 묻고 싶지?"

"이 나라의 겨울이 이어지는 이유를 알고 있나?"

"서민가 녀석들 말로는, 옆 나라인 코게오크 왕국 경계에 있는 『사령의 계곡』에서 『눈보라의 정령』과 『빙엄(氷嚴)의 사령』이 싸우고 있기 때문이라고들 하지."

"헤~, 그건 조금 보고 싶네."

"이봐, 농담을 진지하게 듣지 마. 사실은 여왕 탓이다."

이 나라는 2년 전의 전쟁에서 왕을 잃은 뒤, 제1왕비가 여왕으로 즉위하여 통치하고 있다. 후계자인 제1왕자는 아직 아홉 살이다.

그건 그렇고 「여왕 탓」이라면, 제어 실수가 아니라 도시 핵의 힘으로 일부러 기온을 내리고 있는 건가?

"일부러 겨울을 유지하는 이유는 알고 있나?"

"처음에는 옆 나라인 코게오크 왕국의 침략을 막기 위해서였던 것 같은데—."

그렇군. 눈으로 진군 불능에 빠뜨리는 건가.

꽤 판타지한 전법이군.

"—지금은 돈벌이를 위해서로 변한 모양이야."

작은 남자가 밉살맞다는 태도로 식인 수초의 분말을 녹인 따뜻한 물을 마셨다.

"어떻게 하는 건지는 조사를 못했지만, 겨울이 이어지면 얼음 광석을 인위적으로 생산할 수 있는 모양이더군. 그걸 수출해서 돈벌이를 한다는 소문이 돌고 있다."

들어보니, 잠입 조사 담당인 첩보원과 연락이 안 된다고 했다.

얼음 광석은 냉장고 같은 마법 도구나 전투용 얼음 지팡이의 소재로 필요한데, 시가 왕국에서 산출되는 건 세리빌라 미궁과 몇 군데의 산맥밖에 없다.

산출량이 적은 데다가 안정적인 공급원이 없어서, 공급이 수요를 따라가지 못해 언제나 비싼 값에 거래되고 있다.

"그리고, 그 주요 수출처가 우리들의 시가 왕국과 동쪽 끝에 있는 족제비 제국이야."

그렇군. 따져보지 않고 겨울을 끝내는 것도 안 된단 말이지……

성가시군.

"또 하나 물어보고 싶은데—."

나는 예언의 이야기를 말해주고, 역병의 징후가 없는지 물었다.

"평소랑 같은 유행병은 종종 생기지만, 특별히 퍼질 낌새는 없어. 그 예언은 처음 들었군. 이 나라에도 신탁의 무녀는 있지만, 그런 예언이 내렸다는 소문은 들어본 적이 없는데."

흠…… 이 지방의 신탁이 아니라면, 신탁의 장소가 이 나라가 아닐 가능성도 있군.

물론 이 나라 말고는 아직 눈의 계절이 아닐 거야. 르모크 왕국이 다음 달 즈음에 겨울이 된다고 했으니까.

이곳의 겨울 문제가 정리되면, 동방 소국군에 있는 다른 나라를 돌아봐야겠군.

"그렇지. 사도에 대해 뭔가 모르나?"

"사도? 옛날 이야기? 아니면 소문이 도는 자이크온 신의 사도 이야기인가?"

후자라고 하자, 작은 남자가 그가 아는 소문에 대해 말해주었다.

"먼저 말해두지만 신빙성이 없거든?"

작은 남자가 그렇게 전제하고 말한 것을 정리하면, 인물상이 듣는 사람에 따라서 크게 다르다. 공통된 것은 자이크온 신전의 법의를 입고 있다는 것과 소금에 관한 에피소드를 가졌다는 것.

요루스카에서 그런 것처럼 천벌로 사람이나 마물을 소금상으로 바꾸거나, 쿠피네의 마을처럼 식물을 소금으로 바꾸어 베풀거나, 영험하다며 암염을 고가로 팔아 치우는 모양이다. 남자의 추측으로는 적어도 마지막 그룹은 사도의 소문에 편승한 사기꾼이나 악덕 상인일 가능성이 높다고 한다.

진짜가 있다면 목적은 자이크온 신에 대한 신앙을 높이는 걸 테니, 방치해도 문제없겠군. 만나면 조금 교류를 해보는 정도는 괜찮겠지.

"곤궁한 마을에 파고든 사기꾼은 눈감아주기 어렵군."

"그건 걱정 없어."

"나라가 어떻게는 하는 건가?"

"아니, 소금을 취급하는 상인들이 현상금을 걸었다고 하더군. 현상금 사냥꾼들이 눈이 뒤집혀서 추적하고 있어."

그렇군. 이권을 침해당한 녀석들이 화가 났구나.

그 밖에도 작은 남자에게 왕국 관계자나 얼음 광석을 다루는 상인들 이야기를 들었다.

"정보 감사하지."

활동 자금의 보충으로 현금이 아니라 자그마한 보석이 든 주머니를 두고, 서비스로 술병 몇 개와 안주용 훈제 고기와 치즈를 제공했다.

"오옷, 지금까지 온 연락원이랑은 다르게 당신은 말이 통하는구만. 식인 수초랑 고구마 소주는 한참 전부터 질렸다고."

진심으로 기뻐한 남자가 덤으로 정보를 주었다.

"왕궁에 접촉할 거면, 얼음의 여왕님보다 담설 공주나 동장군님을 주의해."

뭐지? 그 중2병 같은 건…….

◆

"주인님. 마지막 마을에 식량 배달이 끝났어."

"응, 완료."

"수고했어."

주점에서 소문이 돌던 식량을 나르는 눈 조각상의 정체는 내가 만든 눈사람 골렘과 그것에 지시를 내리는 아리사와 미아였다.

벽령의 지하공장에서 양산한 보존식이 팔아도 될 만큼 있으니, 이 기회에 대량 방출했다.

이걸로 당장 아사자가 나오지는 않을 거야.

"사냥감~?"

"잔뜩인 거예요!"

"주인님, 분사 늑대는 수가 적어서 회색 늑대와 검은 송곳니 곰을 중심으로 사냥해서 모았습니다. 눈표범은 모피를 벗겨 처리해두었습니다."

이어서 롯지에 돌아온 전위진의 보고를 받았다.

눈표범의 모피는 대단히 촉감이 좋다. 나중에 모두의 코트를 만들어야지.

동료들과 아제 씨 건 당연하고, 무노령에 남아있는 나나 자매나 브라이튼 시의 태수 대리로 활약해주는 리나 양 것도 만들어 주자. 물론, 세류 시의 제나 씨나 카리나 양을 비롯한 무노 일가에게도 선물해야지.

왕도가 추워지는 건 조금 나중이니까, 히카루나 에치고야 쪽은 소재만 확보해두면 충분하겠지. 아무래도, 언제나 여름인 낙원섬이나 요새도시 아카티아 아이들한테는 쓸모없는 물건일 거야.

"주인님, 산악지대의 마을을 공격하던 얼음날개 독수리(아이스 벌처) 무리는 대부분 구축했어요."

"와이번은 비공정을 보고 도망쳐 버렸다고 보고합니다."

루루와 나나는 비공정으로 산악지대의 순찰을 해줬다.

"다들, 고마워."

거실에서 저녁 식사로 전골을 먹으면서, 작은 남자에게 얻은 정보를 모두에게 말해줬다.

어린 용 류류는 배가 안 고픈지, 난로 앞에서 둥글게 몸을 말고 잠들어 있었다. 정말로 용은 잠꾸러기야.

"후~응, 사정이 꽤 복잡한 것 같네."

"그래, 더 이상은 밖에서 알 수가 없으니까, 쳐들어가보려고."

"이리오너라~인 거예요!"

"선봉은 맡겨주십시오."

"타마는 숨어들어~?"

말투가 안 좋았는지, 아인 소녀들이 도장 깨기 같은 발상을 해버렸다.

"아니야. 시가 왕국의 관광 대신으로서 방문하는 거지."

"다 같이?"

"아니, 수행원 두 사람 정도면 돼."

교섭과 호위가 각 한 명씩 있으면 체면을 차릴 수 있겠지.

"가는 멤버는, 나랑 리자 씨면 돼?"

"아니. 아인 차별이 적지 않은 것 같으니 아리사랑 나나를 데리고 간다."

"예스 마스터. 마스터와 아리사는 제가 지킨다고 선언합니다."

큰길의 주점에서 인간족 말고는 보이질 않았거든.

맵 검색을 해보니 왕도 인구의 10~20퍼센트 정도는 수인이니, 전혀 없는 게 아니다.

"후~응. 차별 같은 거 싫다."

"정말 그래."

그날 밤은 내일 입을 의상에 「정신 간섭」, 「독」, 「마비」, 「저주」의 상태이상 4종에 대항하는 기능을 넣었다.

황금 갑옷에 짜 넣은 마법회로를 그대로 쓴 거라, 아침까지 여유롭게 짜 넣을 수 있었다.

역시, 공작은 즐겁다니까.

◆

"마스터, 왕성에 도착했다고 고합니다."

우리를 태운 골렘 마차가 키워크 왕성 앞의 정차장에 들어섰다.

입구에 수많은 사용인들이 정렬해 있고, 그 안쪽에 문관과 무관 같은 관리들과 훌륭한 옷을 입은 귀족들의 모습도 보였다.

"마중 나온 수가 굉장하네."

오늘 아침에 왕도 정문에서 내방을 고하고 그날 정오 넘어 방문했는데, 용케 이만큼의 수를 모았군. 타국의 귀족을 맞이하는데 수가 좀 너무 많은 것 같아.

“드레스업을 하고 와서 다행이야.”

“예스 아리사.”

참고로 나는 조금 화려한 귀족복, 교섭 담당인 아리사는 도수 없는 안경에 여성문관 같은 옷, 호위인 나나는 머리를 엮고 선글라스를 장비한 SP풍의 패션이었다. 코디네이트는 아리사랑 미아다.

“마차를 방치하면 장난을 치지 않을까?”

“괜찮을 거야. 대신의 마차에 무슨 짓을 하면, 시가 왕국에 시비를 거는 거니까.”

“그야 모르지, 주인님. 자명한 이치마저 모르는 어리석은 자는 어느 나라든 있어.”

“예스 아리사. 방심은 금물, 불이 활활이라고 고합니다.”

“그래. 알았어. 뭐, 마부 골렘도 말 골렘도 전투는 가능하니까, 주차장에서 자기방어 모드에 이행시키면 되지.”

골렘 둘 다 레벨 30쯤 되지만, 장난을 방지하는 거라면 이걸로 충분할 거야.

“—우왓.”

우리가 마차에서 내린 순간, 마중 나온 사람들이 일제히 그 자리에 무릎을 짚었다.

깜짝 놀란 아리사가 놀란 소리를 흘리고, 나나도 무표정하게 반응하기 어려워한다.

“저건—.”

마중 나온 사람들이 무릎을 짚자, 그들 안쪽에 키워크 왕국의 여왕이 있는 걸 알 수 있었다.

여왕은 마흔줄이라고 생각하기 어려울 정도의 폭유 미녀고, 가슴의 주장이 격렬한 옷깃이 빳빳한 검은 드레스를 입고 있었다.

일단 아랫사람이 먼저 다가가는 게 예의라고 하는데, 너무 빨리 걸어가면 가볍게 본다고 하니까 몇 박자 정도 시간을 들여야 한다. 이런 예법은 관광성의 자료에 적혀 있었다.

"저게 펜드래건 자작, 상당히 젊군……."

"각하, 목소리가 너무 큽니다."

무릎을 짚은 사람들 사이에서, 그런 대화가 들렸다.

아마 「엿듣기」 스킬이 있는 나한테만 들리는 거겠지.

"정말이지. 왜 공작의 장자인 내가, 대국의 귀족이라지만 자작에게 무릎을 짚어야 하는 건가."

"펜드래건 자작은 대영지 무노의 직신이며 태수 취임도 가깝다 들었습니다. 게다가 저 젊은 나이에 시가 왕국의 대신을 맡았다면 중앙에 대한 영향력도 절대적인 것이 틀림없습니다. 『마왕 살해자』라는 것은 믿기 어려운 소문입니다만, 마족을 쓰러뜨릴 정도의 무인이란 이야기는 정확도가 높습니다. 그 권세는 여왕 폐하와 동등, 혹은 더욱 위입니다."

헤에~, 시가 왕국의 대신이나 태수는 그렇게 권세가 있는 건가…….

그건 그렇고, 저 공작들에게는 태수 취임 이야기가 전달이 안 됐나 보군. 뭐, 눈과 산이 깊은 나라니까 정보의 전파가 늦는 것도 어쩔 수 없을 거야.

"저 애송이가, 말인가?"

"예. 만에 하나 심기를 건드려 군을 일으키기라도 하면, 우리나라는 조만간 멸망하고, 성문에 목이 걸리게 될 겁니다."

이봐요. 대체 어느 시대 이야기를 하시나요.

그런 바이올런스한 건 노땡큐입니다.

"그러나, 우리나라에는 『겨울의 수호』가 있다. 군이 아무리 공격을 해도—."

"대국을 얕봐서는 안 됩니다. 왕국의 서방을 지키는 『홍련귀』 공이나 시가 8검 같은 강력한 자들이 있습니다."

"우리나라에도, 동장군과 담설 공주가 있지 않은가?"

"유감이지만, 상대도 되지 않을 겁니다. 그들은 일기당천, 마족과도 호각으로 싸울 수 있습니다."

"마, 마족과……."

홍련귀는 또 누구— 아, 생각났다. 탐색자 길드 길드장의 별명이지.

마족과 호각인 게 고평가 포인트인가 보군. 지금이라면 우리 애들뿐 아니라 제나 씨나 카리나 양도 하급 마족 상대라면 그냥 이길 것 같은데.

—자, 이제 그만 괜찮겠지?

잡담 내용이 흥미로워서 예정보다 시간을 너무 끌었다. 여왕의 미소가 굳어지기 시작하는 것 같아.

우아한 동작을 의식하면서 한 걸음 나서자, 여왕이 천천히 숨을 내쉬는 게 보였다.

아무래도 괜한 압박을 준 모양이군. 적당한 위치까지 나아가서, 여왕에게 인사했다.

"시가 왕국의 관광성 대신, 사토 펜드래건 자작이라 하옵니다."

"키워크 여왕 헤이타나로다. 펜드래건 자작은 헤이타나라 부르는 것을 허하지."

"광영입니다, 헤이타나 폐하."

하얀 장갑에 쌓인 여왕의 손에 살짝 닿는 입맞춤을 했다.

그것을 훔쳐보던 주변 사람들이 안심하여 긴장을 푸는 게 느껴졌다.

관광성의 자료에 따르면 동방 소국에서 상위의 귀인에 대한 예라고 하니까, 내가 여왕을 상위자로 인정한 형태가 되어 안심한 거겠지.

그리고, 시가 왕국에서는 사라진 관례라고 한다.

수행원인 아리사와 나나를 여왕에게 소개하고, 장소를 성내로 바꾸게 되었다.

◆

"—엄청나."

여왕에 대한 공물을 본 시녀 한 명이 숨을 삼켰다.

여기는 알현실이 아니라 여왕의 사실이다.

무관이 한 명, 귀족이 한 명, 포근하게 곱슬진 머리의 영애가 한 명 합계 4명이 여왕 옆에 있었다.

비취 비단이나 시가 명주천에 유리 세공, 왕도에서 대량으로 받은 미술품이나 회화, 그 밖에도 해산물이나 말린 전복 등 산간 나라에서는 보기 드문 식재료 같은 것도 선물했다.

개중에서도 유리 세공 장식품에는 공도에서 대인기였던 룬 광주와 같은 각인 마법으로 조각을 해서 의사적인 마법 도구로 마무리했다.

작은 부상을 막거나 잡균이나 약한 병원균에게서 몸을 지키는 정도의 물건이다.

동료들의 진심 장비처럼 히드라의 맹독이라도 막을 1급품이랑 비교하면 장난감 같은 거지만, 액세서리의 부가가치를 늘리기만 하는 거니까 문제 없겠지.

그리고, 이런 선물의 선택은 아리사와 미아와 루루 셋에게 일임했다.

"친선 방문에 이 정도 물품을 선물하다니…… 과연 대영지 무노의 직신. 펜드래건 자작은 대신직 말고도 태수 취임도 했다하지 않았더냐?"

공물을 받아 기분 좋아진 여왕이 그렇게 말했다.

아까 그 공작 장자는 모르는 것 같은데, 그녀는 내 태수 취임을 알고있나 보군. 과연 나라의 정상은 정보수집에 힘을 쏟는 모양이다.

"네. 요전에 무노 백작에게, 브라이튼 시의 태수로 임명을 받았습니다."

여왕 옆에 있던 사람들이 「태수」라는 말에 놀라움을 드러냈다.

"이렇게 젊은 나이에 중앙의 대신직에, 태수, 게다가 세리빌라 미궁에서 『계층의 주인(플로어 마스터)』이라는 강대한 마물을 퇴치한 무인이기도 하다 들었다."

여왕도 방금 전 공작 주종과 마찬가지로 「마왕 살해자」는 믿기 어렵다고 생각한 건지, 그 호칭은 말하지 않았다.

"혹여, 펜드래건 자작은 시가 국왕의 혈연자 되시는지요?"

"아뇨. 저는 평민 출신입니다."

여왕 옆에 있던 카이젤 수염의 중년 귀족 — 이 나라의 재상인 모양이다 — 이 나에게 물어보길래, 즉시 부정했다.

솔직하게 사실을 말했는데 쓴웃음을 지으면서 「농담을 잘 하십니다」라고 했다. 알 수가 없네.

그때, 메이드들이 다기를 실은 웨건을 밀면서 들어왔다.

"멋진 향이군요."

"르모크산의 청홍차랍니다. 시가 왕국 젯츠 백작령산과 비교해도 손색이 없는 일급품이지요."

내가 칭찬하는 말에 반응한 것은, 포근한 머리칼의 영애였다.

그녀는 키워크 왕국의 제2왕녀인데, 이름은 크류라고 한다. 왕족이고 21세라는 연령인데도 독신이고, 동안의 거유 미녀다. 하얀 드레스의 가슴팍은 나나랑 비슷할 정도였다.

또한 나긋한 분위기에 비해, 그녀는 레벨 37의 마법기사다. 양손 망치, 얼음 마법, 기승 스킬을 가졌다.

겉모습에 속으면, 틈을 찔려 한 판 당할 것 같군.

"담설 전하는 르모크 왕국을 편애하십니다. 타국의 손님을 환영할 것이라면, 자국의 수초차를 내야 하지 않겠는가?"

"가누누 장군—."

근육질의 붉은 머리 장군을 재상이 타일렀다.

들어보니 크류 왕녀가 담설 공주인 모양이군.

시가 왕국의 첩보원이 주의하라고 했던 인물이다.

또 한 명의 군인은 이쪽을 관찰하기만 하고 입을 열지 않았다.

아마, 그가「동장군」이라 불리는 인물이겠지.

흑발에 의욕이 없어 보이는 군사 타입의 군인이고, 베레모가 어울릴 것 같은 인상의 29세 남성이다.

『어쩐지, 전장의 마술사 같은 별명이 있을 것 같은 분위기네.』

『은하 전쟁의 그거?』

『응. 영웅 같은 전설의 그거.』

새침한 표정을 짓고 있는데 질렸는지, 아리사가「원거리 통화」로 잡담을 걸었다.

전에는 음성 대화밖에 못 보내던 아리사도 요즘은 사념 대화까지 보낼 수 있게 됐다. 집중해야 전달할 수 있는지, 전투중이나 다른 일을 하면서는 무리인 것 같다.

주변 기색을 관찰하면서, 차에 입을 댔다.

차는 맛있었지만 다과가 설탕이 묻어 까끌거리는 달착지근한 것이었다.

이 나라는 단맛을 좋아하는 사람이 많은지, 재상도 붉은 머리 장군도 맛있게 먹고 있었다.

"펜드래건 자작은 단 것을 싫어하는가?"

"아뇨, 맛있게 먹고 있습니다."

"그런 것치고는 잘 먹지 않는데."

"아뇨, 이 나라의 신설 같은 아름다운 과자라 감탄하고 있었습니다."

"호호호, 자작은 말을 잘 하는군."

여왕의 추궁을 적당한 변명으로 넘겼다.

무표정 스킬의 도움을 빌어 영업 스마일을 쓰고, 너무 달콤한 설탕 과자를 먹었다.

아아, 까끌거려. 달콤한 걸 싫어하지는 않는데, 이건 좀 그렇다.

"저희들처럼 여행하는 자에게 눈은 아름다운 것입니다만, 살고 있는 분들은 참 힘들지 않은가요?"

"눈이 계속 이어지면 산촌에서 사는 백성은 사냥은커녕 가축을 돌보는 것도 힘들 것 같습니다."

아리사가 「겨울 문제」에 관한 이야기의 흐름을 만들어 주길래 편승했다.

"우, 우리나라의 백성은 겨울에 익숙하니, 안심하십시오."

"소문으로는 예년에 비해서 겨울이 길게 이어지고 있다고 들었습니다만—."

재상의 변명을 파고들었다.

"후후후, 자작은 상냥하군. 겨울이 이어지는 것은 본녀 또한 알고 있으니, 재상에게 명해 세금과 부역을 모두 면제하도록 했노라."

"그, 그러하옵니다, 폐하. 신청한 마을에는 식량 원조 또한 시행하고 있습니다."

여왕의 지원에, 재상이 가슴을 쓸어내렸다.

흠. 세금과 부역 이야기는 못 들었는데, 적어도 식량 원조가 시행된 것처럼 보이지는 않았어.

"폐하도 재상 나리도 무르다! 자조 노력이 부족하다! 세금과 부역을 면제해서는 아무리 시간이 지나도, 전쟁 준비를 할 수가 없어! 병력만 갖추어지면, **『겨울』 따위에 의지하지 않고도** 역겨운 코게오크 왕국의 야만인 놈들을 쫓아내주마!"

"—가누누 장군!"

붉은 머리 장군의 실언을 재상이 타일렀다.

역시, 이 나라의 「겨울」은 인위적인 것이라고 생각해도 되겠군.

검은 머리의 동장군이 씁쓸한 표정을 지었지만, 내 시선을 깨닫고 고개를 돌렸다.

붉은 머리 장군과 이유는 다른 모양인데, 그도 「겨울」로 이웃나라의 침략을 막고 있는 현재 상황을 좋게 보지는 않는가 보군.

◆

"사토 님, 시가 왕국 이야기를 들려주세요."

"왕도에서는 어떤 드레스가 유행하고 있나요?"

"여왕 폐하께 보낸 비취비단을 보았습니다만, 너무나 멋져서 감동했답니다."

"사토 님은 바다라는 것을 보신 적이 있나요?"

"사막이라는 모래의 바다가 있다고 책에 적혀 있었습니다만, 정말인가요?"

여왕 일행과 회담을 한 뒤에 초대받은 무도회에서, 나는 귀족 영애나 공주님들에게 질문공세를 받았다.

아가씨들은 모두 비싼 드레스에 훌륭한 장식품을 달고 있었다.

백성들은 굶주려 고통받고 있는데, 귀족들은 씀씀이가 좋은가 보군.

"자자, 떨어지세요, 떨어지세요—."

"뭐, 뭔가요, 이 계집아이는."

과도한 스킨십을 시도하는 영애를, 아리사와 나나가 떼어내 준다.

"여러분, 자작님을 너무 난처하게 만들면 안 됩니다."

여왕이 붙여준 시종이 적당한 타이밍에 아가씨들을 해산시켜 줘서, 우리는 드디어 파티를 즐길 상태가 되었다.

그건 그렇고, 시골 소국이라 생각하기 어려울 정도로 으리으리한 파티군.

입식 형태의 요리가 늘어선 테이블에는, 서민가에서는 본 적이 없는 진수성찬이 있었다.

몇 개 먹어봤는데, 이 지방의 식재료로 추정되는 요구르트를 뿌린 갈레트와 우엉이나 당근을 새고기로 감싸고 새콤달콤한 소스를 뿌린 것이 맛있었다.

그밖에는 시가 왕국 요리의 하위호환 같은 요리라 무난한 느낌이다.

소재의 신선도뿐 아니라, 요리사가 식재료에 익숙하지 않다는 인상을 받았다.

"자작 나리, 어떤가? 우리나라의 요리는."

와인을 한 손에 들고서 말을 건 것은, 마중을 할 때 내 소문을 말하던 공작 장자였다.

"참으로 호화롭군요. 특히 이쪽의 요리가 근사합니다."

"키워크 설조의 우엉 말이라니 상당히 촌스런 요리를 좋아하는 모양이군."

생각보다 호전적인 느낌이라 이 나라의 요리를 칭찬했는데 「촌스런 요리」 취급을 당해버렸다.

그는 자국의 요리를 싫어하나 보군.

"네. 소박하지만 참으로 좋은 맛입니다. 나중에 요리사에게 감사 인사를 하고 싶을 정도군요."

가능하면, 레시피나 조리의 요령 같은 것도 배우면 최고다.

"그, 그런가……."

내 대답에 공자가 독기 빠진 표정으로 고개를 끄덕였다.

혹시 나를 도발하고 싶었나?

"이런 곳에 있었는가, 자작 나리!"

굵직한 목소리로 부른 것은 한쪽 날의 곡도를 손에 든 붉은 머리 장군이었다.

조금 얼굴이 붉고, 숨결에서 술냄새가 난다. 취한 모양이군.

"자작 나리는 여러 무훈을 자랑한다고 들은 바가 있소! 내 검무를 상대로 그 무용을 보여줬으면 하오!"

붉은 머리 장군이 칼집에 든 곡도를 나한테 던져서 건넸다.

그의 추종자가 타이밍을 맞춰서 춤을 추는 사람들을 밀어내고 검무의 무대를 만들었다. 검무라고 했는데, 마치 결투의 양상을 풍기는 이유는 대체 뭘까?

정중하게도, 나랑 붉은 머리 장군이 검무를 한다는 걸 알리고 다녔다.

이제 와서 검무를 거절하는 건 무리겠군.

"나나, 아리사를 부탁한다."

"예스, 마스터."

"아리사는 주변 관찰을 부탁해."

"오케이~. 주인님이 질 리는 없겠지만, 방심해서 다치지 마."

"알고 있어."

벗은 외투를 아리사에게 맡기고, 회장을 둘러보며 정보를 모았다.

여왕은 가면처럼 무표정해서 심정을 살필 수 없지만, 재상과 동장군 두 사람과 몇 명인가 유능해 보이는 귀족은 씁쓸한 표정을 지었고, 담설 공주나 대다수의 귀족은 즐거운 느낌이다.

성원을 들어보니, 붉은 머리 장군은 군인과 부자 귀족에게 인기인 모양이군.

눈이 마주친 담설 공주가 「해치워 버리세요!」라고 말하는 표정을 지었다.

—결투가 아니라, 검무인데요?

끼리링. 현을 긁는 소리에서, 악단의 웅장한 곡이 시작됐다.

미아의 곡에 익숙해서 그런지, 어쩐지 서투른 느낌이다.

"간다, 자작."

"적당히 부탁드립니다."

곡도를 뽑아, 칼집을 빈손에 들었다.

붉은 머리 장군은 쌍검인 것 같으니, 칼집을 방패 대신 써야지.

—촤장.

나란히 내리치는 쌍검을 곡에 맞추어 곡도로 받아냈다.

유연하게 휘어지는 가는 칼날의 칼이라 그런지, 받아냈을 때 소리가 독특하군.

촤악 소리가 울리도록 융단 위에 발을 미끄러뜨리고, 쌍검을 받아낸 채 빙글 옆으로 회전하여 붉은 머리 장군의 쌍검을 강하게 튕겨냈다.

그가 자세를 바로잡는 타이밍에 맞추어, 그의 칼을 리드미컬하게 때렸다.

"이, 이놈!"

검무니까 실제 검기의 이론과는 동떨어진 거창한 움직임을 시도해봤는데, 붉은 머리 장군은 불만인가 보군.

애니메이션 「돌아온 임금님」의 발도 댄스를 이미지한 거니까, 나중에 아리사한테 점수를 물어봐야지.

적어도 회장의 영애나 메이드들에겐 호평이니까 괜찮겠지.

중간부터 담설 공주뿐 아니라 여왕 폐하도 흥분한 기색으로 보고 있었으니 구경거리가 된 보람이 있다고 할 수 있다.

곡이 끝날 무렵에는 붉은 머리 장군이 숨을 헐떡이고 있었다.

직전에 멈추는 수준을 아인 소녀들 기준으로 한 탓인지, 조금

스트레스가 컸나 보군.

자기가 먼저 말한 검무니까, 그렇게 원수를 보는 것 같은 눈은 그만두시죠.

"멋진 여흥이었다. 가누누 장군과 펜드래건 자작은 둘 다 나라를 대표하는 강자로다. 상으로 이것을 내리마."

여왕이 우리들 둘에게 찬사를 보내며, 얼음 광석이 끼워진 팔찌를 건넸다.

마법 도구 같은 건 아니지만, 꽤나 가치가 있을 것 같아.

붉은 머리 장군은 여왕의 신봉자인지, 나는 뇌리에서 사라진 표정으로 받은 팔찌를 손에 들고 감격했다.

소리도 없이 다가온 메이드가 술잔이 담긴 쟁반을 내밀었다.

"수고하셨습니다."

건네받은 벌꿀주를 마시고, 빈 고블렛 잔을 돌려주었다.

벌꿀주에 지효성의 마비독이 들어있으니, 고블렛과 메이드를 마킹해두자.

그리고 오늘 입은 옷에는 「마비」를 해제하는 마법회로가 있으니, 저항에 실패해도 위협은 안 된다.

"자작님, 잠깐 괜찮을까요?"

"물론, 괜찮습니다."

나에게 말을 건 후드를 깊게 눌러쓴 족제비 수인족 상인에게 미소를 지었다.

"언제나 그런 못난 후드를 쓰고 있나?"

"용서해 주십시오. 우리들의 짐승 얼굴이 불쾌하다고 하시는 귀인이 이 나라에 많은지라."

족제비 상인과 함께 무도회장 밖으로 이동하는 도중에 깊숙하게 눌러쓴 후드에 대해 질문을 하자, 그런 대답이 돌아왔다.

묘하게 발음이 좋은 것이 신경 쓰여 물어보니, 족제비 제국의 데지마 섬에 있는 교역인 길드에서 인간족의 발성을 배웠다고 한다. 시가 왕국에서 만난 족제비 상인 호미무도리 씨도 거기서 배운 게 아닐까?

"어디까지 갈 거지?"

"이제 금방입니다."

따뜻했던 무도회 회장과 달리, 으슬으슬한 돌 회랑은 건강한 사람이라도 반 시간이면 감기에 걸릴 법한 장소다.

"펜드래건 각하는, 저희들 족제비 수인이 얼음 광석의 이권에 크게 연관된 것을 알고 계십니까?"

족제비 상인이 그런 이야기를 꺼냈다.

"소문 정도는 들었지."

회랑 너머에 수상한 사람의 움직임이 있는 것을, 레이더의 광점이 알려주었다.

이런 장소에서 대기해야 하니 암살자도 고생이야.

"저것을 보시죠."

회랑 중간에 멈춰선 족제비 상인이 작은 유리창 밖을 가리켰다. 판유리를 만들 기술이 없는지 둥근 유리의 바닥을 커팅해서 이은 독특한 유리창이다.

창밖에 보이는 것은 눈 풍경.

눈에 가라앉은 키워크 왕도와 얼음으로 뒤덮인 호수가 보였다.

호수 중앙에 수정 같은 거대한 암석— 아니, 탑 같은 것이 솟아있고, 안에서 옅은 빛이 흘러나오고 있었다.

나는「망원」스킬 덕분에 잘 보이지만, 보통 사람이라면 흐릿한 빛이 보이는 정도겠지.

희미한 소리가 회랑의 돌기둥 뒤에서 들렸다.

다 보이는 습격자가 드디어 공격해올 모양이군.

"보여주고 싶은 건 저 흐릿한 빛인가?"

"네. 저 빛을 발하는 탑이 바로—."

족제비 상인이 말하는 도중에 그를 밀어내고, 우리를 노리고 날아온 독 칼날을 머플러에 마력을 주입해서 전부 튕겨냈다.

"발도 안 돼."

"일곱 개를 전부, 튕겨내다니!"

이쪽에 보여주려는 것처럼, 기둥 뒤에서 습격자들이 모습을 보였다.

혀가 짧은 발음이라 알아듣기 어려운 말은 평소처럼 머릿속에서 보정했다.

다섯 명의 습격자들이 독이 묻은 소검을 겨누었다.

후드를 깊숙하게 눌러쓴 모습은 족제비 수인족처럼 보이지만, AR표시에 따르면 쥐 수인족 남자들이다.

소속은—.

"펜드래건 경은 무사한가! 제군들! 도적을 하나도 놓치지 마라!"

""""예!""""

회랑 반대편에서 이상할 정도로 타이밍 좋게, 붉은 머리의 가누누 장군이 병사들을 이끌고 모습을 드러냈다.

불리함을 깨달은 습격자가 침입에 사용한 것으로 보이는 회랑의 기둥 뒤에 있는 구멍으로 도망을 꾀했다.

마커를 달아뒀으니 어디로 도망치든 마찬가지지만, 붙잡으러 가는 게 귀찮으니까 자갈을 던져 습격자 한 명을 행동불능으로 만들었다.

"이놈을 지하 감옥에 넣어 심문하라."

붉은 머리 장군이 데리고 온 병사가 행동불능이 된 습격자를 묶어 데려가고자 했다.

어허, 이대로는 안 좋아.

"펜드래건 경, 다친 곳은 없으신가?"

"네. 저는 괜찮습니다."

뻔뻔한 미소를 지으며, 내 시선에서 습격자를 가리려 하는 붉은 머리 장군에게 수긍했다.

"잠깐, 그 남자에게 조금 용건이 있다."

"펜드래건 경, 도적에게 다가가는 건 사양해 주시게."

습격자를 연행하려는 병사를 불러 세우려고 한 걸음 앞으로 나섰지만, 그것을 붉은 머리 장군이 가로막았다.

"이런 암살자는 암기류를 쓰지. 귀군은 우리나라의 빈객, 해를 입을 가능성이 있는 것을 두고 볼 수 없어."

"과연, 그것도 그렇군요—."

나는 손 안에 꺼낸 키워크 반동화를 손가락으로 튕겨서 습격자의 후드를 벗겼다.

"—족제비 수인인가 했는데, 쥐 수인이었군요."

내가 상큼한 미소를 지으며 고하자, 붉은 머리 장군이 허를 찔린 표정으로 「그런 모양이구려」하고 말을 쥐어 짜내고 물러났다.

자, 일련의 불가해한 습격 사건인데—.

습격해온 쥐 수인들의 소속은 키워크 왕국의 지저분한 일 전문 아인 부대다. 물론, 통상의 감정 스킬로는 범죄 길드 소속으로 보이게 되어있다. 인식 저해 아이템과 다수의 소속을 이용한 소속 위장이군.

이어서 맵 검색을 해보니, 지하감옥에 빈사의 족제비 수인이 몇 명 있었다.

여기서부터는 추측인데, 붉은 머리 장군이 습격자를 붙잡은 다음 지하 감옥의 족제비 수인을 옥살하고, 내 암살 미수범은 족제비 수인족이라고 할 생각이 아니었나 싶군.

붉은 머리 장군은 족제비 수인족을 왕국에서 쫓아내고 얼음 광석의 이권을 모두 얻거나, 아니면 「겨울」을 끝내고 전쟁을 재개하는 것이 목적이었던 게 틀림없어.

덤으로 마비독에 당해 움직임이 둔해진 나를 도와서 은혜를 입히려고 한 걸지도 모르겠군.

그리고 나에게 마비독이 든 술을 가져온 메이드는, 혼절 상태로 귀족가 한 구석에 감금되어 있었다.

사람 좋은 참견을 하기 전에, 할 일을 먼저 마무리하자.

나는 다리에 힘이 풀린 족제비 상인을 돌아보았다.

"그러면, 말해보겠어? 저 탑이 무엇인지—."

◆

"가누누가 용의 꼬리를 밟도록 지시한 거, 당신이지?"

"저는 아무 지시도 안 했습니다. 그리고, 그 자작이 그런 어린애장난에 걸려들 거라 생각지도 않습니다."

숨어든 동장군의 방에서, 목적한 인물과 담설 공주의 대화가 들렸다.

"어머, 그를 상당히 높게 평가하네?"

"이제 막 성인이 된 평민이 대국의 작위를 얻고, 게다가 중앙의 대신까지 치고 올라간 겁니다. 그런 인간을 과소평가하는 것은, 어리석은 자가 하는 짓이죠."

참고로 연회가 끝난 다음, 아리사와 나나 두 사람은 그녀들에게 배당된 방에 들어가 잠든 것처럼 위장하고서 동료들이 기다리는 롯지로 철수시켰다.

습격 사건이 있었으니까 둘 다 철수하는 걸 저항했지만, 아리사가 「멀리 보기」로 내 행동을 지켜보는 걸 허가해서 어떻게든 납득을 시켰다.

"당신은 『겨울』을 끝내고 싶다고 생각하는 줄 알았는데, 아니었어?"

"여왕께 『겨울』을 헌책한 건 저입니다만? 변경의 마을들을 내치는 어리석은 책략이라는 것을 알면서도, 다른 책략을 준비하지 못했지요."

동장군이 자조하듯 담설 공주에게 말했다.

"우리 군은 약하니까."

담설 공주가 그렇게 중얼거리고 일어섰다.

"『겨울』이 끝나지 않으면, 이 나라에 있어도 싸울 수 없어. 이런 눈과 얼음 속에서 썩을 정도라면, 자작을 농락해서 전장이 있는 나라에 데려가 달라고 할까?"

"눈표범이나 분사 늑대는 마음에 안 드십니까?"

"이제 질렸어. 나는 세계평화를 위해 마족과 싸우고 싶어. 용사의 옆에 서는 건 무리라도, 시가 8검과 맞설 수 있는 무인이 되고 싶은 거야."

더욱 향락적인 인물인가 했는데, 담설 공주에게는 뜻밖의 목표가 있는 모양이군.

침묵하는 동장군에게 말려달라고 하는 듯한 시선을 보낸 다음, 담설 공주가 어깨를 으쓱거리고 방을 나섰다.

동장군이 음울한 표정으로 고구마 소주가 든 수초차를 들이켰다.

"……『겨울』이 적을 막는 것은 낙관적으로 봐도 앞으로 몇 년. 전쟁에 익숙한 코게오크 왕이라면, 반드시 눈 속을 진군할 수단을 발견할 테지. 그때까지 얼음 광석을 사용한 병기를 갖추는 것은……."

"불가능한 것이더냐?"

"……폐하."

담설 공주가 나간 것과 다른 문에서, 검은 드레스의 여왕이 들어왔다.

요염하게 비치는 복장을 기대했는데, 얌전한 실무용 드레스였다.

"귀족들이 낭비하는 분량을 개발에 돌리면 5년 안에 예정한 수가 모이겠습니다만, 지금 이대로는—."

"무리로구나. 지금도 『겨울』을 부정하는 귀족이 많다. 금품에 의한 회유를 멈추면, 차기 국왕 다툼이 격화되어 개발비를 댈 수도 없게 될 것이야."

여왕이 다기 옆의 고구마 소주를 컵에 따라, 우아한 동작으로 들이켰다.

"코게오크 왕이 침략을 멈춰준다면 간단하겠다만—."

"무리일 겁니다. 이 나라에서 흘러가는 차가운 바람이 그 나라의 초원을 말려 죽입니다. 『겨울』로 그것이 가속되는 지금, 코게오크 왕이 꺾일 리 없어요."

—응?

이 나라의 온도를 연중 봄 이상의 온도로 만들면, 이웃나라와 다툼도 끝나는 거 아냐?

"정말로 책략은 없는 것이더냐?"

여왕의 질문에, 동장군이 침묵했다.

없다고 대답하지 않는 것은, 그의 프라이드일까? 아니면—.

"있사옵니다. 그러나, 그것에는 펜드래건 경의 조력이 불가결합니다."

"말해보거라. 본녀가 할 수 있는 일이라면, 이 몸을 바쳐서라도 이룩하리라."

"호수에 봉인된 강대한 마족을, 그와 그의 가신들이 토벌해주는 것입니다."

—호수에 봉인된 강대한 마족.

사실 그 이야기는, 아까 족제비 수인에게 들었다.

이 나라의 겨울은 그 마족의 봉인을 유지하기 위해서 길었다고 한다.

마족이 흘리는 독기가 호수의 수초를 마물로 바꾸고, 하얀 봉인탑에 모인 냉기가 얼음 광석을 만든다.

족제비 상인이 그것을 가르쳐준 이유는, 그가 말하기로는 「이익 확보를 위해서」라고 한다. 충분한 양의 얼음 광석을 확보했으니, 가격이 무너질 우려가 높은 증산 체제를 제3자의 손으로 끝내고 싶다고 했었지.

제멋대로시만, 참으로 족제비 수인족의 상인답다.

"호수의 마족만 멸한다면, 이 나라를 봄으로 유지하는 것도 불가능하지는 않을 것입니다."

"그래. 조금 어렵다만, 이웃나라에 냉기를 보내지 않을 정도로는 따스함을 유지할 수 있을 것이야. 그것으로 코게오크 왕국이 공격하지 않는다는 보장은 없다만, 일고의 가치가 있구나.'

내가 고찰하는 사이에도, 이야기가 진행되는 모양이다.

"좋다. 본녀의 매력으로 자작을 농락해내겠노라. 길보를 기다리거라!"

다음편 예고 같은 발언을 한 여왕이 방을 나섰다.

내 방의 침대에서 대기하고 있는 담설 공주랑 마주칠 것 같기도 하지만, 방치해도 되겠지.

나는 문을 노크하고, 장군의 대답도 기다리지 않고서 방 안에 들어섰다.

"좋은 밤이군요, 장군 각하."

"어서 오십시오, 자작 나리. 쓰러뜨려 주시겠습니까? 호수의 마족을."

이상하게 설명적인 대화가 많다 싶더라니, 동장군은 내가 엿듣는 걸 눈치챈 모양이다.

"『겨울』의 즉시 종료와 왕국이 보유한 얼음 광석의 재고 절반을 보수로 약속해주신다면."

"알겠습니다. 이 목숨과 바꿔서라도 여왕 폐하께 확약을 받겠습니다."

일부러 상당히 크게 불렀는데, 즉시 양해해 주었다.

동장군에게, 호수에 봉인되어 있는 강대한 마족이란 것의 전승을 들었다. 레벨 50의 마족이며, 「석화」의 재(灰) 버전인 「회화」와 부하 마족을 소환하는 능력을 가졌다고 한다.

"미리 한번 보고 싶으니, 안내를 준비해주실 수 있을까요?"

"쉬운 일입니다."

봉인 해체의 의식은 「봉인관」이라는 직위의 궁정 마술사가 하는 모양이다.

동장군이 따라준 술잔으로 건배를 하려는 참에, 격렬하게 문이 열렸다.

"장군! 코게오크 왕국군이 요새를 돌파했다는 보고가!"

"뭐, 뭐라고! 곧장 가겠다! 자작 나리, 실례합니다!"

사관의 말에 동장군이 서둘러 방을 나섰다.

이거, 꽤나 파란만장한 나라네.

—힘내라, 동장군.

◆

『주인님, 우리는 개입 안 해?』

아리사가 원거리 통화를 걸었다.

『일반인에게 피해가 나오지 않는 동안은 무시해야지.』

동장군이 뛰어들어온 사관과 함께 군 사령부에 간 방에서, 고구마 소주의 술잔을 기울이며 맵을 열어 상황을 확인했다.

동남쪽에 있는 산악지대에서 코게오크 왕국의 군세가 침입한 모양이다.

정규 가도가 있는 장소보다 꽤 남쪽이군.

—켄타우로스족(말 수인)?

이웃나라인 코게오크 왕국은 인간족의 나라가 아니었나 보군.

실물 켄타우로스라…… 구경하러 갈까?

그런 생각을 하면서 맵의 상세정보를 보니, 가장 가까운 마을을 습격하러 간 소부대의 움직임이 이상하다.

마치, 뭔가에서 도망치듯 본대로 가고 있다.

분사 늑대라도 마주쳤나?

그런 것치고는 코게오크 왕국군에 사상자가 없어.

혼절이나 동상이 있을 뿐이다.

나는「멀리 보기」와「멀리 듣기」마법을 발동하여 현장을 확인했다.

『마, 마족이다! 눈의 마족이 공격해온다.』

『도망쳐라! 짓밟힌다!』

눈보라 속에서, 따뜻해 보이는 모피가 달린 갑옷을 입은 켄타우로스들이 필사적인 형상으로 눈 속을 질주하는 모습이 보였다.

그들의 말도 동방 소국어인 모양이군.

『우와아아아아아아.』

『토미!』

『저 녀석은 이제 틀렸다. 얼른 도망쳐!』

―어라?

뛰는 하얀 물체가 낯이 익은데.

식량 운송에 사용한 눈사람 골렘이다.

마핵(코어)을 쓰지 않은 1회용 타입이니까 마지막 마을에서 운반을 마친 뒤는 마을을 지키도록 설정하고 방치했었지.

세 군데 정도밖에 없을 텐데, 우연히 거길 뽑아버리다니. 켄타우로스들도 운이 없군.

키워크 왕국의 마을 사람들로서는 운이 좋다고 할 수 있겠지만.

『내가 바로 코게오크 왕국 제3왕자 레타로미로다! 마족이여! 내 보창의 얼룩이 되어라!』

―오오, 굉장한걸.

보창의 끝에 달린 바람 광석의 힘일 거라고 생각하는데, 하늘을 날 것 같은 속도로 가속하여 기승 돌격(랜스 차징)을 했다.

둔탁한 소리가 나고, 눈사람 골렘의 배가 관통됐다.

『봤는가! 코게오크 최강의—.』

승리의 함성을 지르는 도중에, 눈사람 골렘의 주먹이 레타로미 왕자의 머리 위에 떨어져 그를 눈 속 깊숙하게 매몰시켰다.

배에 생긴 구멍이 필름을 반대로 돌리는 것처럼 복원되고, 활기차게 다른 켄타우로스들에게 추가 공격을 재개했다.

영상으로 보면 코미컬하지만, 도망치는 켄타우로스들은 그야말로 지옥이다.

마물이 아니면 비살상 설정을 해뒀으니까, 지금은 아무도 안 죽었다.

『왕자를 구하라! 화염수 앞으로!』

조금 잘나 보이는 지휘관이 술이 달린 짧은 채찍을 휘두르자, 군세 안쪽에 있던 입에서 불의 입김을 흘리는 개미핥기 같은 마물이 여덟 마리 나섰다.

아무래도 조련된 마물인가 보다.

아마도, 이 마물을 눈 속에서 행군하기 위한 보조로 데리고 온 거겠지.

『태워버려라아아아아아!』

눈을 빨갛게 비추면서, 불꽃의 띠가 눈사람 골렘을 녹였다.

그러나, 이대로 녹아버릴 만큼 눈사람 골렘은 만만치 않았다.

—MVA.

눈사람 골렘의 숯 조각 입이 열리고, 고드름 섞인 눈보라 브레스를 뿜었다.

—KUGYWEEEEE.

—KYSHUUUUUUW.

—MVA.

화염과 눈보라가 뒤섞이고, 하얀 안개로 인해 영상이 안 보이게 됐다.

『뜨겁다아아아.』

『추, 춥다. 얼어붙는다.』

아무래도 뜨거운 증기와 차가운 눈보라로 주변의 켄타우로스들이 험한 꼴을 보는 모양이군.

이걸로, 조금은 전쟁을 싫어하게 된다면 좋겠는데.

코게오크 왕국의 군세는 눈사람 골렘에게 쫓겨서 전쟁을 할 상황이 아니다. 이것을 모르는 키워크 왕국 수뇌부 사람들은 잠들지 못하는 밤을 보내게 되겠군.

나는 잠들기 전에 몰래 지하 감옥의 족제비 수인들과 동사 직전의 마비독 메이드를 구출하여 적당한 마구간의 짚 더미 안에 방치했다.

여기라면 동사하지는 않을 거고, 멋대로 도망치겠지.

그리고, 지하 감옥의 족제비 수인이 누명을 쓴 건 고문관과 옥지기의 대화로 확인했다.

방에 돌아온 나는, 침대의 향수 냄새와 체온에 조금 난처해하면서 잠들었다.

공간 마법으로 나를 지켜보는 아리사에게 냄새가 전달되지 않는 게 불행 중 다행이군.

◆

코게오크 왕국의 군세가 간신히 고국으로 도망쳐 돌아간 이틀 날—.

"얼어붙은 수면 위를 걸어가는 거군요."

"네. 하지만 마른 눈곰에 타지 않으면, 미끄러져서 넘어져 버린답니다."

나는 중무장을 한 담설 공주와 함께 마른 백곰 같은 승용 동물을 타고서 호수의 중앙에 있는 수정의 탑(크리스탈 타워)에 왔다.

동장군이 준비해준 안내자가 담설 공주였거든.

"—저것은?"

탑 가까이에는 얼음으로 만들어진 민가 정도 사이즈의 작은 돔이 몇 갠가 있고, 족제비 수인족의 기술자들이 얼음 광석 생성의 마법 장치를 조작하고 있었다.

"얼음 광석의 채굴 현장이다. 오늘 시찰하고는 상관없겠지."

그렇게 대답한 것은 담설 공주가 아니라 수행하는 궁정 마술사인 레브이 봉인관이다.

뭐가 마음에 안 드는지, 초면부터 까칠한 태도다.

"그렇군요."

건성으로 대답하면서, 탑 주변을 둘러보았다.

탑에 마족이 봉인되어 있다는 걸 모른다면, 관광명소가 될 법한 장소군.

이번에는 봉인관 말고도 담설 공주 직속의 부하인 흰백합 부대라는 15명 정도의 여기사들이 수행하고 있었다.

고레벨인 담설 공주랑 달리 그녀들의 레벨은 평균 8밖에 안 되니까, 장식 부대겠지.

뭐, 오늘은 봉인 장소를 확인하는 시찰이니까 문제없다.

봉인을 풀고 마족을 퇴치하는 건 내일 이후다. 오늘 오후에 백은 갑옷을 입은, 미스릴 탐색자 팀 「펜드래건」이 키워크 왕도에 도착하게 되어있다.

"이웃 나라가 공격해왔다고 들었습니다만, 안내를 해주셔도 되는 건가요?"

"네, 괜찮아요. 코게오크 왕국군은 미지의 마물에게 패하여 자국으로 철수했다고 해요. 지금쯤 가누누 장군이 마물을 조사하러 갔을 거랍니다."

내 질문에 담설 공주가 가벼운 어조로 대답했다.

눈사람 골렘은 어제의 전투로 마력이 떨어져 무너져 버렸을 테니까 붉은 머리 장군의 수색은 헛수고로 끝나겠지.

그리고 동장군이 설치한 전령탑을 통해, 오늘 아침 안으로 코게오크 왕국의 군세가 철수했다는 정보가 왕성에 전달됐다.

코게오크 왕국 방면에만 있는 설비라고 하는데, 정보 전달 속도가 상당히 빠르다.

—MUWOOOOWN.

얼음 아래서 마물이 외치는 소리가 들렸다.

얼어붙은 수면 아래에서 꿈틀거리는 식인 수초가 기분 나쁘다.

얼음이 두꺼워서 나오지 못하는 걸 알아도, 생리적으로 혐오감이 생긴다.

"저게 봉인이랍니다."

담설 공주가 가리킨 곳에 수상쩍은 제단이 있고, 신성 마법계 봉인 술식이 새겨져 있었다.

이 제단은 탑을 둘러싸고 같은 간격으로 일곱 개가 있다.

"역시, 자이크온 신의 성인으로 설치한 봉인 술식이 풀려가고 있다. 마족의 봉인조차 제대로 못 하는 열등신 놈."

봉인관이 제단을 확인한 다음 신을 모독하는 말을 뱉었다.

자이크온 신은 카리온 신과 우리온 신도 매도했었고, 문제가 많은 신이라고는 생각하지만, 아무리 그래도 신들이 가까운 곳에 실재하는 세계에서 신을 모독하는 건 위험할 것 같은데.

그리스 신화 같은 거에서도, 신을 모독해서 저주받거나 천벌을 받는 에피소드가 한두 개가 아니니까.

"레브이 봉인관, 말이 지나치답니다."

"죄송합니다, 전하."

"사과할 상대는 내가 아니지 않나요?"

담설 공주가 봉인관을 타일렀지만, 자이크온 신에게 사죄하는 건 프라이드가 방해를 하는지 마지막까지 말하지 않았다.

이거 참. 어쩔 도리가 없네.

"그런데 전하."

"뭔가요?"

"호위 여러분이 들고 있는 삼엄한 얼음 지팡이나, 뒤에 있는 썰매에 실린 대포는 뭔가요?"

"우후후—."

내 질문을 담설 공주가 웃음으로 얼버무렸다.

"—뭐라고 생각하나요? 혹시 알아낸다면, 저를 자유롭게 다룰 수 있는 권리를 드리겠어요."

먼저 제단 위에 발길을 옮긴 담설 공주가 불길한 미소를 지으며 이쪽을 돌아보았다.

어깨에 올린 거대한 전투 망치(워 해머)가 대단히 안 어울린다.

설마라고 생각하지만, 이 자리에서 봉인을 파괴할 셈은 아니겠지?

그 생각이 플래그라고 하듯 담설 공주가 행동을 일으켰다.

"《부숴라》 파성전추!"

생긋 웃으며 성구를 고하자 담설 공주가 워 해머— 파성전추를 붉게 빛냈다.

붕. 차가운 공기를 가르면서, 담설 공주의 파성전추가 제단의 봉인술식에 박혔다.

기가 막힌 폭거에 초동 대처가 늦었다. 그래도 축지와 늘 발동하고 있는 「이력의 손」을 쓰면 그녀의 폭거를 막을 수 있었지만, 아무래도 그걸 쓰는 건 좀 꺼려졌다.

그걸 쓸 바에는, 중급 마족이랑 접전을 연출하는 게 문제가 적어.

"—무슨."

담설 공주의 폭거에 봉인관의 표정이 굳어지고 패닉에 빠졌다.

이제 와서 재봉인은 무리일 거니, 그를 커버하는 건 재빨리 포기하고 마족의 부활에 대비하자.

―쩌적.

어디선가 메마른 소리가 들렸다.

"자, 사토 님. 같이 싸워요."

담설 공주가 멋진 미소를 지으며 한 손을 이쪽으로 뻗었다.

뭐랄까. 상당히 전투광인 모양이네.

―쩌저저적.

수정의 탑에 금이 가고 있었다.

가까운 돔에서 작업을 하고 있던 족제비 수인족의 기술자들이, 얼음의 호수에 넘어지면서 도망쳤다.

여기사들은 이미 탑에서 거리를 벌리고, 얼음 지팡이를 겨누며 포진하고 있군.

대포의 썰매는 세팅에 고생하고 있는지, 기사 아가씨가 당황하면서도 조작을 하고 있었다. 힘내라. 마음속으로 응원을 보냈다.

"무슨 짓을 하시는 겁니까! 이래서는 봉인이 푸, 풀려서, 마족이 부활해 버리지 않습니까!"

"그러네. 그게 어때서?"

봉인관이 필사적인 표정으로 호소하지만, 담설 공주는 천연덕스런 표정이다.

쌀쌀맞은 대응을 예상 못했는지, 봉인관이 얼굴을 신호등처럼 빨갛고 파랗게 물들이느라 바쁘다.

"크류 전하, 이제 그만 잡담 시간이 끝난 것 같습니다."

나는 담설 공주에게 주의를 재촉했다.

시선 끝에는 수정의 탑이 하얀 안개를 흘리면서 부서지고 있었다.

그 안에서 모습을 드러낸 것은 문어의 하반신과 고목 같은 상반신을 가진 마족이었다. 머리 부분에 해당하는 장소에는 새의 둥지 같은 구조물이 있다. 공도에서 본 중급 마족이랑 조금 비슷하군.

—어라?

눈앞의 마족은 중급이 아니다.

전승이 틀린 건지 봉인으로 약체화된 건지, 마족 옆에 팝업된 AR표시에 따르면 레벨 35의 하급 마족이며 능력의 대부분이 제한 상태에 있었다. 마족의 하반신도 빙결된 상태 그대로고, 담설 공주라도 쓰러뜨릴 수 있을 만큼 약체화되어 있어.

이거라면 괜한 참견을 하지 않고, 담설 공주 일행이 무훈을 세우는 걸 지켜보자.

—RWAKWUUUUUUUOW.

마족이 한 번 울부짖자, 발치의 얼음에 금이 가고 갈라진 얼음 사이에서 촉수가 나타났다.

어쩐지 모르게, 토란을 캐면서 뿌리를 당겼을 때 같은 인상으로 나타나네.

언뜻 얼음 속에서 기어 나오는 것처럼 보였지만, 자세히 보면 가장자리의 촉수 말고는 얼음에서 나오지 않았다. 마족의 하반신 대부분을 구속하고 있는 얼음이 봉인의 일부인지, 마족이 움직일 때마다 성스러운 파란 빛과 무늬로 그 움직임을 옥죄고 있는 모양이다. 촉수의 움직임도 일반인이라도 눈으로 추적할 수 있을 만큼 느리다.

"전승에 있는 기술보다도, 기분 나쁜 모습이랍니다."

담설 공주가 말하는 내용과 딴판인 미소를 지었다.

아까는 문어 같다고 말했는데, 촉수가 절반 부분 정도부터 끝이 마구 갈라져서 꿈틀거리며 기분 나쁘게 움직이고 있다.

마족이 자유를 얻기 전에, 가장 가까이 있던 담설 공주가 돌진했다.

"으랏차아아아아아아아아아아아앗!"

숙녀답지 않은 기합을 지르며, 마족의 몸통에 파성전추를 때려 박았다.

신체 강화 스킬과 근력 증가 스킬을 기듭한 기술 덕분에, 담설 공주가 휘두르는 망치의 속도는 대단하다.

—DWAGWWWUUUUOWN.

마물의 포효는 영창이었는지, 담설 공주의 파성전추가 마족 앞에 나타난 회색 장벽에 막혀 버렸다.

흩어진 회색 가루는 배드 스테이터스를 입히는지, 그것을 맞은 그녀의 갑옷이 너덜너덜하게 열화되기 시작했다.

마족이 조금씩 능력을 되찾아가는 모양이군.

"……■■ 빛 대포(레이 캐논)."

봉인관이 뿜어낸 마법이 마족의 장벽을 부쉈다.

그는 빛 마법이 특기인 모양이군.

—DWAGWWWUUUUOWN.

마족이 촉수 채찍을 옆으로 쓸면서 휘둘렀다.

"—위험해."

코트로 가리고 꺼낸 요정검으로 담설 공주나 봉인관을 공격하는 마족의 촉수를 베어냈다.

잘라낸 촉수가 회색의 피 같은 것을 흘리며, 꿈틀꿈틀 독립하여 나를 공격했다.

기분 나쁘니까, 가볍게 짓밟아 움직임을 멈추었다.

무심코 손을 대버렸는데, 이 정도는 아마 무효야.

"사토 님, 감사하답니다."

감사를 고하는 담설 공주 너머에서, 마족의 머리 부분에 있는 새둥지 위에 회색의 안개 같은 것이 발생하기 시작하는 게 보였다.

"얼음 지팡이 부대! 마족의 머리 부분을 향해 일제사격!"

""""네!""""

부대장의 지시로, 여기사들이 얼음 지팡이를 썼다.

하얀 서리 같은 샤워가 마족의 머리 위 회색 안개를 얼리고 날려버렸다.

꽤 효과적이군. 아마도, 봉인되어 있던 마족의 대처법에 관한 전승이 남아있었겠지.

봉인관은 큰 기술을 쓰고자, 위력 증가 계통의 촉매를 뿌리고 있었다.

—DWAGWWWUUUUOWN.

방금 전의 공격은 마족에게 불쾌했는지, 얼음 아래 봉인되어 있는 촉수가 찢어지는 것도 개의치 않고 얼음의 지면을 깨부수며

구속에서 탈출했다.

"—으악."

부서진 얼음 파편이 명중했는지, 봉인관이 지팡이를 겨눈 자세로 기절했다.

"지금은 이쪽이 먼저군—."

마족의 범위 마법이 발동할 것 같아서, 담설 공주를 공격하는 촉수를 걷어차 본체 쪽으로 날려버리고 발동을 중단시켰다.

『주인님, 준비 완료. 이제부터 왕도 근처로 전이할 거야.』

아리사가 원거리 통화로 진척 보고를 하길래, 마족을 방해하면서 이쪽 상황을 전달했다.

『으엑, 정말로? 전이한 다음에 리자 씨를 선발로 보낼게. 오버.』

아리사의 통화가 끊어졌다.

지켜볼 예정이라고 말하기 전에 끊어져 버렸네.

""""꺄아아아아악!""""

얼음이 갈라지는 소리가 거듭되고, 여성의 비명이 울려 퍼졌다.

얼음 아래로 파고들어 우회한 가는 촉수가 여기사들을 가뿐하게 구속했다.

비명을 지르는 여기사들의 사지를 펼치고 갑옷의 가슴팍이 찢어지는 모습은 게임 같았지만, 게임과 달리 현실의 그녀들을 덮치는 것은 능욕이 아니라 살육이다.

여기사들의 드러난 하얀 피부 아래 있는 심장을 향해서, 마족 본체의 뾰족한 촉수가 느릿한 움직임으로 다가간다.

스플래터는 싫어하거든. 지켜본다는 방침은 잊고 순동으로 끼어들어, 촉수를 붙잡아 멈추었다.

—으엑, 이거 계속 늘어나잖아.

급하게 촉수를 끌어당겼다.

계속 늘어난다. 진짜냐.

그녀들의 눈앞에 촉수의 뾰족한 끝이 다가간다.

여기사들의 안색이 창백해지고, 식은땀을 흘리는 게 보였다.

나는 필사적으로 뾰족한 촉수를 끌어당겼다. 무훈을 세우는 걸 지켜본다거나 생각하지 말고, 얼른 처리를 했어야 하나.

"괘씸한 짓은 못합니다!"

담설 공주가 부하들을 구하고자 파성전추를 들어올려 본체를 향해 뛰어들었다.

그러나, 무거운 무기를 휘두르는 건 틈이 너무 크다.

"꺄아아아악!"

그녀의 뒤에서 덮친 촉수가 그녀의 다리를 휘감아 들어올렸다.

담설 공주가 비명을 지르며 거꾸로 매달려 올라갔다.

""""공주님!""""

여기사들이 자기들 상황도 잊고 비명을 질렀다.

그쪽도 구해주고 싶지만, 점점 늘어나는 뾰족한 촉수를 끌어당기는 손을 한순간이라도 늦추면, 여기사들이 위험하다.

이렇게 되면, 어쩔 수 없지. 금지된 수를 써서라도—.

"—비공마인선풍(에어리얼 뱅퀴시 슬라이서)인 거예요!"

저 너머에서 초고속으로 날아온 백은의 기사가 촉수를 갈기갈기 베어냈다.

그 여파가 빙원마저 가르고 얼음과 눈과 하얀 안개가 주위를 뒤덮었다.

"악즉차참인 거예요!"

백은 갑옷을 입고, 장대하게 변형한 마검을 겨눈 것은 「강아지 사무라이」 포치다.

아마도, 전이 뒤에 강화 외장으로 만든 가속문(액셀러레이션 게이트)을 써서 캐터펄트 발진을 한 거겠지. 1회용 타입이라지만, 어태치먼트도 없이 백은 갑옷으로 쓰는 건 좀 무모하잖니.

"포치, 괜찮니?"

"네, 인 거예요. 포치는 언제나 괜찮은 거예요!"

억지로 착지해서 과부하가 걸린 백은 갑옷의 내충격 유닛이 불똥을 튀기고 있으니, 너무 무모한 운용은 하지 말자. 포치가 다치면 큰일이야.

—LYURYU.

포치에 이어서 어린 용 류류가 따라왔다.

"류류! 이쪽인 거예요!"

포치의 머리에 류류가 착지했다.

흐뭇한 대화의 배후에서, 갈기갈기 찢어진 마족이 버둥거리며 일어서고자 얼음 위에서 발버둥치고 있었다.

수면의 얼음에 금이 가고, 여기저기가 갈라진다.

"닌닌~. 타마는 깜찍한 도우미 닌자~?"

여기사들은 그림자 이동으로 나타난 타마가 구출했구나.

담설 공주는 절단된 촉수에 휘감겨서 고생하고 있었다.

본체에서 떨어져도 기이하게 활동적인 촉수야.

나는 요정검으로 촉수를 잘게 잘라내고 그녀를 해방했다.

"크류 전하, 괜찮으신가요?"

"덕분에 살았―."

담설 공주의 시선이 얼음 위에서 버둥대는 마족에게 멎었다.

"―마력포를 쏘세요! 아직 마족은 건재하답니다!"

"네, 공주님!"

대포에 매달려 있던 아가씨가, 마력 충전이 끝난 대포를 마족에게 조준했다.

"발사아아아아아!"

부서진 빙원 틈으로 가라앉으면서, 썰매 위에 있던 대포가 하얀 고드름이 섞인 눈보라를 뿜어냈다.

다만, 불안정한 토대 위에서 공격이 명중할 리가 없으니 엉뚱한 방향으로 날아가 허무하게 사라졌다.

아가씨들은 가라앉는 썰매에서 간신히 벗어난 모양이다.

"전원! 탑의 섬으로 대피!"

대포의 일격이 마지막 방아쇠가 되었는지, 수면의 얼음이 완전히 갈라지고 가라앉기 시작했다.

자세히 보니, 족제비 수인족이 작업하고 있던 얼음 광석 제조 마법 장치도 부서진 돔과 함께 호수에 가라앉고 있었다.

나는 그 중 하나를 몰래 「이력의 손」을 뻗어 회수했다.

복제품이 완성되면 호수 바닥에 되돌려 놓자.

"이야앗~인 거예요!"

포치가 일어선 마족의 목을 베어 날려버렸다.

마침 마핵이 있었는지, 마족의 몸이 검은 안개가 되었고 류류의 브레스가 검은 안개를 날려버렸다.

“포치, 류류, 돌아오렴.”

“네, 인 거예요! 포치는 얼음 뛰기의 프로인 거예요!”

—LYURYU.

포치가 호수에 떠 있는 얼음을 차면서 돌아왔다.

탑 주변은 작은 섬인지, 얼음이 부서져도 가라앉을 걱정은 없어 보였다.

“그러고 보니 봉인관은—.”

존재를 잊고 있었는데, 얼음이 명중해서 기절했던 봉인관도 눈을 뜨고 몸을 일으키는 참이었다.

“뉴!”

타마의 귀가 움찔 움직이며 주위를 둘러보았다.

그와 동시에 레이더에 빨간 광점이 생겼다.

“뭔가 와~?”

방금 전 마족이 나타난 장소의 지하에서 다른 마족이 튀어나왔다.

—DWAGWWWUUUUOWN.

수초를 머리카락로 삼은 반어인 같은 모습이다.

AR표시에 따르면 레벨 50의 중급 마족이다. 아마, 이 녀석이 진짜 봉인하려던 마족이겠지.

마족은 전승에 없는「역병 만연」이라는 성가신 종족 고유 능력을 가지고 있다. 아마도, 이 녀석이 신탁에 있던 재앙을 뿌리는 존재가 아닐까?

"설마, 둘이나 봉인되어 있었다니……."

담설 공주가 아연한 소리를 흘렸다.

그 소리를 지우듯, 깨진 얼음 사이에서 식인 수초가 우글우글 기어 나왔다.

"식인 수초가 지상으로?"

"마족에게 조종당하는 모양입니다."

얼추 보기만 해도 수백은 된다.

"전원 집합! 서로의 등을 지켜라!"

""""네, 공주님!""""

담설 공주가 지시를 내리자, 흰백합 부대의 여기사들이 집합하여 등을 맞대고 우리들을 포위하는 식인 수초들에 대비했다.

"포치 대원, 타마 대원, 그녀들을 지킨다! 나를 기점으로 삼각진을 짜라!"

"아이아이 서~."

"네, 인 거예요!"

—LYURYU.

타마와 포치와 류류를 그녀들을 둘러싸듯 배치하고, 언제든지 1회용 마법 방패 팔랑크스로 중급 마족의 공격에서 지키고자 했다.

중급 마족은 식인 수초에 포위된 그녀들의 공포를 맛보기 위해서인지 부활한 지점에서 움직이지 않는다.

"순동—."

늠름한 목소리가 호수 위에 울렸다.

"—나선창격 눈사태."

붉은 유성이 물수제비 같은 기동으로 얼음 위를 춤추었다.

"……굉장해."

"저건 사람이야?'

담설 공주와 여기사들이, 식인 수초 무리를 전광석화처럼 섬멸하는 여전사— 리자의 모습에 넋을 잃었다.

"주인님, 도착이 늦어 죄송합니다."

리자의 말에 겹치듯 홍련의 불꽃이 수면의 식인 수초를 휩쓸었다.

"와오~?"

"화이어 봄버~인 거예요!"

"아리사의 지원인 모양이군요."

맵 정보에 따르면, 아인 소녀들 말고는 호수의 얼음이 깨져서 발이 묶인 모양이다.

뭐, 금방 미아의 정령 마법으로 소환된 정령을 타고 오겠지.

"……■■■■■."

불안정한 마력의 파동에 시선을 돌리자, 존재를 완전히 잊고 있던 봉인관이 빛 계통의 공격 마법을 영창하고 있었다.

그 마법을 행사하는데 그의 스킬 레벨로는 무리가 있는 건지, 당장이라도 폭발할 것 같아 무섭다.

"파멸하라, 마족이여! —멸광포(디스인펙션 레이 캐논)!"

봉인관의 지팡이에서, 특촬물에서 흔히 나오는 방전풍의 광선이 뿜어져 나갔다.

광선은 주위의 얼음을 부수면서 착탄지점을 보정하여, 중급 마족에게 명중했다.

피어오른 얼음 입자와 광선에 녹은 얼음의 증기가 주변을 하얗게 물들였다.

—DWAGWWWUUUUOWN.

중급 마족의 외침과 동시에, 증기가 날아갔다.

"말도 안된다…… 상처가 없다고?"

"저 회색의 장벽에 막힌 모양이랍니다."

뭐, 위력의 대부분이 땅에 맞아 감소됐으니까 그것도 어쩔 수 없어.

"뉴."

"주인님, 누가 있습니다."

"노란 사람인 거예요!"

언제부터 거기 있었는지, 중급 마족과 우리들 사이에 노란 신관복의 여자가 서 있었다.

아니, 스트레이트 롱의 머리카락로 그렇게 판단했지만, 성별은 알 수 없군.

왜냐하면, 신관 옆에 팝업된 AR 표시에는 「정체불명(UNKNOWN)」이라고만 나오니까.

"거기 있으면 위험한 거예요!"

포치가 말을 건 신관이, 드디어 중급 마족을 발견한 것처럼 고개를 들었다. 미인이군.

흥미가 없어 보이는 표정으로 중급 마족을 시야에 담았다.

"……마족이군."

—DWAGWWWUUUUOWN.

마족이 겁을 먹은 것처럼 포효를 지르고, 바로 회색의 브레스를 뿜었다.

마족과 신관 사이에 있던 제단 하나가, 회색 브레스를 쬐어 순식간에 먼지로 변했다.

그러나—.

"불결하구나."

신관에게 닿기 직전에, 회색 브레스가 사라졌다.

"나에게 적의를 보인 것은, 위대한 나의 신을 적시한 것과 마찬가지."

—DWAG.

마족이 그 자리에서 뒤로 물러났다.

"멸망하거라."

그 한마디로, 마족이 검은 안개가 되어 사라졌다.

""""……무슨.""""

그 광경에 담설 공주 일행이 말을 잃었다.

아인 소녀들도 예상 밖의 광경에 경계심을 드러냈다. 물론, 나도.

"네놈, 정체가 뭐냐!"

긴박한 분위기를 읽지 않은 봉인관이 외쳤다.

"무례하다……."

신관은 중성적인 미모를 불쾌함에 일그러뜨렸다.

"무지몽매한 하계의 자에게 도리를 설파해도 어쩔 수 없는 일이군."

"궁정 마술사이자, 봉인관인 내가 무지몽매하다고?"

깔보는 신관에게, 봉인관이 대들었다.

"그만두세요, 레브이 봉인관!"

담설 공주가 황급히 타이르지만, 봉인관은 신관을 밉살맞게 노려보았다.

"신관님, 이름 있는 분으로 보이십니다만—."

"나는 신관이 아니다."

신관이 담설 공주의 말을 가로막으며 부정했다.

그 신관이 제단이 부서진 것을 깨달았다. 담설 공주가 처음에 부순 제단이다.

"참으로 불경하군."

눈 깜박할 사이에 신관이 제단 옆에 있었다.

나도 움직임을 못봤다. 축지나 전이라고 생각하는데, 공간 마법 특유의 공간의 흔들림도 없다.

재빨리 메뉴를 조작하여 신관에게 마커를 달았다.

"위대한 자이크온 신의 성인에 상처를 내다니……."

제단의 성인을, 신관이 다시 그리듯 더듬었다.

"네놈들에게 명한다. 위대한 성인을 속히 수선하거라."

"흥! 마족의 봉인도 만족스레 못하는 열등신의 성인 따위—."

잘난 기색으로 명령하는 신관에게, 봉인관이 묘하게 대들었다.

그러나 봉인관이 「열등신」이라고 말한 순간, 신관이 뿜어낸 살기가 주위를 압도했다.

"우민이여. 신의 사도인 내 앞에서, 내 신을 모독하는가."

제단 옆에 나타났을 때처럼, 신관— 아니, 사도가 봉인관의 눈앞에 나타나, 그를 한 손으로 들어올렸다.

"네놈에게는 천벌조차 부족하구나."

그렇게 말하고 봉인관을 던져버렸다.

공중으로 날아간 봉인관의 모습이 소금상으로 변하고, 땅에 부딪혀 부서졌다.

틀림없다. 이 녀석이 요루스카에서 현자의 손제자에게 천벌을 내린 사도다.

"당신이 자이크온 신의 사도—."

내가 부르는 도중에, 사도가 홀연히 사라졌다.

맵의 마커 일람을 확인하자, 사도는 「틈새의 세계」라는 장소에 있었다.

"주인님, 사도라는 건 대체?"

"신의 종이라는 거야."

떨리는 목소리로 묻는 리자에게, 알기 쉽도록 대답했다.

"후뉴~."

"엄청 무서웠던 거예요."

—LYURYU.

타마와 포치와 류류가, 내 양다리에 찰싹 달라붙어 끌어안았다.

담설 공주 일행도 확인하자, 담설 공주를 제외한 모두가 다리에 힘이 풀려 주저앉았고, 담설 공주 자신도 파성전추에 기대듯 간신히 서 있는 게 고작인 모양이다.

"주인님!"

실프의 등에 탄 아리사 일행이 다가왔다.

이곳의 마족 퇴치는 끝났으니, 돌아갈 때는 실프를 타고 가자.

◆

"사토 펜드래건 경, 귀하의 공적을 칭송하며, 키워크 청빙호(青氷湖) 훈장을 내리도록 한다."

"삼가 받들겠습니다."

마족을 퇴치한 뒤, 우리는 키워크 왕성에서 여왕에게 훈장을 수여 받았다.

포상으로 키워크 왕국의 명예 후작위를 준다고 했지만, 숙고한 끝에 거절했다.

재상의 말에 따르면 귀족이 타국의 작위를 받는 것은 드물지 않지만, 딱히 메리트가 없고 여러모로 정치적인 문제가 늘어난다고 하니까.

더욱이 부상으로 담설 공주나 그녀의 자매들과 혼인도 타진을 받았지만, 그것도 정중하게 거절했다.

여왕 폐하가 은밀하게 자신의 남편이 될 생각은 없느냐고 요염하게 다가오며 물었지만, 단장의 심정으로 거절했다. 아무리 그래도 왕가의 사람이 될 생각은 없으니까.

담설 공주가 독단으로 마족과 교전을 강행한 것에 대해 여왕과 대신에게 꾸지람을 들었지만, 자업자득이니까 커버는 안 했다.

그리고 이번 일로 아리사와 미아가 왕성의 서고 열람권을 획득했으니, 머무르는 동안 여러모로 읽어볼 생각이다.

동장군과 약속한 얼음 광석은 확실하게 받았다.

예상 이상의 분량이었지만, 격납 가방(개러지 백)을 경유해서 스토리지에 수납했으니 여유다.

이상한 용량을 의심받지 않으려고 몇 번인가 다른 「마법의 가방(매직 백)」으로 교환했으니 괜찮을 거야.

"펜드래건 경, 귀공이 힘써준 것에 감사한다."

"저는 거의 아무것도 안 했습니다. 동료들 덕분이죠."

"귀공이 없었다면, 공주 전하도 흰백합 부대에 있던 내 약혼자도 무사하지 못했을 거야."

동장군과 대화를 한 뒤, 그의 옆에 서 있던 금발 숏컷의 지적인 미인이 인사를 하고 늠름한 목소리로 감사를 표했다.

분명히, 후방에서 대포를 조작하고 있던 아이들 중 한 명이군.

왕성에서 열린 며칠에 걸친 파티는, 나나와 루루가 파트너를 맡아줘서 돌파했다. 너무 오래 머무르면 혼담 공세를 받으니까, 적당한 타이밍에 물러나 아리사와 미아와 함께 키워크 왕성의 서고에서 정보를 뒤졌다.

장서량이 그렇게 많지는 않았지만, 쇠퇴한 옛날 축제나 이 지방의 독자적인 문화 등이 적힌 향토 자료 같은 게 흥미로웠다.

"얼음 마법이나 불 마법은 보기 드문 술식이 많지만, 시가 왕국의 자료에 있는 거랑 큰 차이 없는 것들뿐이네."

"이거."

미아가 건네준 것은 마법 도구 관련의 자료였다.

"족제비 수인족의 말인가?"

"이쪽에, 동방 소국어 번역문이 있어."

"아니, 글자가 지저분해서 못 읽은 것뿐이야."

족제비 수인족어 스킬은 있다.

미아가 발견한 것은, 마족전 때 획득한 얼음 광석 제조 마법 장치의 간단한 개요도와 조작 방법 설명서였다. 이것만 가지고 동등한 물건을 만드는 건 무리지만, 현물을 해석하는데 도움이 될 것 같으니 내용을 베껴둬야지.

그것 말고는 그다지 커다란 발견 없이 서고 조사는 끝났다. 기대하고 있던 수상쩍은 고문서 같은 건 없었다.

트러블이라면, 서고 조사를 하는 와중에 담설 공주가 몇 번이나 프로포즈를 했다는 것 정도다.

뭐가 그녀의 심금을 울렸는지, 이상하게 적극적이다. 아리사와 미아의 철벽 페어조차 돌파하고 유혹을 하거나, 침대에 숨어들려다가 리자와 타마에게 수상한 자로 몰려 포박을 당하기도 했다.

잔뜩 거절했더니 이번에는 식객으로 동행하고 싶다면서 고상하게 떼를 썼지만, 이 나라의 「겨울」이 끝난 이상 그녀의 힘은 고향을 지키기 위해 필요하니까 남아달라고 설득했다.

이걸로 포기해주면 좋겠는데.

"주인님, 역병이 만연할 낌새는 있어?"

"아니, 전혀."

일단, 요루스카에서 들은 예언이나 우리들의 추리는 여왕과 동장군에게 전달했다.

"역시, 중급 마족이 신탁의 원흉일까?"

"아마도. 일단 해당할 법한 르모크 왕국에도 가보자."

"알았어. 모두한테 말해서, 출발 준비를 해둘게."

출발하기 전에 담설 공주가 몰래 마차의 짐칸에 숨어들려 했지만, 경비 골렘들이 둘둘 말아서 왕성의 위병에게 넘겼다.

그녀가 실력행사로 나올 것은 동장군이 이미 시사했기 때문에, 마차에 숨어드는 계획을 적발하는 건 간단했다.

이런 사소한 트러블을 포함하여 모든 사안을 정리한 우리는, 왕성 사람들의 배웅을 받으며 왕도를 떠났다.

"사토 님! 저는 포기하지 않는답니다이이아아아!"

포기를 모르는 아가씨가 왕성의 첨탑에서 외치고 있길래, 웃으며 손을 흔들어 주었다.

재미있는 사람이야. 같이 여행을 할 생각은 없지만, 또 놀러오면 상대를 해줘야지.

카리나 양이랑 마음이 맞을 것 같단 말이지.

인터미션

“사토입니다. 일이 바쁠 때일수록, 가장 가까운 일과 상관없는 일을 하고 싶어지는 건 어째서일까요? 코드 개선안이나 효율화가 차례차례 떠오르는데, 하던 일을 정리한 다음에는 그게 딱 멎어버립니다. 신기한 일이죠.”

“마스터, 세류 시에서 이민 임무가 완료되었습니다.”

나나 자매의 장녀 아진이 나에게 보고했다.

키워크 왕국에서 일 하나를 끝낸 우리는, 중간에 팽개쳐둔 일들의 뒤처리를 하고자 내가 태수를 맡은 무노 백작령 브라이튼 시로 돌아왔다.

“마스터, 시찰하시겠습니까라고 묻습니다.”

“마스터, 위트가 안내한다고 선언합니다!”

“그것은 월권행위라고 위트를 견제합니다.”

얼마간 방치한 탓인지, 나나 자매들이 난리다.

“시찰은 다 같이 가자.”

나나 자매들의 선도를 받아서, 우리는 수인들에게 배당된 숙사로 갔다.

“주인님, 어서오십시오.”

“치타, 태수님 혹은 펜드래건 자작님이라고 하세요.”

"네, 리나 님."

숙사에는 아인 소녀들의 노예 동료였던 표범머리 종족의 치타와 태수 대리인 리나 에므린 양이 있었다.

"어서 오십시오, 태수님."

"다녀왔어. 수인들은 어떻지?"

"네. 지금은 커다란 문제는 없습니다. 치타가 수인들을 통솔해줘서 크게 도움이 돼요."

"아뇨. 아베나 케미가 도와주는 덕분입니다."

리자의 옛 동료들이 활약해주는 모양이군.

치타 일행이 문관에 적성이 있다면, 정식으로 임관해도 된다고 리나 양에게 말해둬야지.

"태수님, 수인들 일부가 농민이 아니라 나무꾼이나 사냥꾼이 되는 것을 희망합니다만……."

"딱히 상관없을 것 같은데?"

경작지가 충분히 넓다고는 해도, 반드시 농업에 종사해야 하는 건 아니다.

"그게…… 반란의 위험이 있고, 무기가 되는 것을 주어도 될지……."

그렇군. 리나 양은 그들이 도적이 되거나 쿠데타를 일으키는 것을 경계하는군.

"리나는 걱정이 많네~."

"그러나, 아리사. 수인들은 신체능력이 높은 자가 많고, 병사와 비슷한 레벨을 가진 자도 있습니다. 태수 대리 나리의 염려도 기

데스마치에서 시작되는 이세계 광상곡 28

우라고 할 수는 없지 않을까요?"

"리자 씨까지…… 괜찮다니까. 치타, 수인들을 광장에 모아줘."

"아, 네. 알겠습니다."

치타가 리나 양에게 시선으로 확인하고서, 아리사의 지시를 수행하고자 이동했다.

"그럼, 루루 언니. 나설 때가 왔어."

"어? 나?"

갑작스런 지명에 루루가 눈을 깜박였다.

치타가 모은 수인들에게 아리사가 「시가 왕국 제일의 명사수가 모범적인 사격을 보여줄게」라고 선언하더니, 루루의 사격 시범이 시작됐다.

아인 소녀들이 하늘로 던진 여러 가지 표적을, 루루가 불지팡이 총으로 차례차례 맞춘다.

""""우오오오오오오오오오!""""

차례차례 표적을 맞추자, 수인들의 텐션이 높아졌다.

"이어서, 장거리 사격입니다~. 루루 언니, 사격해줘."

"어? 불지팡이 총 그대로? 뭐, 이 정도 거리라면 맞출 수 있지만—."

루루가 300미터 정도 떨어진 표적을 차례차례 사격해서 맞췄다.

"주인님이랑 미아도 할래?"

"맡겨둬."

"딱히 상관없는데, 활은 이걸로?"

단궁이면 한계까지 당겨도 300미터 거리의 표적에 안 닿는다.

"포치, 타마, 표적 던지자."

설마했던 클레이 사격이었다.

미아가 다섯 개 중에서 3개를 맞추길래, 나는 표적이 겹치는 순간을 노려서 세 발로 다섯 개의 표적을 맞추는 곡예를 해봤다.

"사냥꾼이 될 거라면, 이 정도는 할 수 있도록 해봐."

아리사가 수인들에게 무모한 소리를 한다.

"그리고 태수 님과 키슈레시가르즈 여준남작이랑 대련을 해서 끝내자."

"주인님, 한 수 배우겠습니다."

아리사의 노림수를 좀처럼 이해하기 어렵지만, 리자가 기대가 가득한 표정으로 눈빛을 반짝거리고 있으니 오랜만에 대련을 했다.

응. 전보다도 강해졌어.

레벨 차이와 스테이터스 차이로 어떻게 되긴 했지만, 방심하면 한 방 먹을 것 같다.

조금 위험한 장면도 있었지만, 평소처럼 이겨서 주인님의 체면을 세우는 데 성공했다.

"—저기, 이것은?"

구경하고 있던 수인들이 그 자리에서 넙죽 엎드렸다. 의미를 모르겠군.

"수인은 강한 자를 존중하는 면이 있으니까요. 주인님께 경의를 표하는 걸 겁니다."

리자가 숨을 몰아쉬면서 만족스럽게 말했다.

"이상! 태수님 일행의 연무였습니다~ 박수~!"

아리사가 승리를 뽐내는 표정으로 수인들에게 말했다.

아무도 고개를 안 들어서, 박수를 친 것은 리나 양과 나나 자매 같은 한식구들뿐이다.

"우~응. 마지막으로 내가 하늘에 인페르노를 쏴서 종료하려고 했는데, 필요 없을 것 같아."

그렇게 말하는 아리사의 권유로 우리는 태수관에 돌아왔다.

"그래서, 뭘 하고 싶었는데?"

"그거야. 군사 연습 같은 거. 『너희들이 반기를 들면, 이런 위험한 녀석들의 적이 된다』라고 가르쳐준 거지."

"그랬었군요!"

같이 듣고 있던 리나 양이 손뼉을 치며 미소를 지었다.

그렇군. 이거면 자기 힘에 자신이 있어도, 어지간히 어리석은 자가 아니면 행동하지 않을 거고, 아무도 따라가지 않을 거야.

"싸우지 않고 이긴다. 병법의 기본이야."

아리사가 윙크했다.

그렇군. 오늘은 아리사를 칭찬하고, 포상으로 뭔가 좋아하는 요리라도 만들어주자.

◆

"""어서오십시오, 쿠로 님!"""

왕도의 에치고야 상회에 갔더니, 조금 오랜만에 와서 그런지 평소 이상의 기세로 간부 아가씨들이 돌격해왔다.

일단 요워크 왕국에서 마왕 퇴치를 한 뒤 한 번이랑 세류 백작령에 머무르는 사이 두 번 정도 원거리 통화로 연락을 했었는데, 그건 통화 상대가 지배인이나 비서인 티파리자 둘 중 하나였으니까.

"쿠로 님, 보고가 있습니다. 국왕 폐하께서 세리빌라 미궁을 사가 제국의 새로운 용사들에게 개방할 것을 결정하셨다고 합니다."

예리한 미모를 가진 티파리자가 최신 정보를 알려주었다.

"새로운 용사들은 벌써 세리빌라에 들어갔나?"

"아뇨. 일단 사가 제국의 척후부대가 들어간 다음이 될 거라 생각합니다."

일곱 명이나 있다지만, 비장의 수인 용사들을 조사도 없이 보내지는 않나.

"그 새로운 용사와 관련해서, 펜드래건 자작 각하에게 초대장이 왔습니다."

"애송이에게 초대장?"

받은 적 없는데?

"요워크 왕국의 마왕 퇴치 건인가?"

"그쪽도 있습니다만, 파리온 신국의 마왕 퇴치 건도 아울러 사가 제국에서 식전을 열고 싶다고 합니다."

사가 제국의 황제가 국왕 폐하한테 내밀하게, 내가 사가 제국을 방문하도록 요청을 했다고 한다.

"애송이도 힘들겠군."

쿠로의 모습으로는 남일처럼 말할 수 있지만, 아무리 그래도 계속 무시하는 건 무리일 것 같으니 이번 일이 끝나면 사가 제국에 한 번 가는 편이 좋겠어.

우울한 기분에서 도망치듯, 간부 아가씨들의 보고에 귀를 기울였다.

에치고야 상회는 지나칠 정도로 순조로웠다. 특히 파리온 신국과 교역으로 입하된 서방 소국군의 물건들이 막대한 이익을 낳고 있으며, 사회 복지로 시작한 적자 부문도 어느샌가 흑자로 전환됐다.

“쿠로 님. 이익은 가능한 투자에 돌리고 있습니다만, 괜찮을까요?”

“상관없다. 돈은 사회에 순환을 해야지.”

나 개인의 자산도 늘어나기만 하고 있으니, 에치고야 상회의 투자 부문에 자금 제공을 하자.

지배인이라면 분명히 의미있게 사용해줄 거야. 이 다음에도, 어용상인 아킨도우로 변장하여 투자 이야기를 해봐야지.

“왕국의 대형 비공정 건조는 진행되고 있나?”

“이전에 준공된 두 척에 이어, 세 척째와 네 척째의 건조가 진행중입니다.”

내 질문에 티파리자가 대답해 주었다.

“세 척째도 다음달에는 선체의 건조가 끝나고, 의장을 시행한다고 합니다.”

“허어? 생각보다 빠르군.”

“사실은 미츠쿠니 여공작 각하의 영향으로—.”

미츠쿠니 여공작— 히카루가 국왕에게 말을 해줘서, 왕조님

LOVE인 국왕이 신나서 조선을 서두른 모양이군.

뭐, 이민 사업은 일단락됐지만 대형 비공정의 운행 계획에 여유가 생기면 여러모로 유연성이 생길 거고, 참 듬직하다.

"세 척째의 의장에 관해서는 우리 상회가 맡게 되었습니다. 왕립 조선소는 일찍부터 도크를 비우고, 다섯 척째의 건조를 시작하고 싶은 모양입니다."

그러고 보니, 지난번 받은 보고서에 그런 게 적혀 있었던 것 같아.

"쿠로 님. 왕립 조선소에서 네 척째의 의장도 의뢰했습니다만, 괜찮을까요?"

"그래. 지배인의 판단이면 된다."

왕국에 제공한 공력 기관은 다섯 척 분량이었으니까 다음 건조를 위해 세 척째의 대형 비공정을 얼른 이동시키고 싶은 건 알겠는데, 네 척째의 도크를 비우고 싶은 이유는 뭐지?

"동방 항로에 취항한 기존의 구형을 신형으로 개장하고 싶다고 합니다."

그렇군. 구형 비공정은 꽤 연식이 오래 됐으니까.

그렇지. 회전광 자하드 박사가 설계한 공력 기관에 촉발되어 만든 게 몇 척 분량 정도 있고, 보르에난의 숲에 가면 미사용의 선체가 여러 개 있다. 시가 왕국의 대형 비공정에 가까운 모양의 선체도 있었으니, 긴급시에 곧장 쓸 수 있도록 한두 척 만들어 두자.

혼자서 만드는 건 꽤 수고가 드니까, 보르에난 숲의 엘프들한테 도와달라고 할까?

"—응? 그러고 보니 대형 비공정용 도크는 하나밖에 없지 않았나?"

"이런 일도 있을까 하여, 스아베 상회에서 접수한 수리용 도크를 확장해뒀습니다."

지배인이 당당한 표정으로 말했다.

응, 미인은 어떤 표정이라도 멋지군.

"그렇군. 지배인의 선견지명을 자랑스럽게 생각한다."

대처를 칭찬하자, 지배인이 부끄러운 표정을 지었다.

칭찬이 익숙지 못한 걸지도 몰라.

상회 본부의 용건을 마치고, 연구소로 발길을 옮겼다.

거기서는 문제아투성이 박사들이 지나치게 자유로운 연구를 여러 개 개화시키고 있었다. 천재와 귀재들에게 자유롭게 쓸 수 있는 자금과 자재를 건네면 이렇게 된다는 좋은 견본이다. 뭐, 아오이 소년이라는 상식인 조정자가 있어서 가능한 거지만.

"시스티나 왕녀, 잠깐 괜찮겠나?"

"쿠로 공이 저한테 용건이라니, 드문 일이군요."

연구소에서 박사들에 뒤섞여 있던 시스티나 왕녀가 무슨 실험을 하고 있길래, 잠깐 말을 걸었다.

"내 주인에게, 금서고의 장서 확인을 부탁받았다."

"용사 나나시 님이?"

나는 메모지를 시스티나 왕녀에게 건넸다.

"……이것은 금기랍니다?"

"알고 있다."

벽령의 이공간에서 발견한 대신(對神) 마법 같은 것의 연구 자료에 내가 모르는 문헌 이름이 여러 개 있길래, 「금서고의 주인」이란 별명을 가진 시스티나 왕녀에게 물어봤다.

"장서 중에 있나?"

"이것과 이것은 사본이 있습니다. 이것은 파손된 것이 있었을 거예요. 이것과 이것은 없지만, 후대에 쓰인 유사 사본이 몇 권인가 있었을 겁니다."

과연 「금서고의 주인」이군.

설마, 금서고에 돌아가지도 않고 기억하고 있을 줄은 몰랐다.

"감사한다."

"용사 나나시 님에게 전하세요. 『장서를 열람할 때는, 저에게 말을 하세요』라고."

뜻밖에도, 시스티나 왕녀는 용사 나나시를 도와줄 생각인 모양이다.

"금기를 접하게 될 텐데."

"상관없어요. 용사 나나시 님이 바란다는 것은, 세계평화에 필요한 일이겠죠? 그걸 위해서라면, 이 몸이 이단으로 매도를 당하는 것도 각오하고 있습니다."

시스티나 왕녀가 긴장된 표정으로 말했다.

"그 각오, 내 주인에게 반드시 전하지."

그녀에게는 말할 수 없지만, 또 다시 「따르지 않는 것」과 교전하는 일이 있을 때 분명히 「대신 마법」이 필요해질 것 같단 말이지.

◆

"히카루는 부재중이네—."

쿠로로서 에치고야 상회의 용건을 마치고 아킨도우로 변장하여 투자 이야기를 한 뒤에 시간이 생겨서 왕도의 히카루를 만날까 했는데, 그녀의 마커가 공도로 가는 대형 비공정 안에 있었다.

사토로서 어슬렁거리는 건 안 좋으니까, 왕도에 있는 다른 지인을 만나러 갈 수도 없다.

요루스카에 들러서 그 신탁을 전해준 무녀에게 면회를 청했는데, 그쪽은 새로운 신탁을 받기 위한 의식중이라 만날 수 없었다. 듣자니 이레밤낮으로 하는 의식이라고 한다. 그러고 보니 성역이 없으면 신탁의 의식에 시간이 걸린다고 했었지.

"—어머? 나나시 씨, 오랜만이네."

공도의 테니온 신전에 있는 무녀장을 만나러 가봤다.

"기별도 없이 미안하군."

무녀장을 상대로는 쿠로 같은 말투였었지.

"우후후, 신경 쓰지 마세요."

무녀장이 경쾌한 어조로 말했다.

여전히 나이가 든 느낌이 안 나는 사람이야.

"요루스카에 신탁이 내렸다고 들었다. 공도에서는 무슨 신탁이 있었나?"

"네. 조금 먼 신탁이라, 저한테는 잘 안 들렸어요. 세라라면, 조금 잘 알 거랍니다."

그렇게 말하고 무녀장이 무녀 세라를 불러주었다.

찾아온 세라에게 들은 신탁은 요루스카의 것과 큰 차이가 없는 느낌이다.

"신탁의 사건이 일어났는지 아닌지는 알 수 있나?"

그렇게 물어보고 세라 앞에서 연기하던 용사 나나시는 이런 어조가 아니었다는 걸 떠올렸지만, 새삼 어조를 바꾸는 것도 이상하니까 그대로 밀어붙였다.

"그런 신탁은 거의 없습니다. 보통은 재해가 실제로 일어나면 알게 되니까요."

마왕 토벌 때는 테니온 신의 신탁이 있었으니 확인해본 건데, 이번 일 같은 신탁은 완료 보고가 없는 모양이다.

키워크 왕국의 마족을 퇴치하고 「겨울」을 끝낸 것이, 신탁에서 말한 일인지는 알 수 없네.

"—왜 그러지?"

세라가 뭔가 말하고픈 기색이라 물어봤다.

"방금 전의 신탁 말입니다만—."

조금 머뭇거린 다음, 세라가 말을 이었다.

"제 착각일지도 모릅니다만, 테니온 님의 말씀에 망설임 같은 것을 느꼈습니다."

"망설임?"

"망설임이라고 해야 할지, 저희들이 느끼는 불안과도 같은……
애매한 이야기라 죄송합니다."

"상관없다. 무녀의 인상은 신탁을 풀어내는 중요한 열쇠가 된다."

망설임이나 불안이라…… 신탁이 일어날지 아닐지 불명인 느낌일까?

"저기, 용사님, 사토 씨— 펜드래건 자작님은 무사하셨나요?"

"펜드래건 자작?"

세라가 물어본 내용을 한순간 이해 못했지만, 금방 뭘 물어본 건지 이해했다.

"아아, 요워크 왕국의 마왕 퇴치 건인가?"

"네."

"직접 만나진 않았지만, 다쳤다는 이야기는 못 들었다. 그 연락을 잘하는 남자가 편지를 보내지 않았나?"

"아마도, 아직 도착하지 않은 거라 생각합니다."

나도 그렇게 생각한다. 왜냐면 쿠보크 왕국과 세류 시에서, 제각각 세라에게 편지를 보냈거든.

"그러면, 실례하지."

나는 그렇게 말하고, 테니온 신전을 떠났다.

◆

"—비공정?"

"응, 관광성의 대신 전용정이래."

브라이튼 시에 돌아오자, 소형 비공정이 도착해 있었다.

영주들 분량의 소형 비공정이 모두 지급됐으니까 남은 것을 나한테 배당한 모양이군.

그러고 보니 꽤 전에 재상이 그런 이야기를 한 적 있었어.

"동방 소국군은 길이 안 좋으니까 마침 잘됐네."

말로 여행을 하는 것도 좋지만, 이동에 시간이 너무 걸린단 말이지.

"다음은 어디에 갈 거야?"

"목적지는 르모크 왕국이지만, 거기 겨울은 조금 나중이니까 다시 한번 키워크 왕국을 체크하고서 순서대로 소국군을 방문한 다음에 가자."

그게 더 관광대신다우니까.

수도의 왕국

"사토입니다. 축제는 좋아합니다. 볼 맛이 있는 대축제나 외국의 축제도 좋지만, 지방의 작은 여름 축제도 특별한 즐거움이 있단 말이죠. 유카타를 입은 동급생 친구를 보고 가슴이 뛰던 것이 생각납니다."

"이제 곧 목적지인 르모크 왕국이야? 여기저기 들렀는데, 겨울에 안 늦을까?"

"아직 눈이 안 내리니까 괜찮아."

우리는 느긋한 페이스로 여러 나라와 소부족의 마을을 방문했다. 지루한 비공정의 이동 중에도 아리사가 주도한 레크리에이션을 적절히 끼웠으니, 그렇게 힘들진 않았다.

"그럼 괜찮지만, 잔뜩 돌았네."

"5개국."

아리사의 말을 포착한 미아가 대답했다.

"그것뿐이었어?"

"소부족의 마을을 여러 개 돌아다녔으니까 많게 느껴진 거 아냐?"

겨울의 나라 키워크 왕국 다음에 켄타우로스족(말 수인)의 코게오크 왕국을 방문해서 키워크 왕국의 「겨울」이 이제 곧 끝난다는 것을 말해주고, 그 밖에 세 왕국을 돌아다녔다.

그중 두 군데에서, 그 사도의 흔적이 있었다.

어린아이를 노예로 쓰고 버리던 광산 경영자와 마인약 같은 걸 팔고 있던 범죄 길드의 구성원이 소금 기둥으로 변하는 사건이 있었다고 한다. 둘 다 실행범만 처벌하고 그 뒤에 있던 오너나 흑막에는 손을 대지 않아서 같은 일이 재발하고 있었다.

전자는 쿠로로서 에치고야 상회 특제로 만든 소형 채굴용 골렘과 노예 아이들을 교환하고, 후자는 흑막을 국왕 앞에 끌고 가 사법의 심판을 받게 한 다음 제조법을 완전히 소실시켰다.

제조를 강요받고 있던 연금술사나 약사는 다시는 범죄에 손을 대지 않는다는 맹세를 받은 다음에 시가 왕국 왕도의 에치고야 상회의 공방으로 배치했다.

"정기 연락은 했어?"

"방금 했어. 브라이트든 시도 순조롭대."

딱히 문제가 일어난 곳은 없다.

"나나의 자매들도 같이 오면 좋았을 텐데."

아리사의 말처럼 소형 비공정에 타고 있는 건 평소의 멤버뿐이고, 나나의 자매들은 같이 안 왔다.

"예스 아리사. 칼잠을 자면 탑승이 가능했다고 고합니다."

"아무리 그래도 정원 오버야. 그리고, 아이들을 위해서 학교를 만든다고 했잖아."

일단 브라이트든 시에도 학교는 있지만, 기본적으로 생활에 여유가 있는 부유층 아이들을 위한 것이고 다른 아이들은 다니지 않는다.

그것을 들은 나나의 자매들이, 리나 양의 허가를 받아 직업 훈련소 같은 학교를 만들었다.

"그 애들이 가르치는 걸까?"

"읽기, 쓰기, 계산 정도는 가르칠 수 있다고 고합니다."

"전부 그 애들이 가르칠 필요는 없어."

자매의 차녀 이스난이 중심이 되어 교사들을 초빙하고 있었다.

"도와줘도 좋지 않았을까요?"

"루루 말이 맞아~. 평소의 주인님이라면 과보호로 손을 댔었잖아."

아리사의 말처럼 도와줄 생각이 가득했는데, 장녀 아진이 자매의 성장을 위해 지켜봐 달라고 부탁해서, 가끔 공간 마법「멀리 보기」로 지켜보기만 하고 있다.

"커다란 나무~?"

"산수 같은 거예요!"

타마랑 포치가 TV CM에 나올 법한 거목을 발견했다.

"혹시, 저게 미아가 말했던 르모크 왕국의 대수?"

"응, 유면수."

미아가 고개를 끄덕이자, 다른 동료들도 창으로 보이는 커다란 나무를 보았다.

흥미가 있는 것 같길래, 가까운 산자락에 비공정을 내려서 골렘 말에 나눠 타고 유면수를 구경했다.

"주인님은 본 적 있다고 했지?"

"전에, 메네아 왕녀의 요청으로 용사 하야토랑 같이 흑룡 퇴치를 하러 왔을 때 들렀지."

처음으로 흑룡 헤일롱의 용천주를 마신 것도 여기였을 거야.

유면수 근처에는 요양하러 온 병자나 부상자가 사는 마을과 여관이 있었다.

이 유면수는 엘프가 심었다고 하는데, 미아를 본 마을 사람들이 참으로 좋게 대접해 주었다.

"사토."

미아가 희미하게 빛나는 씨앗을 가지고 왔다.

"왜 그러니?"

"유면수가."

아무래도, 유면수가 미아에게 씨앗을 준 모양이군.

"어딘가에 심어달라는 걸까?"

"그래."

미아가 고개를 끄덕였다.

유익한 나무니까 어디 좋은 장소가 있으면 거기에 심으면 될 거고, 좋은 장소가 발견되지 않으면 브라이튼 시에 돌아갔을 때 심으면 되겠지.

"주인님. 식사 배급을 받으러 온 자에게 들었습니다만—."

대접의 답례로 루루랑 같이 병자들에게 식사 배급을 했더니, 리자가 르모크 왕국에서 열리는 축제의 이야기를 듣고 왔다. 축제까지 며칠 안 남았다고 해서, 우리는 얼른 유면수의 마을을 떠나 르모크 왕국의 왕도를 방문하기로 했다.

◆

"토란~?"

"또 토란 아저씨인 거예요."

노점을 들여다본 타마와 포치가 귀를 축 눕히고서 낙담했다.

여기는 르모크 왕국 왕도에서 열리는 시장의 음식 에리어다.

시가 왕국의 대사로서 방문하면 마음 편하게 군것질을 못하니까, 오늘은 몰래 방문하여 관광을 탐닉하고 내일 비공정으로 방문할 생각이다.

—LYU?

포치의 머리 위에서 어린 용 류류가 고개를 갸웃거렸다.

류류는 토란에 흥미가 없는지, 냄새를 맡기만 하고서 고개를 홱 돌려버렸다.

"다른 나라 애들이니? 르모크는 식용 토란을 쓴 요리가 많으니까."

원숭이 수인족의 노점 주인이 하얀색 감자 같은 토란을 보여줬다.

그는 껍질 채로 토란을 슬라이스하더니, 그걸 이쪽으로 내밀었다.

"속은 셈치고, 생 토란을 먹어봐라."

"속아~?"

"거짓말하면 안 되는 거예요?"

내민 토란 슬라이스에 흥미가 생긴 타마와 포치가 킁킁 냄새를 맡았다.

음식 리포트 방송에서 흔히 있는 시추에이션이지만, 생 야채를 그대로 먹는 건 조금 저항감이 있다.

"사각사각~?"

"토란은 날 것보다 굽거나 찌는 게 맛있다고 생각하는 거예요."

슬라이스 토란을 받은 타마와 포치가 토란을 깨물었다.

"평범."

"예스, 미아."

"토란이군요."

"의외로 맛있는데요?"

두 사람에 이어서 미아와 나나가 손을 대고, 흥미가 생겼는지 리자와 루루가 뒤를 따랐다.

"주인님한테 양보할게."

"아니, 레이디 퍼스트다."

그런 식으로 아리사가 먼저 먹으라고 떠넘기려 했지만, 결국은 늙은 노점 주인의 미소에 져서 나랑 아리사도 먹어보기로 했다.

"어때?"

"재미있는 맛이네요."

식감은 당근 같고, 맛은 감자를 전자레인지로 데운 것처럼 담백한 느낌이다.

맛있다고 하기는 어렵지만, 맛없다고 찌푸릴 정도도 아니다.

"이 토란은 이 근처의 특산품인가요?"

"그래. 이 나라에서만 자란다고 하거든—."

식재료가 풍부한 공도에서도 못 봤다고 생각하여 가게 주인에게 물어보자, 시가 왕국으로 수출이 금지된 식품이라고 한다.

"—금지인가요?"

"아아, 먼 옛날의 용사 야마토 님이 『**칼리로제오**』니까 안 된다고 당시 임금님한테 말을 했다던가 뭐라던가."

—칼로리 제로일까? 나중에 히카루한테 직접 물어보자.

"토란만 먹으면, 빼빼 마르다가 죽어버린다는 건가요?"

"뭐야. 알고 있잖아. 그래. 다른 거랑 같이 먹으면 문제가 없는데, 신기하게도 토란만 먹고 살면 죽어버린다고 하더라. 나는 40년 동안 먹었지만, 어디 안 좋은 곳 하나 없는데 신기한 일이야."

아무래도, 예상대로 곤약처럼 로우 칼로리 식품인 모양이군.

분말 가공을 해서 비만 치료용 다이어트 식품으로 유통시켜보고 싶군. 사용시 주의사항을 명기해서 약품 취급을 하면, 슬픈 사고를 피할 수 있을 것 같은데. 뭐, 그건 히카루랑 상담해서 신중하게 정하자.

"이 베리도 특산물인가요?'

"그래. 그대로 먹으면 맛이 없어. 저기 매대에서 파는 베리 말이 구이 같은 거에 쓰는 거야."

노점 주인이 말하고, 가까운 매대를 가르쳐 주었다.

시식만 하면 미안하니까, 가게의 상품인 토란과 베리를 커다란 바구니 하나씩 구매했다.

물론, 늙은 점주가 추천한 「베리 말이 구이」도 사람 수만큼 사뒀다.

"주인님~?"

타마가 코를 움찔움찔 움직였다.

"저기서, 고기 굽는 냄새가 나는 거예요! 분명히 늑대 고기나 곰 고기인 거예요!"

찢어지지 않을까 싶을 정도로 꼬리를 흔드는 포치가 내 소매를 잡고서 뛰었다.

"주인님, 확인하고 오겠습니다."

리자가 진지한 표정으로 선언하더니, 솔선하여 고기 냄새가 나는 쪽에 정찰을 갔다.

"타마도~?"

"포치도 확인하고 싶은 거예요!"

—LYURYU.

아무래도 타마랑 포치랑 류류뿐 아니라, 리자도 토란 냄새에 질린 모양이네.

"이대로는 놓쳐버릴 기야."

"예스 아리사. 인파 너머로 모습이 사라졌다고 고합니다."

"주인님, 어떻게 하죠?"

루루가 조바심 내며 말했다.

"그러면 놓치지 않도록 쫓아가자."

위치는 레이더로 추적할 수 있고, 포치라면 냄새로 돌아올 수 있겠지만 말야.

"사토, 손."

미아가 손을 내밀었다.

혼잡한 사람의 흐름 탓에 떨어지면 안 되니까, 미아와 손을 잡고 아인 소녀들을 쫓아갔다.

그리고, 비어있는 다른 한 손 쟁탈이 일어난 건 말할 것도 없다.

◆

"—제2왕자는 제안을 안 받아줬다며?"

"그래. 『족제비는 신용할 수 없다』라면서 **매몰차게** 거절당했다."

인파 너머에서, 엿듣기 스킬이 그런 대화를 포착했다.

"당신들이 아니라도, 추락성에 보물찾기를 하러 가고 싶다는 이야기를 이 나라의 왕족이 받아줄 리가 없어."

"어째서지? 가난한 나라의 재정을 단숨에 호전시킬 수 있다. 왕자 자신도 계승 순위가 올라가니 좋은 것이 아닌가?"

맵으로 보니, 대화를 하고 있는 것은 족제비 수인족의 상인과 사가 제국 출신의 고레벨 모험가 같았다.

모험가 여성은 레벨이 상당히 높아서 39나 된다.

"그런 식으로 딱 잘라 생각할 수 있는 건 당신들 뿐이야. 그림자 공주의 추락성은 이 나라 왕족의 선조가 살고 있었다는 전설이 있잖아. 이 나라에 추락했을 때, 살아남은 소수가 이 나라를 세웠지……. 그 성에 손을 대는 건, 이른바 선조의 무덤을 파헤치는 거라고 느껴도 이상할 것 없어."

"흠. 인간족은 비합리적인 감상을 우선하는 생물이라는 걸 잊고 있었군."

관광성의 자료에 따르면 모험가가 말하는 추락성이란 것은 이 나라의 북동쪽 숲속에 있는 과거의 유적인 모양이다.

맵으로 보면 북동쪽에 있는 「그림자 숲」이라는 숲의 중앙 부분이 공백 지대— 다른 에리어로 되어있으니, 아마 거기 있겠지.

“추락성의 심장부를 손에 넣으면, 대괴어(토부케제라)마저 넘어서는 공중 요새를 건조할 수 있을 텐데…….”

“손에 넣으면, 이잖아? 거기는 600년 이상 전에 시가 왕국의 용사 야마토가 도전했다가 도망쳐 나온 마굴이야. 입구 근처에서 무덤 털이를 하는 거라면 모를까, 가장 안쪽에 도전하는 건 자살행위나 마찬가지지. 나는 용사라는 것의 비상식을 하야토를 보고 통감했거든.”

이 모험가는 용사 하야토와 면식이 있나 보군.

그들이 말하는 추락성에는 흥미가 있지만…… 무덤 털이는 하고 싶지 않아.

히카루가 들어갔었다고 하니까, 나중에 이야기를 들어봐야지.

그건 그렇고, 추락성이라. 이 나라에 추락한 것도 라라키에 문명의 부유성 같은 걸까?

“—그러면, 이 마법 도구를 추락성 안에 가져가는 일은 어떻지?”

“뭐지? 이 알은.”

“기동구를 말하면, 조사용 마법 생물이 나오는 물건이다. 이걸 내부에 가져가기만 해도 금화 100닢을 내지.”

“당신 나라의 금화는 쓰기가 어려워. 시가 왕국 금화 150닢이나 사가 제국 금화 75닢이라면 해보지.”

“좋다. 시가 왕국 금화로 지불하지. 선급 30닢, 후급으로 120닢이다.”

"알았어, 그러면—."

음모를 꾸민다고 할 수 없는 것도 아닌 대화 도중에, 얌전한 목소리가 내 집중을 끊었다.

"주인님, 무슨 일이신가요?"

"아니, 조금 아는 사람이랑 비슷한 사람이 있었는데, 잘못 본 모양이야."

루루가 불안한 기색이길래 적당한 변명으로 얼버무렸다.

방금 그 두 사람은 밀담을 하는 여관에서 철수하는 모양이다.

트러블의 냄새가 나니까, 일단 마커를 달아둬야지.

"빤~."

입으로 소리를 내면서 올려다 보는 미아와 아리사의 눈이 번득 빛을 내니까, 아마 두 사람한테는 내가 얼버무린 걸 들킨 거겠군. 철벽 페어의 감은 연애 같은 게 아니라도 날카로운걸.

무난한 대화를 모두와 나누면서 길을 나아가자, 인파 너머에 거대한 마물의 머리가 나타났다.

"저게 냄새의 근원이구나."

"마, 마물인가요?"

"성채 호랑(포트리스 타이거)이라는 마물이야."

용사 하야토랑 흑룡 퇴치를 하러 왔을 때, 용사의 종자인 루스스와 휘휘가 사냥해온 마물이다.

"맛있어?"

"짐승 냄새를 제대로 처리하면 맛있어."

국군 병사들이 쓰러뜨린 성채 호랑이를 축제의 일환으로 전시

한 모양이군.

바로 옆의 가설 부뚜막에서 성채 호랑이의 뒷다리를 불에 올려 굽고 있으며, 무료로 사람들에게 나눠주는 모양이다.

"그러면, 저건 안 되겠네."

아리사의 말처럼 짐승 냄새 탓인지 옷차림이 좋은 사람들은 다가가지 않고, 육체노동자풍의 호쾌한 남자들이나 빈곤층 같은 복장의 사람들이 성채 호랑이의 꼬치구이나 냄비 요리를 받고 있었다.

그 모습을 구경하고 있는데, 성채 호랑이의 꼬치구이를 받아온 아인 소녀들이 돌아왔다.

"딴딴맛나."

"와이번 고기 같은 거예요."

"단단해서 씹는 맛이 있군요."

아인 소녀들이 고기를 깨물었다.

"주인님, 모두의 몫도 받아왔습니다."

"그래, 고마워."

"리자에게 감사를."

"어떤 맛인지 신경 쓰여요."

나에 이어서 나나와 루루가, 리자에게 꼬치구이를 받았다.

"필요 없어."

"나도 사양할게."

"알겠습니다. 미아와 아리사의 꼬치구이는 제가 책임을 지고 먹겠습니다."

고기를 싫어하는 미아와 짐승 냄새에 표정을 찌푸린 아리사가 받는 걸 거부했다.

"주인님. 어때?"

……뭐랄까. 신발을 끓인 것 같은 식감이고, 한 번 씹을 때마다 짐승 냄새가 피어오른다.

단적으로 말하자면 맛없어.

남은 건 포치가 먹어줬지만, 다시 먹고 싶지는 않은 고기였다. 처리나 밑 준비 차이로 이렇게까지 다른 맛이 날 줄은 몰랐어.

물론 내심 생각만 하고 말하지는 않았다.

"노코멘트."

주변에서는 그런 딱딱하고 맛없는 고기라도, 필사적으로 먹는 사람들이 있으니까.

나나와 루루도 중간에 항복하고, 그녀들의 남은 고기는 타마가 처분한 모양이다.

"맛은 그렇다 치고, 나이 드신 분에게 딱딱한 게 괴롭나 봐."

"주인님, 잠깐 다녀올게요."

난처한 기색의 사람을 보고 루루의 요리사 혼에 불이 붙었는지, 잡스럽게 조리하는 병사들 쪽으로 뛰어가 버렸다. 얌전한 루루치고는 드문 일이야.

"그러고 보니 아까 좀 이상했는데, 뭐라도 발견했어?"

아리사의 질문에, 아까 엿듣기 스킬로 포착한 대화를 말해줬다.

"헤~, 족제비 수인이랑 여자 모험가의 음모구나~."

"족제비 수인 놈들이 뭔가 안 좋은 일을 꾸미고 있는 걸까요?"

질문을 한 아리사보다, 가까이서 듣고 있던 리자가 진지한 표정으로 생각하기 시작했다.

그녀는 족제비 수인을 싫어하니까, 조금 반응이 과하다.

지금은 개입할 생각이 없지만, 관광하는 틈에 체크를 해볼 생각이야.

"그것도 신경 쓰이지만, 그들이 이야기한 추락성도 조금 흥미가 있어."

무덤 털이를 할 생각은 없지만, 멀리서라도 좋으니 어떤 장소인지 보고 싶다.

"분명히, 조금 로망이 있네~."

아리사와 리자도 흥미가 있는 느낌이라, 「원거리 통화」로 히카루에게 어떤 장소인지 물어보기로 했다.

『—추락성? 르모크 왕국의 그림자성 말이지?』

『미안, 그림자성이란 호칭은 모르지만, 북동쪽 숲에 있는 유적 같은데.』

『그게 그림자성이야. 혹시 가려고? 거긴 위험하니까 이치로 오빠라도 관두는 게 좋아.』

『그 정도야?』

『응. 당시의 르모크 왕이 부탁해서 들어가 봤는데, 가장 안쪽 방을 지키는 그림자 수호병(셰이드 가드)이 너무 강해서 도망쳤어.』

『히카루가?』

용사 야마토로서 시가 왕국을 건국한 히카루는 레벨 89의 마법사다.

어중간한 상대라면 히카루의 적이 못 될 텐데.

『응. 하나씩 싸우면 상급 마족 정도는 아닌데, 쓰러뜨려도 쓰러뜨려도 계속해서 솟아나오니까 손을 쓸 수가 없게 됐어.』

상급 마족급의 적이 무한 스폰이라니, 상당히 심각한 장소군.

『용케 무사히 돌아왔네.』

『수호병들은 그림자성에서 떨어질 수가 없으니까, 어찌어찌.』

그렇군, 그런 제약이 있구나.

『그리고 거기는 르모크 왕국의 묘지이기도 하니까.』

『알았어. 흥미 삼아서 방문하지는 않을 거야.』

묘지를 들쑤시는 건 좋지 않아.

나는 히카루에게 약속하고 통화를 끊었다.

"—부드러워!"

루루가 있는 쪽에서 환성이 들렸다.

"이거라면, 나도 먹을 수 있다."

"굉장하네, 아가씨. 이가 안 남은 할머니라도 먹을 수 있다니!"

루루는 냄새를 지우는 향초를 투입한 다진 성채 호랑이 고기를 고기 경단으로 만들어 호평을 듣고 있었다.

참고로 향초는, 유면수의 마을에서 대량으로 획득한 물건이다.

마지막으로 레시피를 병사들에게 전달해주고, 그 자리를 떠났다.

◆

"뉴?"

"즐거워 보이는 소리."

군것질을 하면서 노점을 바라보고 있는데, 전방의 큰길에서 사람들의 환성과 목금(木琴) 같은 소리가 들렸다.

"뭘까? 가보자!"

"응, 갈래."

아리사와 미아가 내 손을 끌고 달렸다.

"나나, 우리도 갑니다."

"저는 귀여워를 확보할 의무가—."

"이 예쁜 사탕 사줄 테니까요."

우리들 뒤에서, 뒤늦은 나나를 리자와 루루가 재촉하고 있었다.

조금 거리가 떨어져 버렸지만, 리자랑 루루가 같이 있으면 괜찮겠지.

뒤쪽에서 양아치의 비명이 몇 번인가 들렸지만, 분명히 기분 탓일 거야.

아리사와 미아가 인파를 헤치고서, 길이 보이는 장소에 끼어들었다.

민폐란 표정으로 노려보는 사람들에게 사과하는 건 필연적으로 내 역할이다.

"어쩐지, 다시(山車) 같아."

"다시?"

"아아, 저런 바퀴가 달린 오미코시[#3] 같은 걸, 말하는 거였지?"

정확한 분류는 잘 기억이 안 나니까, 조금 애매한 설명을 미아

#3 오미코시 일본의 축제에서 행진의 주체가 되는 꽃가마. 일본의 축제는 기본적으로 신을 모시는 경우가 많아, 이동하는 제단이기도 하다.

에게 했다.

아리사가 얼굴 앞에 손으로 햇살막이를 만들고, 이쪽을 향해 이동하는 여러 대의 꽃수레를 보았다.

보기 힘든 것 같아서, 두 사람의 허리를 잡아 들어올려 잘 보이게 해줬다.

“우오오오우…… 고마워.”

“감사.”

갑자기 들어올려서 놀란 아리사와 미아 두 사람에게 미소를 지어주고, 내 몸을 나무타듯 기어오른 타마와 포치를 「이력의 손」으로 지탱하여 같이 꽃수레 구경을 했다.

어린 용 류류는 지쳤는지, 이미 포치의 펜던트 「용면 요람」에 들어가 쉬는 중이다.

“왔다.”

선두부터 「새까만 실루엣의 성」, 「성의 발코니 같은 곳에 앉은 분홍색 머리카락의 왕녀님과 검은 머리의 왕자님」, 「시녀풍의 의상을 입은 귀족 소녀들」의 꽃수레다.

“훌륭하다고 고합니다.”

“이 축제의 풍물 같은 건가 봐요.”

나나와 루루가 그렇게 말했다. 리자는 내 몸을 기어오른 포치와 타마를 회수해 주었다.

꽃수레 옆을 걷는 병사들은 머리부터 새까만 천을 쓰고 검은 옷을 입어서 그림자로 만들어진 인형처럼 보였다.

방금 전의 족제비 수인과 여자 모험가 이야기에 나온, 추락성과 르모크 왕국을 만든 사람들을 모시는 꽃수레가 틀림없어.

AR 표시에 따르면 분홍색 머리카락의 왕녀는 르모크 왕국의 제6왕녀로군.

메네아 왕녀와 닮은 일곱 살의 예쁜 아이로, 나긋하고 조용한 인상을 받았다.

"오늘 모모나 님은 얌전하시군."

"그야, 축제의 그림자 공주님 역할이니까."

"언제나 오라비 왕자님들을 따라 말을 타고 다니는 모습으로는 상상도 못했다."

주변 시민들 말을 들어보니, 본래 제6왕녀는 쾌활한 아이— 아니군.

AR 표시에 나온 제6왕녀의 이름은 리미아. 맵 정보를 보니, 그들이 말하는 모모나 제5왕녀의 쌍둥이 여동생이다.

아마도, 리미아 공주는 시민에게 노출이 적은 모양이군.

옆에 앉아있는 검은 머리 소년도 진짜 왕자고, 12세의 제4왕자님이다.

왕족은 모두 핑크색 머리카락이라고 하니까, 그는 검은 머리의 가발을 쓰고 있는 거겠지.

꽃수레의 행렬을 구경한 다음, 성 앞의 광장으로 이동했다.

포치랑 타마의 요청으로 산 가면을 뒷머리에 달았다. 여름 축제 같은 것도 그렇지만, 이런 축제의 분위기에서는 무심코 가면을 사버린다니까.

"연극을 하나 봐!"

"갈래."

"렛츠라~."

"고~인 거에요!"

연소자 팀이 달려가고, 연장자 팀이 그걸 따라갔다.

"달리면 위험해."

나는 느긋하게 따라가면서 주변 사람들에게 부딪힐 것 같은 아이들에게 주의를 주었다.

"꺅, 미안해요."

십자로 옆에서, 어디선가 어린애가 달려와 부딪혔다.

"이쪽이야말로, 실례. 다친 데 없니?"

"응, 괜찮아."

사과하는 소녀의 후드 안쪽에 핑크색 머리카락이 보였다.

방금 전에 행렬 구경을 할 때 시민들이 말했던 모모나 제5왕녀로군. 쾌활한 그녀는 몰래 축제 구경을 하러 나온 모양이다.

인파 너머에서, 그녀의 호위로 보이는 병사와 시녀가 쫓아오고 있다.

힐끔 뒤를 돌아본 모모나 왕녀가 황급히 좁은 뒷골목으로 달려갔다.

—그쪽은 안돼.

작은 비명과 자루에 뭔가 넣는 것 같은 소리를 엿듣기 스킬이 포착했다.

이렇게 되면 어쩔 수가 없군.

"잠깐 다녀올게."

나는 그 말을 남기고, 좁은 골목에 들어섰다.

"너 이 자식, 뭐야!"

나와 눈이 마주치자마자 양아치가 호통을 쳤다.

"야야야, 갑자기 시비를 걸지 마라. 좋은 집 도련님이 떨고 있잖아."

양아치 2인조가 누더기 자루의 입구를 묶으면서 이쪽을 노려보았다.

빈손이었던 조금 형님 같은 쪽이 허리의 산도를 다 보이도록 뽑으며 칼날을 혀로 핥았다.

이야기에서 흔한 시추에이션인데, 그러다 혀 베이지 않나?

"헤실거리기는! 얕보지 마라!"

그런 식으로 아무래도 좋은 생각을 한 탓인지, 양아치가 흥분해서 산도를 휘둘렀다.

그것을 가볍게 피하고 뒤로 돌아가서 그의 커다란 엉덩이를 걷어차 땅에 쌓여있는 잔해에 다이빙시켰다.

"잘도—."

또 한 명의 양아치가 자루를 던지고 단검을 뽑았을 때, 공중에 다이빙했다.

쿠당. 묵직한 소리와 처음 덤빈 양아치의 비명이 뒷골목에 울려 퍼졌다.

딱히 노린 건 아닌데, 정확하게 부딪힌 모양이군.

뒤엉켜서 일어서려는 두 사람은, 벼락 광석을 사용한 스터너로 의식을 빼앗아두었다.

왕녀를 누더기 자루에서 해방하기 전에, 인상이 들키지 않도록 축제에서 산 가면을 썼다.

어린 아이랑 플래그는 필요 없거든.

"다친 데는 없나요?"

"으, 응. 괜찮아— 팔사!"

"공주님!"

망연자실한 왕녀가, 길 쪽에서 아는 사람을 발견하고 큰 소리로 불렀다.

시녀를 뒤따라온 호위병사가 뒷골목의 범상치 않은 모습에 검을 뽑으며 왕녀와 시녀를 감싸는 위치에 섰다.

"전하를 모시는 분이군요?"

"그래. 귀공은 누구냐?"

"이름을 밝힐 정도의 자는 아닙니다. 저기 쓰러져 있는 둘이 전하를 납치하려는 것이 보여 구했죠. 뒷일을 맡기겠습니다."

"어이, 기다—"

불러 세우는 병사를 무시하고 골목의 벽을 차 건물 위로 이동하여, 투명 망토로 모습을 숨기고 동료들이 있는 장소에 돌아왔다.

◆

"신이 만든 부유성, 분홍색 머리카락의 아름다운 공주는 신의 신부가 되었노라—."

광장의 한 구석에 있는 무대에서 열리는 연극은 이 나라의 건국 이야기라고 한다.

배우의 연기가 좋지는 않지만, 시나리오는 꽤 좋군.

그리고 공주 역의 여성이 상당히 글래머러스하고 매력적이다.

"주인님, 이쪽입니다."

리자의 창을 표식 삼아, 앉아서 무대를 관람하고 있는 동료들과 합류했다.

"늦었잖아. 예쁜 여자한테 헤벌레하고 있었던 건 아니겠지?"

"응, 바람 금지."

유녀 취향은 없으니, 플래그는 안 세웠습니다.

"아니야. 유괴될 것 같은 애를 구한 것뿐이야."

"또~오, 어디서 유녀랑 플래그 세운 거구나!"

"난립 금지."

아리사와 미아를 달래고 있는데, 앞자리에 앉아있던 나나가 무표정하게 빙글 돌아보았다.

"연극은 조용히 봐야 한다고 주의합니다."

""""죄송합니다.""""

지당한 말이니, 그 다음은 나나에게 방해되지 않도록 조용히 연극을 구경했다.

연극의 클라이막스가 가까울 때 기마 집단 하나가 허둥지둥 큰길을 달려가고, 이어서 국군의 기사들이 철컥철컥 금속음을 내면서 지나갔다.

"매너가 안 좋다고 비판합니다."

못난 소음에 연극의 클라이막스가 방해를 받자, 나나가 심통이 났다.

그 동안에도 무대 위에서 구두의 사신과 성의 주인인 신의 전투씬이 진행된다.

신이 훌륭하게 사신을 토벌했지만, 사신이 죽기 직전에 쓴 마법으로 그려놓은 부유성이 추락했다.

추락한 부유성에서 핑크색 머리카락의 왕자와 왕녀가 모습을 드러내고, 신의 신부인 어머니가 죽은 것을 알렸다.

"신과 인간은 함께 해서는 안 되는 것 같구나……. 사랑스런 내 아이들아. 이 땅과 가호를 너희들에게 내리마. 나라를 건강하게 만들거라."

"받들겠습니다, 아버지— 아니, 대신(大神) 님."

라스트는 흔한 왕권 신수로 마무리를 짓는 모양이군.

◆

연극중의 소동이 조금 신경 쓰여서 맵 검색을 해봤는데, 방금 전의 기마 집단과 음모풍의 대화를 하고 있던 족제비 수인이나 여자 모험가는 상관없는 모양이다. 후자는 지금도 이 왕도 안에 있는 모양이군.

그리고 무대가 끝난 뒤, 왕도 안에서 가장 맛있다고 재상의 메모에 적혀있던 레스토랑 개인실을 잡을 수 있었다.

본래 한창 축제 중일 때는 언제나 예약으로 가득한 레스토랑이라 개인실이 비어있을 리 없었는데, 예약한 사람이 급한 용건으로 캔슬을 했는지 우리가 그 틈으로 들어갈 수 있었다.

테이블 위에는 낮에 먹은 토란을 사용한 자그마한 파이가 산처럼 쌓여있었다.

평소처럼 아리사의 「잘 먹겠습니다」의 말로 식사가 시작됐다.

"토란을 팍팍 미는 나라네~. 칼로리 제로라고 하니까, 과식해도 안심이지만."

토란과 버섯 파이, 토란과 블루베리 파이, 토란과 사슴의 간장으로 만든 키드니 파이. 샐러드는 흔히 볼 수 없는 산채를 데친 것 위에, 껍질을 벗겨서 커팅하기만 한 토란의 슬라이스나 메쉬드 포테이토가 듬뿍 담겨 있었다.

"블루베리, 맛있어."

"고기도 여기 숨어있는 거예요!"

"키드니 파이가 맛있어~?"

다들 자기 취향의 파이를 골라 먹었다.

메인 디쉬는 레스토랑과 계약한 사냥꾼이 잡아온 거대한 파란 뿔 사슴의 통구이가 나왔다.

"사슴 고기 맛나~?"

"조림에서도 고기 냄새가 나는 거예요!"

"주인님, 이 사슴의 힘줄 고기 조림도 드시죠. 함께 조린 연골이 오독오독해서 맛있습니다."

아인 소녀들이 권해주는 요리를 순서대로 먹어봤다.

타마가 추천한 사슴 고기의 그릴은 담백한 맛이지만, 지방이 올라서 제법 맛있다.

포치와 리자가 권해준 조림은 걸쭉한 식감으로, 먹으면 따뜻해서 뱃속에 온기가 담긴다. 악센트로 들어간 그린 피스 같은 자그마한 콩이 조림을 질리지 않도록 해준다. 와인이 먹고 싶어지는 맛이다.

"우응. 블루베리 파이."

"잠깐 기다려. 그렇게 많이는 그릇에 못 담아."

추천하는 것을 팍팍 밀어붙이는 미아를 달래고, 일단 그릇에 나눠 담은 분량을 정리하기 시작한다.

맛있는 요리에 혀를 내두르고 있는데, 개인실 밖에서 불온한 대화가 들린다.

고급점인데 벽이 얇군.

"—그림자 공주의 축제장이 습격을 받았다는데."

"축제장이?"

"어느 벌 받을 놈이……."

"축제장의 전하들은 무사하신가?"

낮의 퍼레이드에서 본 어린 왕자와 왕녀를 말하는 거겠지.

"그게…… 아무래도, 모모나 님이 납치를 당하신 모양이야."

"왕자나 호위 병사들은 어떻고?"

"왕자는 무사해. 병사는 마비독이 들어간 술을—."

아무래도, 트러블이 생긴 모양이다.

막간: 사건의 뒷면에서

축제장에서 사건이 일어나기 조금 전, 르모크 왕성의 이궁에 몇 명의 귀인들이 모여 있었다.

“전하, 족제비 놈들은 무어라 했는지요?”

“그림자성을 다시 띄울 테니, 안에 들여보내 달라하더군.”

핑크색 머리카락의 제2왕자가 방에 들어온 자기 파벌의 대신에게 나른하게 대답했다.

그리고 그를 뒤따르던 문관이 대신의 지시를 받아 문밖의 위병을 물리고 문을 닫았다.

“그림자성을? 가능한 걸까요?”

“당연히 불가능하지.”

제2왕자가 기가 막힌 기색으로 말했다.

“대제가 아닐 때는 공개가 금지된, 『보물 열쇠 목걸이』를 지닌 어린 왕녀가 아니면 결계의 문을 열 수 없는 데다가, 그 용사왕 야마토마저 쫓아낼 정도의 수호병이 지키고 있지 않나?”

제2왕자의 뇌리에 전설이 스쳤다.

대륙의 패권을 노리던 프루 제국을 멸망시킨 대마왕, 그 대마왕마저 쓰러뜨린 용사왕 야마토는 그에게 「최강」의 상징이었다.

그 「최강」이 이기지 못할 정도의 상대를, 그는 상상할 수 없었다.

“그건 그렇고 아쉽습니다. 신의 수호병이 없다면 그림자성에 잠든 신화시대의 보물을, 전하가 손에 넣을 수도 있을 것을…….”

“나에게 무덤을 헤집으라는 거냐?”

“아닙니다. 선조님의 보물을 조금 상속하시는 것뿐이옵니다.”

대신의 말에, 제2왕자의 마음이 흔들렸다.

그것을 파고들려는 듯 대신의 뒤에 있던 문관이 속삭였다.

“전부터 족제비 놈들의 앞잡이가 범죄 길드와 접촉한 것은, 이번 일에 관해서가 아닐까요?”

“놈들이 범죄자 놈들을 부추겨 그림자 공주 역할의 모모나를 납치할 거란 건가?”

“참으로 황송하오나…….”

제2왕자의 염려를 대신이 수긍했다.

“설마— 요전에 폐하를 알현한 사가 제국의 B급 모험가들도, 놈들이 불러들였는가?”

“가능성은 있사옵니다. 척후풍의 모험가가 손님의 출입이 없는 성의 심부에 길을 헤매고 들어갔다는 보고도 있었사오니.”

어중이떠중이 놈들이 아무리 있어도 그림자성에 잠입하는 것은 어렵겠지만, 미궁의 제1선에서 활약하는 상급 모험가가 함께 간다면 성공률이 달라진다.

“휘하의 기사를 축제장 근처에 대기시켜라.”

대신에게 명하면서, 제2왕자가 일어섰다.

“나도 간다. 여동생을 납치하려는 악한 놈들에게서 여동생을 구해내는 것은, 오라비의 역할이니까.”

그의 마음속에서, 범죄 길드와 모험가들에게서 여동생을 구해내고 그림자성의 보물을 손에 넣어 불손한 족제비 수인 상회를 몰수하는 그림이 떠오르고 있었다.

섣부르기 짝이 없는 망상에 주의를 줄 자는, 이 자리에 없었다.

◆

“모모나가 오늘은 얌전하구나.”

밝은 미소를 짓는 오빠— 제4왕자의 말에, 자그마한 리미아 왕녀의 가슴이 따끔하게 아팠다.

왜냐하면, 제4왕자는 축제의 그림자 공주 역할을 맡은 쌍둥이 언니 왕녀 모모나와 자신이 교대한 것을 전혀 눈치 못 챘기 때문이다.

제4왕자에게 왕가의 특징인 분홍색 머리카락이 아닌 그녀는 여동생으로 인식되고 있지 않은 걸지도 모른다.

“지쳤으면 인사하러 오는 민초의 대응은 내가 맡아주마. 모모나는 과실수라도 마시면서 적당히 웃고 있으면 돼.”

“감사, 합니다. 오라버니.”

리미아 왕녀는 힘껏 미소를 지으며 제4왕자의 호의에 대답했다.

이윽고 해가 기울어, 축제장 주위에 화톳불을 피웠다.

“호오, 맛있는 와인이군…….”

“방금 전의 대표가 통으로 가져왔습니다.”

“비싼 와인을 통으로 보내다니 유복한 상인인가 보군.”

제4왕자가 기분 좋게 와인을 기울였다.

상인이 헌상한 것은 떫고 맛없는 국산 와인이 아니라, 이웃나라에서 수입된 고급품인 모양이다.

"모모나 님은 이 포도수를 드시죠."

"고마워."

리미아 왕녀는 낯선 메이드의 권유로 투명한 빨간 액체에 입을 댔다.

'달아. 전에 큰 오라버니의 성인식에서 먹은 설탕물처럼 고급스런 단맛이네.'

오늘 처음으로 앳된 얼굴에 미소가 떠올랐다.

리미아 왕녀는 방금 전까지의 우울함이 느껴지지 않는 표정으로 달콤한 포도수를 들이켰다.

그러자마자, 그녀의 시야가 휘청 흔들렸다.

휘청거리며 손을 짚고, 리미아 왕녀는 생각이 정돈되지 않는 머리를 움직여 주위를 둘러봤다.

'다들 자고 있어?'

"정작 공주님이 깨어있잖아."

"켁. 족제비 놈들. 불량품을 넘겼구만."

"어이! 불평은 나중에 해. 얼른 튀자."

익숙지 않은 거친 말투에, 리미아 왕녀는 파란 얼굴로 떨 수밖에 없었다.

그녀가 팔을 붙잡힌 것을 깨달은 순간 뒤에는, 이상한 냄새가 나는 자루 안에 들어가, 짐짝처럼 들리고 있었다.

"시, 싫어, 놔, 이거 놔—."

가녀린 리미아 왕녀의 호소 따위 아무도 듣지 못했다. 난잡하게 운반되는 사이에 정신을 잃고 어디론가 끌려가 버렸다.

◆

"두목! 뒤에서 기병이 쫓아옵니다."

"뭐라고?!"

범죄 길드의 두목이 말 위에서 뒤를 돌아보자, 비늘 갑옷을 장비한 기병의 모습이 보였다.

중무장한 무거운 기수를 태우고 있는데도, 기마의 속도는 저쪽이 더 빠르다.

"전부 10기인가…… 수는 적지만 쫓아오는 게 너무 빠르다."

그들이 왕녀를 납치하기 전부터 대기하고 있었다는 생각밖에 안 드는 속도다.

이 나라의 무능한 기사로는 있을 수 없다.

"칫. 족제비 놈들의 함정에 빠졌나?"

"두목, 저건 제2왕자의 수하야."

"그 책사 행세를 하는 무식쟁이 제2왕자치고는 제법이구만. 야. 시가 왕국의 탐색자 출신한테 뜯어낸 연기 구슬을 써라. 저 망루를 지날 때 맞춰서!"

"예이."

축제를 위해서 만들어진 망루 옆을 지나갈 때, 두목이 검으로 망루의 그물을 절단했다.

조금 늦게 따라오는 수하들이 하얀 꾸러미를 땅바닥에 던지자 폭발적인 기세로 연기가 주위에 퍼졌다.

등뒤에서 일어나는 아비규환을 무시하고, 남자들은 왕도를 달려서 열려있는 왕도의 문을 빠져나갔다.

정문을 지날 때, 축제의 장식을 있는 대로 쓰러뜨리고 부하들에게 방화까지 지시했다.

"두목, 괜찮은 겁니까요? 이렇게까지 해서."

"상관없어. 추락성의 보물을 손에 넣으면, 얼른 이웃나라로 도망쳐 버리면 된다."

두목이 간부의 염려를 웃어넘겼다.

도시간이나 국가간의 왕래가 적은 이 동방 소국군에서는, 나라의 경계를 넘어버리면 추석자가 오지 않는 일이 많다.

물론, 이번처럼 왕족의 유괴나 국보의 강탈일 경우는 예외가 된다.

그것을 깨달은 것은 두목과 간부를 포함하여 몇 명뿐이었다.

"보물을 못 얻으면?"

말에 채찍질을 하면서, 기가 약해보이는 간부가 두목에게 물었다.

"상관없다. 아까 축제장에서 왕자랑 왕녀한테서 훔친 장식품만 해도, 꽤 값이 나간다. 이 왕녀가 가지고 있던 『보물 열쇠 목걸이』를 유력 귀족이나 이웃나라 왕에게 팔아버리면, 작위도 살 수 있다."

"과연 두목, 머리가 좋습다!"

편치 않은 표정의 간부와 달리, 부하들은 입을 모아 두목을 칭송했다.

추적하는 기병들을 따돌린 남자들은, 유유히 그림자성이 있는 숲으로 말을 달렸다.

◆

"리미아아아아아아아!"

사람이 모인 그림자 공주의 축제장이 누군가에게 습격을 받았다.

몰래 축제장 앞의 광장으로 이어지는 골목에 있던 어린 모모나 왕녀는, 여동생이 납치되는 것을 목격했다.

"구해야 돼!"

"안 됩니다, 모모나 님."

"이거 놔!"

앞뒤 생각지 않고 뛰쳐나가려던 모모나 왕녀를, 유모인 팔사가 끌어안아 막았다.

유모가 호위 병사에게 주변 안전 확인을 지시하고, 그런 뒤에 호위 병사들을 초소까지 위병을 부르러 보냈다.

그때 기마 집단 하나가 모습을 드러냈다. 이 나라의 기사들이다.

"너희들은 도적을 추적해라! 도적은 그림자성의 숲으로 갔음이 틀림없다."

""""예!""""

기마를 몇 명 남기고, 리미아 왕녀를 납치한 도적을 쫓아가 버렸다.

“저, 저건 제2왕자 전하의 문장?”

유모의 말에 모모나 왕녀가 시선을 돌리자, 분명히 큰 오라비—제2왕자의 늠름한 모습이 보였다.

“오라버니!”

“—윽, 모모나? 어쩌서 네가 여기에?”

제2왕자가 얼빠진 소리를 냈다.

왜냐하면 그림자 공주의 축제장에서 납치되었을 모모나 왕녀가 눈앞에 있었으니까.

“큰일났어! 리미아가 나쁜 사람한테 잡혀갔어!”

“그렇게 된 건가…….”

제2왕자는 모모나 왕녀의 발언으로, 납치된 것이 그녀의 쌍둥이인 리미아 왕녀였다는 것을 이해했다.

“최악의 사태는 피했는가…….”

‘족제비 놈들, 얼빠진 짓을 했군. 그러나, 놈들이 잘못을 깨달으면 리미아의 목숨이 위태로워진다. 시간이 얼마 없어. 서둘러야겠군.’

“—오라버니?”

모모나 왕녀가 범상치 않은 기색의 제2왕자를 보고 겁을 먹었다.

“너는 성으로 돌아가거라—. 이봐, 너희들은 성의 근위병을 불러와라. 나는 동생을 의원으로 데리고 가지.”

제4왕자를 안아든 제2왕자가 성에서 일하는 어의를 향해 말을 달렸다.

다른 기병들도, 사람을 부르러 달려가 버렸다.

“어허? 이건 대체 무슨 일이래?”

말을 타고 가는 사람들을 눈으로 좇고 있던 모모나 왕녀는, 뒤에서 갑자기 말을 거는 소리에 몸을 떨면서 돌아보았다.

그곳에는 타오르는 것처럼 붉은 머리카락의 여성과 척후풍의 몸이 가는 남성, 그리고 보통 어른의 배는 되는 거한의 검사가 있었다.

모모나 왕녀는 그들을 본 적이 있다. 성에 알현을 하러 온 사가 제국의 모험가들이다.

“—응? 공주님이니? 왜 그렇게 울 것 같은 표정이니?”

바라보는 여자 모험가에게, 모모나 왕녀는 둑이 터진 것처럼 사정을 이야기하고 도움을 청했다.

“좋아. 여동생을 구하고 싶다는 공주님의 마음에 졌다. 이 B급 모험가 카이제마인 님이 소매 걷어 부치고 도와줄게!”

마음 든든한 발언을 하는 여자 모험가의 말에, 모모나 왕녀는 고양이 앞에 놓인 쥐 같은 기분이 되면서도 그녀가 내민 손을 잡았다.

“공주님, 리미아 님의 구조라면 제2왕자 전하께 맡기죠.”

“어쩔 거야? 공주님.”

“갈래요. 데려가 주세요.”

“좋아! 마음놓고 맡겨둬!”

유모는 마지막까지 반대했지만, 모모나 왕녀의 결심은 바뀌지 않았다.

모모나 왕녀는 자기가 억지를 부려서 대신 납치된 여동생을 자기 손으로 구하고 싶었다.

"말로 쫓아가지 않아?"

"뭐, 따라와. 말보다 좋은 게 있으니까."

그렇게 큰소리치는 여자 모험가와 함께 간 곳은, 왕도에서 가까운 농촌이었다.

"이게 우리들『도깨비불 전귀』의 다리야."

어느 헛간에 숨겨져 있던 것은 골렘 세 대였다.

장난감을 자랑하는 어린아이처럼 웃으며, 여자 모험가가 골렘을 가리켰다.

"……족제비 수인의 유인 골렘."

"그래. 유모 나리는 박식한걸."

파란 얼굴로 떠는 유모가, 웃음을 짓는 여자 모험가를 보고 졸도했다.

"어라라? 기절해버린 사람을 데리고 갈 수는 없네. 마을 사람들한테 맡겨라."

"위압을 해놓고서는 말은 잘해."

"무슨 말 했니?"

"아, 아니, 아무것도 아냐. 누님."

"그러면, 얼른 시킨 대로 해라."

"네입, 누님."

여자 모험가의 지시로 가는 몸의 모험가가 마을에 달려갔다.

'……위압이란 게 뭐지?'

모모나 왕녀는 유모를 보살피면서, 들은 적 없는 단어에 고개를 갸웃거렸다.

"이제 누님. 기동 완료했습니다."

"좋아. 나는 공주님이랑 먼저 간다. 그 녀석이 돌아오면 같이 따라와라."

모모나 왕녀는 여자 모험가의 옆구리에 안겨서, 주변 민가보다 키가 큰 골렘 위에 올라갔다.

"그러면, 간다? 괜찮아? 공주님."

'성의 발코니보다는 낮지만, 흔들리는 조종석은 춥고 무서워. 하지만—.'

"괜찮, 아요."

'리미아를 구하기 위해서잖아. 참을 수 있어.'

"달린다? 떨어지지 않도록 꼭 붙들어."

'기다려, 리미아.'

모모나 왕녀는 명랑하게 묻는 말에 대답할 여유도 없이, 골렘을 다루는 여자 모험가의 허리띠에 매달리는 수밖에 없었다.

'꼭 구해줄게!'

◆

"그러면 상회를 맡긴다."

"네, 회장."

회색 쥐 수인의 지배인에게 말하고, 족제비 수인 상인이 마차에 탔다.

상인이 데리고 가는 건 금고지기를 대신하는 「보물 창고(아이템 박스)」 스킬을 가진 여자 노예뿐이다.

자금이나 비싼 귀중품만 옮기면, 왕국이 상회를 접수해도 피해가 적다.

"카이제마인 공도 잘해서 그림자성으로 가는 모양이군. 그림자성에 있는 신화시대의 비보(아티팩트)를 손에 넣으면 최상이지만, 『탐색 프로브』가 하나라도 정보를 가지고 돌아오면, 그것만으로도 황제 폐하의 인식이 좋아진다. 가난한 나라의 지점 하나둘쯤이야 잃어도 아깝지 않아."

혼잣말을 중얼거리며, 하늘을 올려다보는 그의 눈동자에 검은 그림자가 스쳤다.

풍압에 마차가 흔들리고, 여자 노예가 비명을 흘렸다.

마차에서 내린 상인을 맞이한 것은, 네 마리의 마물.

그 등에는 예속의 목걸이를 건 도마뱀 수인족이나 사자 수인족 전사들의 모습이 있었다.

노예들이 타고 있는 것은, 족제비 제국에서도 부유한 상회만 가질 수 있는 조련된 와이번이다.

"회장, 마중 나왔습니다."

"수고했다. 우리가 탈 한 마리 말고는 그림자 숲으로 가라."

상인에게 「탐사 프로브」 회수용 마법 도구를 받은 비룡 기사들이 날아올랐다.

"회장, 르모크 왕국의 병사가 이쪽으로 오는 모양입니다."

"그러면, 우리도 가지."

"행선지는 제도면 되겠습니까?"

와이번의 등에 탄 상인에게, 토끼 수인의 기수가 물었다.

"아니, 제도로 돌아가기 전에 스이루가 왕국에 들른다."

"알겠습니다."

가도에 발자국을 새기면서 활주한 와이번이 날아올랐다.

"하급룡의 송곳니, 따위로 사치스런 소리는 안 하겠지만, 손톱이나 가시— 최소한이라도 비늘 정도는 입수하고 싶군."

등에 매달리는 여자 노예의 체온에 몸을 맡기면서, 상인이 홀로 중얼거렸다.

◆

"젠장, 어째서 문이 안 열리는 거야."

그림자성의 숲에서, 남자들이 욕설을 뱉었다.

필요한 조건을 만족하고 있을 텐데, 범죄 길드의 두목이 어린 왕녀의 머리칼을 붙잡아 끌어올렸다.

짧은 비명을 지른 왕녀에게서 핑크색 가발이 벗겨지고, 횃불의 불빛 속에 금색 머리카락이 드러났다.

"—가짜라고?"

두목이 흉악한 표정을 검붉게 물들이고 앳된 왕녀를 노려보았다.

"가짜, 아, 니야."

"왕족의 머리색이 아니면, 의미가 없단 말이다! 이 가짜가!"

떨리는 목소리로 저항하는 왕녀에게, 두목이 더욱 폭언을 뱉었다.

"어쩔 수 없지, 열쇠만 팔아도 돈이 된다. 튀자."

두목의 곡도가 횃불의 빛을 받아 요사스레 빛났다.

비명을 지르지도 못하고 뒤로 물러나는 왕녀에게 거침없이 곡도를 휘둘렀다.

누구나 피가 튀는 것을 예상했지만, 다음 순간 귀에 들린 것은 칼날이 나무에 파고드는 메마른 소리뿐이었다.

왕녀가 있어야 할 장소에는 드레스가 휘감긴 통나무 하나—.

"매미 허물의 술법~?"

"—누구냐!"

어디선가 들린 목소리에, 두목이 외치며 물었다.

한 줄기 바람과 함께 가면의 소년이 모습을 드러냈다.

그 옆에는 앳된 왕녀를 안아든 분홍색 망토의 작은 황금 갑옷이 있었다.

"안녕, 처음 뵙겠습니다. 짧은 시간이 될 거라 생각하지만, 잘 부탁해."

긴장감이 한 조각도 없는 소년의 말에, 범죄 길드의 면면이 등골에 고드름을 넣은 것처럼 오한을 느끼고 몸을 떨었다.

그림자성

“사토입니다. 사망 플래그를 처음에 유행시킨 건 누구일까요? 다만, 「학점을 따게 되면 여친이랑 스키 타러 갈거야」라고 중얼거린 친구가 추가 시험을 치게 된 것은, 인기 없는 동료들의 원념인 것 같습니다. 염장질은 입 밖에 내면 안 되는 겁니다.”

“이거 난처하네.”

기껏 고급점의 맛있는 요리를 즐기고 있었는데, 축제에서 왕녀가 납치당했다는 얘기가 들렸다.

“주인님, 왜 그래?”

“—이 나라 공주님이 유괴됐다, 라는 이야기가 들렸어.”

의문스런 아리사의 물음에 간결하게 대답했다.

“큰일이잖아! 그러면 내가 구하러 다녀올게. 장소는 어디야?”

“큰일큰일~?”

“포치도 구하러 가주는 거예요.”

“유생체의 보호는 필수이며 의무이며 머스트라고 고합니다.”

아리사가 당연하게 구출하러 간다며 일어섰다.

그에 이끌려서, 타마, 포치, 나나까지 일어섰다.

포치와 타마는 고기 요리가 꽂힌 포크를 들고 있었다.

뭐, 구하러 가는 건 나도 괜찮아. 유괴된 왕녀와 직접적인 연관은 없지만, 친구인 메네아 왕녀의 여동생이니까 버린다는 선택지는 없다.

"조금 조사할 테니까 기다려—."

그렇게 말해서 모두를 진정시킨 뒤, 맵을 열었다.

소문만 들어서는 정말로 유괴된 건지 알 수 없으니까.

소문으로는 모모나 왕녀가 유괴됐다고 했는데, 축제의 꽃수레에 타고 있던 건 여동생인 리미아 왕녀 쪽이었지.

그러면 개별 검색이 아니라, 「왕녀」로 검색해보자.

왕성 안에 있는 광점을 무시한다 치고— 도시 밖에 있는 광점은 둘.

그림자성— 추락성이 있는 다른 맵 바깥쪽에 리미아 왕녀가 있는 모양이군.

그녀 주변에는 말을 탄 범죄 길드 놈들이 몇 명 있는데, 리미아 왕녀를 데리고 그림자성이 있는 다른 맵으로 들어가 버려서 몇 명인지는 알 수 없었다.

또 하나의 광점은 왕도와 그림자 숲 중간 지점 근처의 산중에 있는데, 기마 이상의 속도로 그림자 숲 방향으로 가고 있다.

이쪽은 모모나 왕녀로군.

자세히 보니 모모나 왕녀 주위에 마킹해둔 광점이 있다.

아무래도, 족제비 수인과 계약을 한 여자 모험가가 함께 있는 모양이다.

아까 그녀의 마커를 확인했을 때는 왕도에 있었으니, 그 다음에 모모나 왕녀를 데리고 왕도를 나선 거겠지.

왕녀들의 마커를 기점으로 공간 마법「멀리 보기」를 발동해 상황을 확인했다.

여자 모험가는 이동에 족제비 제국의 유인 골렘을 쓰고 있으며, 머리 부분에 있는 조종석 안에 모모나 왕녀가 있었다.

왕녀는 눈을 감고 필사적으로 여자 모험가의 허리를 붙들고 있는데, 구속당하거나 난폭한 짓을 당한 흔적은 없었다.

아마도, 리미아 왕녀를 구하기 위해 여자 모험가의 협력을 요청한 거겠지.

"—어때?"

"리미아 왕녀가 범죄 길드 녀석들에게 유괴돼서 그림자 숲에 있어. 그걸 모모나 왕녀가 따라가고 있는 것 같아."

왕녀의 이름을 말해도 인물 감정 스킬이 있는 아리사 말고는 감이 안 오는 기색이었지만, 이름은 그다지 중요하지 않으니까 추가설명은 생략했다.

"잠깐 구하고 올게."

기분 좋게 축제와 요리를 즐기기 위해, 왕녀들을 금방 구하고 온다고 선언했다. 히카루에게「흥미 삼아 찾아가지 않는다」라고 말했지만, 구조를 위해서라면 그림자성을 밖에서 힐끔 보는 정도는 용서받을 수 있을 거야.

"기다려."

"기다려 주십시오, 주인님."

일어서는 나를 아리사와 리자가 제지했다.

"혼자서도 할 수 있겠지만, 분업을 하는 게 편하잖아?"

"그렇습니다. 하다못해 타마를 데리고 가십시오."

아리사와 리자의 말에 수긍해서 모모나 왕녀 방면에는 아리사 일행을 파견하고, 리미아 왕녀 방면은 나랑 타마가 담당하기로 했다.

—그건 그렇고, 리자.

사슴 고기를 먹고 있는 타마의 몸통을 들어올려서 봉제인형처럼 내미는 건 관두자.

"난쿠루나이사~."

◆

"그러면, 이쪽은 부탁한다."

"오케이~."

"응. 그쪽도 방심하면 안돼."

아리사가 말하고 「전술 대화(택티컬 토크)」로 모두를 연결했다.

왕도 교외의 전이 포인트까지 「귀환전이」로 이동한 우리는 여기서 둘로 갈라졌다.

나랑 타마는 섬구로 한 발 먼저, 나머지 멤버는 미아의 정령 마법으로 소환한 가루다에 타고 이동할 예정이다.

참고로 동료들은 황금기사 모드, 나도 용사 나나시의 모습이다.

히카루의 말로는 그림자성은 레벨 89의 그녀가 도망칠 정도로 강한 적이 있는 데다가, 상급 마족급의 적이 무한 생성되는 성가신 장소라고 하니까 만반의 준비를 갖춘 것이다.

"여기서부터 걸어가자."

"네잉."

섬구로 그림자 숲 앞에 이동했다.

"이 부근부터 다른 맵—."

"—뉴."

그림자 숲 에어리어에 들어간 순간, 동료들과 연결되어 있던 「전술 대화」가 끊어졌다.

그 자리에서 아리사에게 「원거리 통화」를 걸어봤는데, 마법이 제대로 발동되지 않았다. 다른 마법은 괜찮은 것 같으니, 이 에어리어는 공간 마법만 제한되는 모양이군.

"새까만 성 있어~?"

타마가 가리킨 곳에서 숲의 나무들 위로 그림자같이 짙은 칠흑의 성 첨탑이 보였다. 그림자성이라고 불리는 만큼 신기루처럼 흐릿하고 일렁이는 모습으로 보였다.

방금 전까지 이런 건 보이지 않았다. 갑자기 시야가 트인 것도 아니다.

아마 다른 맵에서는 보이지 않도록 되어있던 거겠지.

『아리사, 그림자성의 주위는 공간 마법을 쓸 수 없는 것 같아.』

『어? 진짜? 아리사, 핀~치.』

한 번 밖으로 나와서, 원거리 통화로 연락을 할 수 없다는 걸 전했다.

통신을 할 수 없으니, 타마에게 말해서 동료들에게 표식이 되도록 수목의 꼭대기에 눈에 띄는 천을 감아두었다.

술술 수목을 내려오는 타마에게 말했다.

"가자. 타마."

"네잉네잉~."

뿅. 뛰어내린 타마가 내 어깨에 착지하고, 목말 자세로 안착했다.

타마는 황금갑옷을 입고 있어서 조금 어깨가 아프다.

방금 전의 장소까지 왔더니 다른 맵이 되길래, 「모든 맵 탐사」 마법을 써서 공백지대를 망라했다.

히카루는 그림자 수호병(셰이드 가드)이 지키고 있다고 했는데, 숲의 절반 정도를 점하는 성 안에는 아무도 없다.

리미아 왕녀와 범죄 길드 녀석들은 성을 지키는 결계에 막혀 들어가지 못하고 있었다.

아무래도, 무슨 문제가 일어나서 못 들어가는 모양이군.

"—가짜라고?"

"가짜, 아, 니야."

그들 근처에 우뚝 선 새까만 삼나무 가지에 착지하자 그런 대화가 들렸다.

범죄 길드 두목이 손에 핑크색 가발을 쥐고 있고, 리미아 왕녀의 머리카락이 금색으로 변해 있었다.

그녀는 르모크 왕족의 특징인 핑크색 머리가 아닌 모양이군.

"왕족의 머리색이 아니면, 의미가 없단 말이다! 이 가짜가!"

흥분한 범죄 길드 두목이 부조리한 불평을 하며 곡도를 치켜들었다.

—어이쿠, 안 되지.

리미아 왕녀가 위기다.

"매미 허물의 술법~?"

닌자 타마가 신기한 인술로 리미아 왕녀와 통나무를 바꿔치기 했다.

그건 「바꿔치기」 술법이 아닌가 딴죽을 거는 것은 못난 짓이라 가볍게 무시하면서, 이 틈에 나도 용사 나나시의 가면을 다시 썼다.

"—누구냐!"

"안녕, 처음 뵙겠습니다. 짧은 시간이 될 거라 생각하지만, 잘 부탁해."

디폴트 나나시 어조를 의식하면서, 대인제압용 「유도 기절탄」으로 범죄 길드 녀석들을 쓰러뜨렸다.

비명을 지르며 도망치거나 수목이나 동료를 방패 삼으려 한 자도 있지만, 대략 10초 정도 만에 제압이 완료됐다.

그들이 가지고 있던 횃불은 떨어지기 전에 타마가 재주 좋게 회수했다.

"다친 데는 없니?"

내가 물어봐도, 리미아 왕녀는 파란 얼굴로 떨기만 하고 대답하지 않았다.

"어디 아파~?"

타마의 물음에 절레절레 고개를 옆으로 저은 리미아 왕녀가 떨리는 목소리로 물었다.

"숲에 들어온 리미아를 벌주러 온 그림자 수호병님인가요?"

"아니야."

그녀의 착각을 바로잡자, 안도의 표정이 되어 정신을 잃었다.

뭐, 무리도 아니다. 온실 속에서 자란 왕녀가 이런 험상궂은 녀석들에게 유괴를 당했으니까.

『주인님, 그쪽은 어때?』

『유괴된 리미아 왕녀는 무사해. 유괴범도 제압했어.』

『다행이다. 이쪽은 모모나 왕녀랑 합류해서 그쪽으로 가는 중이야.』

『알았어. 여기까지 오는 길을 안내할게.』

나는 아리사에게 오는 길을 전달하고서 리미아 왕녀를 가까이 눕히고, 타마에게 유괴범들의 포박을 부탁하고 숲속으로 도망간 말을 모으러 다녔다.

마지막 말을 회수했을 무렵, 모모나 왕녀 일행을 데리고 아리사 일행이 도착했다.

아리사하고는 다른 쪽이지만, 이 나라 제2왕자의 수하들로 보이는 기사들도 이쪽을 향해 이동 중인가 보다.

왕녀들을 부모 곁으로 데리고 가는 역할은 그들에게 떠넘기자.

"리미아아아아아!"

"공주님, 달리면 위험해."

리미아 왕녀를 발견한 모모나 왕녀가 큰 소리를 내면서 여동생에게 달려갔다.

넘어질뻔한 그녀를 여자 모험가가 보호자처럼 신경 써주며 도와주었다. 여자 모험가 뒤에서 유인 골렘에 탄 그녀의 동료 두 사람도 따라왔다.

동행하고 있는 아리사 일행의 표정을 봐서, 내 예상대로 여자 모험가들이 모모나 왕녀를 납치한 건 아닌 모양이다.

기절한 상태면 감동의 재회가 안 되니까, 리미아 왕녀를 흔들어 깨웠다.

"—언니?"

"리미아아아아아아아!"

머리색 말고는 차이를 알 수 없는 어린 왕녀들이 얼싸안고 안도의 눈물을 흘렸다.

"여전히 재빠르네~."

"평범한 범죄자 상대니까."

그런 소녀들을 바라보며, 아리사가 나에게 말했다.

"좋잖아, 평화가 제일이야."

그런 아리사의 머리에 손을 두고 마무리를 지었다. 해프닝이 없는 게 제일이야.

나는 레이더에 비치는 고속 이동 광점을 확인하면서 하늘을 올려다 보았다.

방금 플래그 같은 대사가 유인한 건 아니라고 생각하지만, 르모크 왕국 영역에서 몇 기의 비룡 기사(와이번 라이더)가 날아왔다.

"피이이~ 휘이이~?"

"어디서 들은 적 있는 피리 소리네?"

나무들이 방해되어 잘 안 보이지만, 음원은 비룡기사 같다.

"크아아아아!"

"으으으으으르르!"

"후아오오오오오오오오오!"

기묘한 소리에 시선을 돌리자, 묶어서 땅바닥에 눕혀둔 유괴범들이 고통스런 표정을 지으며 버둥거리고 괴로워한다.

몸이나 얼굴 일부가 다른 생물처럼 삐걱대며 꿈틀거리는 모습이 상당히 호러다.

"으엑, 뭔가 위험해!"

"공주님, 여동생이랑 같이 이리와! 이 녀석들이랑 떨어진다!"

아리사가 비명을 지르고, 겁을 먹어 굳어있는 왕녀 두 사람을 재촉하여 모험가들과 같이 피난을 시작했다.

"루루! 와이번을 맡긴다."

"네, 주인님!"

루루가 숲 밖으로 달려갔다. 시야가 트이면 와이번쯤이야 루루의 적이 아니다.

저쪽은 맡겨도 되겠지.

"주인님, 도적 놈들이."

리자의 목소리에 돌아보니, 버둥거리며 괴로워하던 유괴범들이 이형의 모습으로 변하고 묶여 있던 밧줄을 끊으며 일어섰다.

이 모습은 낯이 익군. 마인약을 과잉섭취한 자들의 모습이다.

그리고, 마인약을 마신 놈들과 다른 점이 있다. 그들의 몸 표면에서 꿈틀거리는 밧줄 같은 빨간 빛의 마법진이었다.

저건 아마도 시가 왕국의 왕도를 습격한 「붉은 밧줄의 마물」 인간 버전이겠지.

—참으로 악취미야.

"다들, 거리를 벌려라."

동료들의 레벨이라면 뒤처지는 일은 없겠지만, 뭘 숨기고 있을지 알 수 없으니까.

"이제 누님."

"너희들, 방심하지 마라. 공주님들은 이리로 와."

모험가들이 유인 골렘에 뛰어오르고, 붉은 밧줄 유괴범들을 향해 검과 지팡이를 겨누었다. 의욕이 가득한 참에 미안하지만, 이건 우리가 처리하자. 스플래터는 싫어해.

리자를 비롯한 전위진이 유괴범들을 억누르고, 내가 「마력 강탈」 마법으로 그들의 마력을 다 뽑아냈다.

유괴범들이 마력을 뽑혀서 미이라처럼 됐다.

이형의 모습이 그나마 나아졌지만, 마인약 중독인 사람들과 마찬가지로 본래 모습으로는 돌아오지 않는군.

—응?

레이더에 비치는 모험가들의 광점이 결계를 통과해 그림자성 방면으로 이동했다.

그러고 보니, 그 여자 모험가는 족제비 수인족한테 조사용 마법 생물이 나오는 마법 도구를 그림자성에 가져가는 일의 의뢰를 받았었지.

"—주인님!"

절박한 아리사의 목소리에 돌아보자, 무수한 검은 손에 잡힌 연소자 팀이 결계 너머로 끌려가는 모습이 보였다.

"아리사! 전이해!"

"무리! 방해받아!"

굳어진 아리사의 표정이, 상황의 위험함을 웅변적으로 전했다.

반사적으로 축지를 써서 따라갔지만, 땅에서 돋아난 무수한 검은 손이 덮쳐서 방해했다.

나는 실수에 화가 치밀었지만, 스토리지에서 꺼낸 성검 듀랑달로 그림자 같은 검은 손을 쓸어버렸다.

축지로 접근하여 가장 가까운 검은 손에 휘감긴 타마를 붙잡아 탈출시켰다. 검은 손은 성검으로 간단히 벨 수 있지만, 베자마자 새로운 그림자가 나와서 타마도 탈출을 못한 모양이다.

아마, 이게 히카루가 말했던 무한 스폰의 상대가 틀림없어. 그녀가 고전한 상대라면 황금 갑옷 장비의 동료들이라도 위험하다.

나는 조비심을 느끼면서도 포치와 미아를 회수하고, 가까이서 분투하던 리자와 나나에게 건넸다.

"아리사—."

마지막으로 가장 안쪽에 있던 아리사에게 손을 뻗었지만, 해일처럼 밀려드는 그림자의 손을 치우는 사이에 결계 너머로 끌려가 버렸다.

"결계~?"

눈앞에서 닫힌 결계의 표면을 타마가 탕탕 때렸다.

"젠장."

화풀이를 하듯 결계 앞을 막아선 그림자 손을 힘으로 찢어버렸다.

진정해라, 사토. 그렇게 자기암시를 걸었지만, 조바심이 잦아들지 않는다.

"쥔님~."

타마가 불안한 표정으로 나에게 매달렸다.

그렇지. 진정해라. 피보호자를 걱정시키면 어쩌라고.

어떻게든 조바심을 이성으로 억누르고, 맵을 열어 아리사의 행방을 확인했다.

그림자성으로 이동하고 있던 아리사의 광점이 사라지고, 다시 나타났을 때는 미로 같은 그림자성의 가장 깊은 곳에 있었다. 맵 정보에 따르면, 아리사는 정신을 잃었다.

어째선지 여자 모험가들이 데리고 갔던 두 명의 왕녀도 아리사 곁에 있었다.

"주인님, 이쪽은 쓰러뜨렸어요."

그때 비룡 기사의 기수로 추정되는 수인들을 끌고서 루루가 돌아왔다.

"어머? 아리사는?"

"결계 너머로 끌려갔다."

한심한 내 탓이야.

"그럴 수가!"

"괜찮아. 아리사는 반드시 구해낸다."

"그렇지만, 결계가—."

"맡겨둬."

—결계 따위는 찢어버리면 된다.

아리사가 납치됐다는 것에 대한 초조함 탓에 조금 난폭한 사고에 지배되고 있군.

그렇게 자기분석을 하면서, 결계에 손을 뻗었다.

—어라?

어째선지 결계는 나를 거부하지 않고 그대로 허무하게 손이 지나가 버렸다.

옆에서 보고 있던 타마가 결계를 통과하려고 하다가 안면부터 격돌했다.

나 말고는 결계에 거절당하는 그대로군. 시험 삼아서 타마와 손을 잡아보자, 둘이 같이 들어갈 수 있었다. 밖으로 나올 때는 내가 손을 잡지 않아도 괜찮구나.

"나는 바보냐……."

상당히 냉정함을 잃어버렸군. 나에게는 결계 같은 게 효과가 없다는 것도 잊고 있었다니…….

이어서 유니크 스킬인 「유닛 배치」를 쓸 수 있는 것을 확인했다.

아리사를 구해내는 것뿐이라면, 지금 당장이라도 가능하다. 유닛 배치는 「자군의 유닛」을 내가 있는 장소로 데리고 올 수 있으니까.

다만 아리사랑 같이 있는 왕녀들은 유닛 배치의 대상이 아니니까 그 자리에 방치하게 된다.

그 경우 왕녀들의 안부는 보장할 수 없다.

『붙잡힌 아이들을 버리다니, 절대로 안 돼!』

아리사라면 그렇게 말하겠지.

구할 거라면 전원. 비장의 수로 언제든지 아리사를 회수할 수 있다는 걸 알아서 그런지, 마음이 가볍다. 나도 참 속물적이군.

"여기를 위기상황의 집합 지점으로 한다. 떨어지면 결계 밖으로 이동해서, 여기에 돌아와라."

유닛 배치의 이동처로 쓸 수 있는 접이식 텐트를 설치했다.

스위치를 켜고 던지면 간단히 펴진다. 포박한 도적이 부수면 안 되니까, 그들은 「함정 파기」마법으로 만든 깊은 구멍 바닥에 이동시켜뒀다.

"사토."

"괜찮아."

나는 불안해 보이는 미아의 머리를 한 번 쓰다듬고, 동료들을 데리고 결계 안에 발을 들였다.

◆

"쥔님."

숲을 나아가자, 금방 타마가 경고를 했다.

수목의 그림자에서, 그림자로 그린 그림 같은 실루엣이 나타났다.

『물러가라.』

실루엣이 말했다. 이건 신화시대어로군.

『너희들이 납치해간 소녀를 돌려줘. 그러면 나간다.』

『신의 소녀는 보호한다.』

말이 통할 것 같아 교섭을 시도해봤지만 그렇게 말하며 물러나지 않는다.

『물러가라.』

『아리사를 돌려줘.』

말을 바꾸면서 그 문답을 반복했지만, 이윽고 수호병의 참을성이 바닥났다.

『수호병이여, 모여라.』

“뉴.”

“주인님, 뭔가 옵니다!”

나무들 그림자에서, 병사의 실루엣을 한 그림자 수호병들이 나타났다.

우리를 실력으로 처리하고자 원군을 부른 모양이군.

“교섭 결렬인가—.”

“마스터, 정보를.”

“—그림자 수호병, 레벨 30, 그림자 조종술을 쓴다. 물리 반감, 마법 반감, 통상 무기 무효. 하급 마법 무효가 있어.”

나나의 요청에 응하며, 스토리지에서 꺼낸 성검 듀랑달로 수호병을 제거한다.

“이거 강해~.”

“꽤 손맛 아저씨인 거예요.”

“포치, 타마, 방심하면 안 됩니다.”

“다른 녀석이 섞여있나! 그림자 기사(셰이드 나이트), 레벨 50이니까 조심해라! 어깨랑 투구에 뿔이 있는 녀석이야!”

격이 낮은 무수한 수호병은 그렇다 치고, 가끔 섞여있는 그림자 기사 탓에 동료들이 고전하고 있다.

“마스터, 강화 외장 사용 허가를.”

루루와 함께 미아를 지키면서 싸우는 나나가 허가를 구했다.

“모든 무장 사용을 허가한다.”

“예스 마스터. 강화 외장 전개, 이동 성채(모빌 포트리스)방어 기동이라고 고합니다.”

“포치도 강화 외장 전개인 거예요!”

“타마도 전개~.”

동료들이 강화 외장을 장비했다.

“나선창격 해일창.”

“마인영아 쇄련(보팔 섀도우바이터 넥서스)~.”

“마인폭풍(뱅퀴시 사이클론)인 거예요!”

앞길을 막는 그림자 수호병들을 강화 외장을 두른 아인 소녀들의 성스러운 무기와 루루의 가속포가 먼지로 바꾼다. 미아도 자신의 호위용으로 바람의 의사정령 가루다를 불렀다.

“마스터, 숲을 빠져나갑니다라고 고합니다.”

그림자 수호병을 해치우면서 우리는 숲을 빠져나가 성 바로 앞까지 도착했다.

눈앞에는 오버행의 벼랑이 있고, 그 위에 커다란 칠흑의 성이 우뚝 솟아있다.

“또 왔어요!”

루루의 목소리와 동시에, 수목과 바위의 그림자에서 차례차례 그림자 수호병이 나타났다.

게임의 무한 생성 출현(스폰 포인트) 지점도 아니고, 레벨 30 정도라지만 매번 100개체 가까이 나타나면 거슬리기 짝이 없다.

게다가, 출현할 때까지 맵에 존재하지 않는 게 징그러워.

“주인님, 여기는 저희들에게 맡기고 먼저 가십시오.”

리자의 말에 잠시 망설였다.

“양동.”

“예스 미아. 여기를 거점으로 화려하게 날뛴다고 고합니다.”

“포치한테 맡기는 거예요!”

“난쿠루나이사~.”

동료들이 결의에 찬 표정으로 말했다.

“알았어. 내가 성에 도달하면, 결계 밖으로 대피해.”

“알겠습니다.”

양동은 그거면 충분해.

“타마는 같이 안 가도 돼~?”

“이번엔 나 혼자 갈게.”

아까 잡혀갈 뻔했기 때문인지, 리자도 이번에는 타마를 데려가라고 안 했다.

“주인님, 아리사를 부탁합니다.”

“그래, 맡겨둬.”

반드시 무사히 구해낸다.

“루루, 미아, 수호병의 이목을 모읍니다.”

“네, 강화 외장, 대군병장으로 전환합니다.”

“가루다— 천람(템페스트).”

미아가 명하자, 바람의 의사정령 가루다가 비오의 같은 「천람」을 발동시켜 폭풍으로 파도처럼 몰려드는 수호병들을 대지와 함께 잘게 다져버렸다.

비오의로 마력을 다 써버린 가루다가 공중에 녹는 것처럼 사라졌다.

수호병의 과반수는 그걸로 사라지고, 남은 조금 강한 수호병들에게 루루의 강화 외장에 장비된 연사포의 화선이 쏟아졌다.

나는 동료들과 헤어져 투명 망토로 모습을 감추고, 섬구로 그림자 성을 향해 달려갔다.

◆

그림사성에 침입 성공—.

우선 아리사 쪽의 상태를 다시 한번 체크한다.

—응, 무사해.

나는 드디어 성안에 눈길을 줄 여유가 생겼다.

그림자성 안은 바깥에서 본 실루엣과 달리 극히 평범한 성이다.

언뜻 보기에 안은 한산하고, 그림자 수호병이나 주민 같은 사람도 안 보였다.

그렇지만 모습을 드러내면 어디선가 그림자 수호병이 우글우글 나타나는 상황을 어렵지 않게 상상할 수 있으니, 이대로 모습을 감추고 아리사가 있는 방으로 향했다.

맵을 의지해서, 입체 미로처럼 복잡한 성을 나아갔다.

—이쪽에는 감시가 있나.

최단 코스에는 그림자 기사의 상위판 같은 레벨 75의 그림자 근위(셰이드 로얄가드)라는 것이 문지기처럼 서 있었다.

AR 표시에 나타나는 정보에, 내 잠복 스킬이나 투명 망토의 효과를 간파할 법한 이름의 스킬이 여러 개 있었다.

군자는 위험에 다가가지 않는다.

나는 맵을 재확인하여 우회 코스를 골랐다.

조금 멀리 돌아가게 되지만, 이 코스라면 문지기가 없어.

나는 통기구나 하수도나 물자 반입로 같은 곳을 경유해서 나아갔다.

중간부터 석조의 성 같은 위장이 사라지고, 엘프들의 시설 같은 근미래적인 복도로 바뀌었다.

"어라?"

통로가 있어야 할 장소가 은색의 벽으로 막혀 있었다.

무심코 중얼거렸는데, 수호병들이 나올 기색은 없다.

—어째서, 이런 장소에 벽이 있지?

맵으로 재확인해보니, 앞을 막고 있는 것은 격벽 같다.

재질은 오리하르콘을 함유한 아다만타이트 합금 같아 보인다. 단단함에 특화된 타입인 모양인데, 물리 공격으로 부수려면 고생스러울 것 같다. 게임식으로 말하자면, 「비파괴속성」이 붙은 배경 오브젝트 같은 거지.

—그러나, 여기를 지나가지 않으면 아리사가 있는 곳으로 갈 수 없어.

아까 회피한 그림자 근위가 있는 코스를 나아가는 것 말고는 길이 없고, 그쪽으로 가도 그림자 근위를 해치우는 동안에 이거랑 같은 격벽이 내려올 것 같단 말이지.

선택지는 셋이다.

하나는 「모든 것을 꿰뚫는」 용의 송곳니를 이용한 용창을 쓴다.

둘째는 성검 중에서 최고의 절삭력을 자랑하는 성검 엑스칼리버를 쓴다.

그리고 세 번째는—.

"역시, 이게 제일 잘 들어."

스토리지에서 거합으로 뽑은 신검으로 격벽을 베었다.

절단을 마친 격벽을 스토리지에 수납하고, 지나간 다음 격벽을 본래대로 끼워두었다.

이거라면 언뜻 보기만 해서는 알 수 없으니까 잠입이 발각되는 것도 늦어지겠지.

격벽을 지나서 리놀륨 같은 광택의 복도를 나아갔다.

모퉁이의 문을 지난 곳에선 호문클루스를 만드는데 쓸법한 유리통이 늘어선 방이 있었다.

안쪽의 유리통 하나에 액체가 가득하고, 안에 뭔가 떠있었다.

—무슨 연구시설인가?

목적은 알 수 없지만, 중요한 시설인 건 틀림없는 것 같다.

왜냐하면—.

『물러가라.』

눈앞에서 휘두른 칠흑의 대낫을 튼튼한 성검 듀랑달로 받아 흘렀다.

방의 사방에서 그림자 묘지기(셰이드 그레이브키퍼)라는 수호자가, 그것도 레벨 99나 되는 거물이 나타났다.

『물러가라』

『성스러운 묘소로다.』

이런 게 있다면, 전성기의 히카루가 쫓겨난 것도 납득이 되는군.

나는 축지로 배치를 바꾸면서 그림자 묘지기 셋이 한 줄이 되는 순간을 노려, 마력을 과잉 충전한 「성스러운 탄환」을 사출했다. 탄환은 내 앞에 전개된 「가속문」을 지나, 루루의 가속포급 기세로 그림자 묘지기들을 소멸시켰다.

레이저 같은 기세로 날아간 파란 탄환이 벽에 맞아 뜨거운 기름에 물방울을 떨어뜨린 것 같은 소리를 남기고 튕겨나갔다. 성탄을 반사하다니, 상당히 단단한 벽이군.

『물러가라.』

사선에 없던 마지막 하나가 눈앞에 다가왔다.

—이거나 먹어라.

용사 하야토에게 전수받은 섬광육연격(샤이닝 헥사)이 칠흑의 대낫과 함께 그림자 묘지기를 멸했다.

"후우—."

한숨을 쉬고 주위를 둘러보았다.

지금은, 추가되지 않는 모양이군.

아까 발견한 유리통 안의 부유물은, 분홍색 머리카락의 어린 소녀였다. 맵 정보에 따르면 이미 죽었다. 아까 그 묘지기는, 이

애를 지키고 있었나 보군.

나는 마음속으로 그녀의 명복을 빌고, 아리사가 기다리는 가장 안쪽으로 달려갔다.

◆

키가 큰 모노크롬의 문을 걷어차 열자, 알현실 같은 장소가 나왔다.

여기는 고요한 공기가 가득했고, 눈앞에는 폭 3미터쯤 되는 기둥 같은 것이 있었다.

아리사는 이 너머에 있다.

나는 축지로 돌아갔다. 방금 그 기둥 같은 것은, 높이 10미터 이상 되는 거대한 옥좌였던 모양이군.

"아리사!"

그 옥좌 위에 아리사가 있었다. 왕녀들도.

흔들어도 깨어나지 않길래, 정신 드는 약으로 아리사를 깨웠다.

"에헤헤, 사토."

잠에 취한 아리사가 목덜미를 끌어안고 내 입술을 빼앗으려 하길래, 손으로 이마를 밀어내 막았다.

"키스 정도는 나중에 얼마든지 해줄 테니까, 얼른 눈을 떠라."

"후헤? ―어, 주인님?"

잠에 취한 눈으로 헤실헤실 웃고 있던 아리사가 눈을 뜨고 진지한 표정으로 돌아왔다.

아무래도, 방금 내 말은 못 들은 모양이군.

"어라? 여기 어디야?"

당황하는 아리사에게 현재 상황을 전달했다.

"미안. 발목 잡아버렸네."

"무사하면 됐어."

죽지 않으면, 대개는 어떻게 되니까.

아리사를 옥좌에 내려주고, 같이 앉아있던 어린 왕녀들을 일으켰다.

"일단, 여기서 나가자."

"응—."

주변을 둘러보던 아리사가 움직임을 멈추었다.

"왜 그래?"

"주인님, 저거 봐."

아리사가 가리킨 곳에 있는 것은—.

—그림?

옥좌의 뒤에 있는 벽에 그림 세 장이 걸려 있었다.

중앙이 초상화고, 좌우에는 무기의 그림이다. 왼쪽 그림은 투명한 도신의 칼이고, 오른쪽 그림은 칠흑의 대낫이다. 어째서인지는 모르지만, 그 두 그림에서 뭐라 말하기 어려운 위협이 느껴진다.

—나를 상대로는 자랑하는 차원도와 허무도를 휘두를 가치도

없다, 이 말이신가?

누군가의 말이 뇌리를 스쳤다. 언제 들었던 말인지는 잊었지만, 칼의 그림은 그 이름이 어울리는 박력이 느껴졌다. 왼쪽이 허무도라면, 오른쪽은 차원도일까? 뭐, 칼이라는 형태가 아니니까, 다를 것 같지만.

"어디 보고 있는 거야? 내가 말하는 건 가운데 그림이야."

아리사가 중앙의 초상화를 가리켰다.

초상화에는 핑크색 머리카락의 어린 소녀를 안고 있는 검은 머리의 청년이 그려져 있었다. 일본인 같은 용모인데, 어쩐지 낯이 익었다.

"이 그림이 왜?"

"벽령의 이공간에 있던 그림이랑 비슷하지 않아?"

아리사가 말하는 건 라라키에 왕조와 싸우고 있던 「구두의 마왕」측 군세가 남긴 유적에 남겨진 「자유를 존중하는 해방신과 사도들」이란 제목의 초상화겠지.

그렇지. 생각났다. 그 허무도가 뭐라고 했던 건 구두의 말이었어.

"어린 소녀는 머리색도 똑같네."

그쪽 그림의 남성은 얼굴의 위쪽 절반이 열화되어 떨어져 있었으니 동일인물인지는 알 수 없지만 수염이나 입가가 똑같다.

"남성도 같을 가능성이 높겠다."

"역시, 그렇겠지~."

그렇다면, 이 그림자성도 그 유적과 같은 세력의 것일 가능성이 높다.

그렇다면, 이 남성은 구두의 군세가 말하는 해방신— 마신이겠지.

"그건 그렇고, 어쩐지 만나본 적도 없는데 낯익은 얼굴이야."

"그렇구나—."

말하는 도중에 깨달았다.

이 남성이 누구와 닮았는지.

"왜 그래?"

"아니, 아무것도 아냐."

본래 세계에 있을 때의 어른이 된 내 얼굴과, 어쩐지 닮았어.

물론 나는 저런 식으로 수염을 기른 적이 없다. 아마 기분 탓이겠지.

내가 마신이랑 닮았다니, 그런 우연은 있을 수 없다.

"어쩐지 로리콘 같은 얼굴이야."

"저건 아이를 예뻐하는 아빠의 얼굴 아냐?"

아리사의 평가가 엄격하군.

나랑 닮았다고 생각한 탓인지, 그림의 청년을 옹호하는 발언을 해버렸다.

—위기 감지.

그림 틈에서 그림자가 흘러넘쳤다.

드디어 이 방의 수호자가 모습을 드러내는 모양이군.

"주인님, 저 그림자는 위험해. 소름이 엄청나."

"동감이야. 나도 도망치고 싶을 정도야."

시가 왕국의 왕도에서 마주친 「마신의 찌꺼기」급으로 위험한 느낌이 난다.

AR 표시에 나온 놈의 정보는— UNKNOWN.

전에 시가 왕국의 왕도에 나타난 「마신의 찌꺼기」나 구두의 마왕과 싸울 때 나타난 어린 소녀와 같은 표시다. 「따르지 않는 것」도 같은 표시였지만, 놈들 같은 독기는 느껴지지 않아.

—그럼, 저건, 신.

혹은 신의 권속이 틀림없어.

나는 아리사를 끌어안고 왕녀 두 사람을 「이력의 손」으로 회수했다.

—으엑. 핑크색 머리 쪽 왕녀를 의자에서 들 수가 없어.

뭔가로 고정된 모양이군.

『신의 신부를 빼앗고자 하는 괘씸한 자여. 그 불손한 손을 놓도록 하라.』

그 목소리를 듣자마자, 무심코 들어올린 아리사와 왕녀를 놓아줄 것 같았다. 위험한 강제력이군.

『사람 잘못 봤어. 저건 르모크 왕국의 왕녀다.』

나는 상대와 같은 신화시대어로 그의 오해를 풀었다.

『작은 자여. 망언은 필요 없다. 신부의 증거인 분홍색 머리카락을 가진 소녀를 빼앗을 셈이냐.』

흠. 아무래도 르모크 신화는 어느 정도 사실에 따른 것이었나보군.

하지만, 가녀린 어린 소녀를 제물로 바칠 생각 없다.

나는 대화를 계속하면서, 핑크색 머리카락 왕녀를 고정하는 무언가를 조사했다.

『당신이 신이야? 그러면, 이름을 대라고.』

『나는 신이 아님이니. 신의 부재를 지키는 사도일지어다.』

『사도 나리의 주인은 어느 신이시온지?』

이런, 사도의 말에 이끌려서 나까지 이상한 말투를 쓰기 시작했다..

"—주인님. 포위당했어."

아리사의 말처럼, 알현실의 문이 열리고 그림자 근위나 그림자(셰이드) 장군(제너럴), 그림자 검귀(셰이드 소드맨) 같은 게 쏟아져 들어왔다.

위험하군. 이대로는 아리사와 왕녀를 지키면서 위험하기 짝이 없는 사도들과 싸우게 된다.

그렇다고, 핑크 머리의 왕녀를 버릴 생각도 없다.

『신의 어명을 묻다니, 불손하도다. 이 세상을 다스리는 주상의 어명은 물어볼 것도 없으며, 널리 세계에 알려져 있으리라. 지고하신 분을 숭배하고 기도하도록 하라—.』

미묘하게 말이 안 통한다고 해야 하나. 완성도 낮은 AI랑 대화하는 기분이 들어.

『—그리하면 고통 없이 이 세상을 떠나, 새로운 삶으로 돌아가리라.』

그림자가 양손을 펼치더니 프레임 스킵 같은 속도로 좌우에서 때렸다.

—빨라.

날아온 손이 눈앞에서 충돌했다.

긴급 전개한 캐슬이 그 손을 받아냈다.

그 순간 캐슬 바깥쪽의 바닥이 함몰되고, 충격파로 옥좌의 방이 한순간에 폐허로 변했다. 불락성(캐슬)이 아니라 성채방어(포트리스)나 1회용 팔랑크스로 받아냈다면, 못 막고 큰 대미지를 입었을지도 몰라.

『신의 신부에게 해를 끼칠 셈이냐!』

나는 그렇다 치고, 아리사랑 왕녀들은 여파로도 크게 다칠 것 같아.

『내 손은 오로지 적을 멸한다. 어찌, 인간이 사도인 내 손을 받아낼 수 있는 것인가.』

사도가 멍하니 이쪽을 내려다 보았다.

『네놈은 뭐냐.』

『용사 나나시.』

"—주인님!"

아리사의 목소리로, 핑크 머리 왕녀의 속박이 깨진 것을 깨달았다. 내 손 안에서 어떤 술식이 깨져 사라진다. 초조해져서 캐슬을 발동했을 때 뭔가 움켜쥐어 뭉개버린 모양인데.

—결과가 좋으면 됐지.

나는 곧장 사고 조작으로 메뉴를 열고, 「유닛 배치」로 옥좌의 방에서 철수했다.

『우음, 파리온의 주구놈—.』

시야가 한순간에 바뀌었다.

사도가 마지막에 뭔가 말하려 한 것 같은데, 어차피 했던 말 또 하는 걸 테니 신경 안 써도 되겠지.

전이가 끝나는 것과 동시에 캐슬 발생장치가 불을 뿜었다.

본래 나나의 황금 갑옷에 장착하는 장치의 시험작을 사용한 거니까, 무리한 긴급 전개를 해서 망가져버린 거겠지.

"후우, 죽는 줄 알았네……."

품 안에서 축 늘어진 아리사가 안도의 한숨을 흘렸다.

""""주인님!""""

"마스터."

"사토."

나를 발견한 동료들이 달려온다.

"곧장 여기서 벗어나자."

따라오는 기색은 없지만, 방금 전처럼 그림자의 손이 기어나오면 귀찮으니까.

무엇보다, 필요없이 신의 사도 따위랑 싸우고 싶지 않아.

나는 수색하러 온 기사에게 왕녀들을 떠넘기고 「귀환전이」로 임시 거점인 르모크 왕국의 여관으로 이동했다.

오늘은 지쳤다.

평소처럼 동료들과 같은 침대에 몸을 눕혔다.

기분 탓인지 평소보다 모두의 밀착도가 높은 것 같지만, 추궁은 눈을 뜬 다음에 하자.

잠에 취하면서, 나는 그림자성을 생각했다. 그 사도와 수호병은 마신의 세력 같은데, 르모크 왕가의 선조에 해당하는 「분홍색 머리의 소녀」를 지키기 위해 존재하는 게 아니었을까 싶다.

이번 일로 인연이 생겼지만, 히카루 말로는 그림자성에서 떨어질 수 없다고 하니까 다가가지 않으면 괜찮겠지.

그렇게 결론을 내리고, 나는 수마에 져서 잠에 빠졌다.

◆

"전하, 저것이 그것인가요?

그림자성에서 왕녀 일행을 구해낸 이튿날, 우리는 관광성의 비공정으로 르모크 왕국에 정식 방문을 했다.

왕성에서 인사를 한 다음, 일본인 소환이 있었던 흔적을 보고 싶다고 국왕에게 청했더니 **흔쾌히** 허가를 해주어서, 얼른 찾아왔다. 대국의 위광은 굉장한걸.

"그래. 여기서는 균열이 있어서 나아갈 수가 없어. 조금 귀찮지만, 저 너머의 첨탑을 돌아서 갈 필요가 있다."

황송하게도 안내는 이 나라의 왕태자 전하가 해주었다.

처음에는 메네아 왕녀의 이복 여동생인 제4왕녀가 안내를 해줄 예정이었는데, 그가 끼어들어서 안내를 하겠다고 해주었다.

"펜드래건 자작, 여기가 『용사의 나라』 사람들을 소환한 장소다. 보는 것처럼 상급 마족의 습격으로 건물이 무너지고, 소환을 했던 마법 장치도 부서지고, 요체였던 소환진도 절반 이상이 부서져 버렸다."

그리고 왕태자가 안내해준 곳에는 반파된 궁전이 있었다.

거기서 보이는 왕도의 경치는 어제의 축제로 본 거리의 풍경과 완전히 다른 것이었다.

왕성을 끼고 반대쪽의 거리가 폐허처럼 보인다.

불에 타 탄화된 기둥이나 잔해가 쌓여있고, 사람이 생활하는 기색이 안 보였다.

그래도 부흥 자체는 시작이 됐는지, 노예들이 병사들의 감독을 받으며 잔해를 철거하는 작업에 종사하고 있었다.

“저건 상급 마족이 한 짓인가요?”

“—그래. 놈들이 마음만 먹었다면, 이 나라는 이미 지도에서 사라졌을 거야.”

내 물음에 왕태자가 씁쓸한 기색으로 대답했다.

이 나라에는 마족과 싸울 수 있는 수준의 강자가 거의 없으니 빈말이 아니다.

“주인님, 소환진을 확인해야지.”

동행한 아리사가, 본래의 목적을 상기시켜준다.

“아아, 그랬었지— 전하, 괜찮을까요?”

“물론이야.”

이미 국왕의 허가는 받았지만, 동행해주는 왕태자의 체면을 세우기 위해 재차 확인했다.

“흐~응. 이게 이세계에서 소환하는 마법진이구나…….”

아리사가 작게 중얼거렸다.

—이건, 뭐지? 평범하게 읽을 수 있는데?

『아리사, 이 마법진 읽을 수 있어?』

내가 『원거리 통화』로 소리 없이 묻자, 아리사가 작게 고개를 옆으로 저었다.

아무래도, 나만 읽을 수 있나 보군.

"족제비 수인 마법사가 사가 제국의 소환진을 베껴서 개조했다고 자랑을 했었지. 듣자니 신화시대 문자로 적혀 있다는군."

왕태자, 정보 감사합니다.

내가 읽을 수 있는 건 「신화시대어」 스킬 덕분인 모양이군.

이지 모드 참 좋다니까.

적혀있는 문자를 알게 되면, 부서져 있어도 내용은 어느 정도 알 수 있다.

이것만 가지고는 의미가 없겠지만, 사가 제국에 있는 용사 소환진과 비교하면 본래 세계에 돌아가는 방법을 알 수 있을지도 몰라.

이미 여기에 남을 마음은 가득하지만, 본래 세계의 사람들과 인연을 끊어도 괜찮다고 생각할 만큼 드라이해질 수도 없다. 그리고 방법만 알면 후배 씨나 이오이 소년 일행이 돌아가고 싶다고 했을 때 보내줄 수 있을지도 모른다.

필요한 정보를 얻은 다음, 자연스럽게 둘러보고 있는데 잔해의 틈에 보라색의 뭔가가 보였다.

AR 표시에 따르면 「유리코의 머리카락」이라고 되어 있다.

아마, 소환의 요체였던 「유리코 님」이라는 전생자의 것이겠지.

"펜드래건 자작, 그 머리카락은 내 숙모님의 것이야."

"숙모님이라면, 왕족 분이신가요?"

보라색 머리카락을 손에 집은 나에게, 왕태자가 딱딱한 표정으로 손을 내밀었다.

내가 머리카락을 그의 손에 올려주자, 손수건으로 머리카락을 감싸 소중하게 품에 넣었다.

"그래. 왕매인 유리코 숙모님은 상급 마족의 공격 마법으로 돌아가시고, 애도할 주검마저 남지 않았어. 귀국이나 사가 제국에서 보기에는 대죄인인 숙모일지도 모르지만, 나에게는 소중한 가족이었다……. 하다못해 왕가의 묘에 머리카락 한 올이라도 넣어주고 싶군."

—시체가 안 남은 건가.

광범위 공격의 상급 마법이나 금주라면 시체가 남는 편이 더 드물지만, 이게 소년만화였다면 「사실 살아있었다」라면서 재등장하는 전조일 거야…….

그보다도, 「대죄인」이라는 건 뭐지?

일본인 시점에서는 납치유괴범이니까 「대죄인」이라고 해도 어쩔 수 없겠지만, 이쪽 세계에서는 사가 제국의 용사 소환 말고 「일본인 소환을 해선 안 된다」라는 법률이라도 있나?

그런 별거 아닌 생각으로 사고가 흐트러진 탓인지, 딱히 인상에 남지 않은 채 르모크 왕성을 떠나게 되어버렸다.

전날의 이벤트가 너무 짙었던 탓일지도 몰라.

◆

그럼, 이 나라를 떠나기 전에 몇 가지 확인해두자.

리미아 제6왕녀를 유괴한 범인들은 당연히 처형당했다.

바꿔치기로 여동생을 위험에 빠뜨린 모모나 제5왕녀는, 벌로

10일간 근신과 간식 금지를 받았다고 한다.

눈 뜨고 왕족 납치를 못 막은 사용인과 병사들도 처형이 검토되었지만, 왕녀 두 사람의 탄원과 왕도의 인재 부족을 이유로 감봉과 죄에 상응하는 채찍형으로 넘어간 모양이다.

꽤 무른 처분 같기도 하지만, 다른 나라의 일이니 너무 신경 쓰지 말자.

흑막으로 추정되는 족제비 수인 상회는 없애는 것으로 결정되어 자산을 나라에 몰수당했다고 하는데, 상회의 주인인 족제비 수인은 나라를 떠났다. 몰수된 상회의 재화도 규모에 비해 너무나 적은 걸 봐서 계획적인 범행으로 단정하고 국왕이 족제비 제국에 정식으로 항의 서한과 사자를 보낸다고 했다.

모험가 세 명은 무사히 결계에서 도망친 모양인데, 비싼 유인 골렘을 잃고 만신창이가 되어 국외로 도망친 모양이다.

그리고, 금발의 리미아 제6왕녀 말인데—.

"감사합니다, 자작님."

"그리 큰일을 한 건 아닙니다. 제가 한 것은 국왕 폐하께, 전하를 공도까지 배웅한다고 한 것뿐입니다."

나이에 안 어울리게 영리한 왕녀가 시가 왕국의 왕립학원 유년학사에 유학하는 것을 도왔을 뿐이다.

머리카락이 핑크색이 아니라는 콤플렉스도 다른 장소에서는 의식하지 않을 수 있을 거고, 왕도라면 난처할 때 그녀의 언니인 메네아 왕녀가 도와줄 테니까.

섣불리 어린 소녀와 플래그를 세우지 않도록 주의하면서, 나는 소형 비공정의 진로를 공도로 잡고 그저 조용히 운전수로 행동했다.

이동하는 도중에 토마토의 묘목을 보충하러 들른 「푸타」에서 외팔이 마사냥꾼인 콘 소년과 재회했다.

어느샌가 전 시가 8검 토렐 경에게 지도를 받아 실력이 오른 데다가, 의문의 검은 옷 괴인에게 마검을 받았다.

……운도 정도가 있어야지.

운을 얻은 김에, 통 단위로 스톡해둔 상급 체력 회복약을 한 병 제공해서 그의 팔을 재생시켜 외팔이를 졸업시켜줬다.

미궁도시에 가고 싶다는 그를, 리미아 왕녀의 덤으로 비공정에 태워 공도까지 배웅했다.

여행하는 동안 리미아 왕녀와 친해졌으니, 그대로 그녀의 호위를 하며 왕도까지 가겠군.

뒷일은 발이 넓은 공도 귀족인 토르마에게 떠넘겼으니, 여러모로 잘해줄 게 틀림없어.

공도에 들른 김에 세라를 만나려고 했는데, 오유고크 공작의 의뢰로 히카루와 함께 어딘가의 유적에 갔다고 해서 만나지 못했다.

"그래서, 주인님. 르모크 왕국의 『겨울』은 어떻게 됐어?"

"국왕에게 물어보니까, 올해는 중지래."

예언 이야기를 전할 것도 없이, 「신의 신부」인 왕녀가 납치됐다는 흉사가 있었던 것을 이유로 축제의 클라이막스를 장식하는 눈 내림은 하지 않기로 했다고 한다.

"그러면, 예언은 역시 키워크 왕국?"

"그렇게 되지."

공도를 출발한 우리는, 다시 「눈의 나라」 키워크 왕국으로 소형 비공정의 진로를 돌렸다.

눈의 나라, 다시 한번

"사토입니다. 성가신 일은 기습을 좋아한다고 친구 중 누군가가 말했습니다. 「순조로운 때일수록, 놈들은 송곳니를 갈고 있지」라고 합니다. 뭐, 처음부터 예견할 수 있다면 성가신 일이 되기 전에 대처할 수 있으니까요."

"주인님, 그건 뭐야?"

"왕도의 시스티나 왕녀한테 빌린 금서의 사본이야."

최근 들어 성검이나 마법으로 대처할 수 없는 상대를 만나는 일이 늘어났으니, 본격적으로 대신 마법 연구를 진행하려고 생각했다.

"으엑, 프루 제국어?"

"모르는 문자."

"그건 라라키에 시대의 문자야."

아리사와 미아가 몇 권의 사본을 파라락 넘겼다.

"주인님, 현대어 번역 플리즈."

"엘프어도."

"좋고말고. 번역하는 동안 키워크 왕국의 감시는 맡길게."

"오케이~."

"작은 실프."

미아의 말은 작은 실프로 각 마을들을 체크하고 다닌다는 걸까?

그 뒤로 사흘 정도 걸려 사본을 번역하고, 그리고 아리사와 미아의 협력을 얻어 벽령의 이공간에서 발견한 자료 해석을 시작했다.

그리고 아리사와 미아가 감시 업무에서 벗어났으니, 각 마을들의 체크는 파견한 눈사람 골렘들 사이의 통신으로 하고 왕도는 다른 동료들에게 조사를 맡겼다.

"무리이이이이이이이이이이."

"난해."

"주문 하나에 사전 같은 두꺼운 책 세 권 정도가 될 것 같다."

"아니, 이건 주문으로 정리해도 혼자서는 영창 못해."

"최소한 열 명."

무영창이라면 어떻게 될 것 같기도 하지만, 파트를 나눠도 상급 마법의 용량으로 담는 건 무리 같구만.

"기능을 그레이드 다운해서, 최소한의 기능만 픽업해볼까?"

"음~, 그러면 못 쓰지 않아?"

"필요 최소한?"

"그래그래. 거기까지 깎아낸 다음에, 쓸 수 있는 수준으로 기능을 더하면 되는 거야."

프로그래밍에서도 자주 하는 수법이다.

코어한 부분이 심플해야, 나중에 손을 대기 쉬워진단 말이지.

"주인님한테 맡겨도 돼? 나는 조금 방전됐어~."

"동의."

아무래도 최소한의 수면 시간으로 닷새는 고레벨이라도 어린아이의 몸으로는 괴롭구나.

"알았어. 코어 부분이 완성되면 테스트는 맡긴다."

"오케이~. 일단, 잘 자~."

"아리사, 침대."

그렇게 말하면서, 미아도 아리사를 깨우려던 자세로 잠들어 버렸다.

나는 두 사람을 침대로 옮기고, 코어 부분을 뽑아내기 시작했다.

그리고 내가 단독으로 사흘 정도 완전 철야를 해서 작업을 완료하고, 하나의 주문으로 정리했다. 깎아내고 또 깎아낸 코어 부분만 해도 금주 사이즈가 된 것은 조금 놀라운 일이다. 그래도 완성은 완성이야.

아리사랑 미아에게 자랑하려고 거실에 간 나를 기다린 것은, 사건의 경종을 울리는 보고였다.

◆

"정체불명의 역병?"

"응, 변경 마을에 배치한 눈사람 골렘이랑 연동된 눈토끼가 당황하고 있어서 내가 『멀리 보기』로 확인했는데, 마을 세 군데쯤에서 병이 퍼지고 있는 것 같아."

아리사가 예언에 관계 있을 법한 정보를 고했다.

"나도 확인해볼게."

맵 검색을 하자, 계절성의 유행병이 전보다 훨씬 늘었다.

그러나, 그건 「정체불명의 역병」이라고 할 수 없어.

"—발견했다."

어느 변경 마을에, 상태가 「질병: 기병(奇病)」이 되어있는 사람이 있다.

이어서 기병으로 검색하자, 가까운 거리에 있는 마을 세 곳에 감염이 퍼지고 있다는 걸 알았다.

여기가 눈사람 골렘이 이변을 감지한 마을이군.

"그 세 군데 말고는, 아직은 괜찮은 모양이구나."

이유는 모르지만, 이 정도의 범위라면 내가 가진 만능약으로 정리가 되겠어.

"마스터, 왕도와 쿠피네의 마을에서는 『정체불명의 역병』 이야기를 픽업하지 못했다고 보고합니다."

"시장 사람들 이야기로는, 이 계절은 다른 마을들하고는 왕래가 적은 모양입니다."

"『겨울』이 끝나도, 아직 눈이 남아 있으니까요."

나나, 리자, 루루가 제각각 얻은 정보를 알려주었다.

아무래도 「겨울」 덕분에 역병이 마을 세 곳에 갇혀서 마을 밖으로 감염폭발(판데믹)에 이르지 않은 모양이군.

"마을 상태는 꽤 아슬아슬한 것 같다."

공간 마법 「멀리 보기」로 상황을 확인하자, 꽤 비참한 상황이었다. 고열을 내면서 앓아 누운 환자가 많고, 개중에는 피를 토하는 사람까지 있다.

더욱이, 무지한 탓에 감염자의 격리도 안 하고 열악한 환경에서 감염자의 체력에 의지하는 상황 같다.

그것을 아리사에게도 말하자—.

"뭐, 이쪽에서는 그게 보통이야."

아리사가 대답하자, 루루와 아인 소녀들도 마찬가지로 동의했다.

"—어라?"

"왜 그래?"

"문제의 마을 중 하나에 담설 공주랑 동장군이 있어."

이제 막 도착한 것 같지만, 도전 정신이 꽤 높군.

"어? 진짜로?"

"감염이 무섭지 않은 걸까요?"

아리사와 루루의 말처럼, 왕녀나 군의 쌍벽을 이룰 법한 인물이 어째서 그런 장소에 있는지 신기하다.

"강에 통나무."

미아가 「가는 날이 장날」 같은 엘프의 속담을 말했다.

"뭐, 우리를 알고 있는 사람이 있으면, 마을 사람한테 설명할 수고는 덜 수 있나……."

"주인님, 『펜드래건 자작』으로서 갈 거야?"

"이번에는 마법약을 제공하기만 하면 되니까, 그래도 되지 않을까?"

성가신 상대와 배틀이 기다리고 있다면 모를까, 마법약을 제공하기만 하는 정도면 일부러 신분을 위장할 필요도 없을 거야.

"그것도 그렇네."

"그러면, 잠깐 다녀올게."

이 기병이 예언의 대상일 가능성이 높다.
“기다려. 우리도 같이 갈 거야.”
“응, 동행 희망.”
“안돼.”
미지의 질병이 만연한 장소에 데리고 갈 수는 없다.
“병이 옮으니까? 그건 주인님도 똑같잖아.”
“똑같지 않아. 나는 질병 내성이 있어.”
내성 스킬이 없는 상태로도 검은 상급 마족이 뿌린 병마를 레지스트했을 정도니까 괜찮을 거야.
“그러면, 나도 스킬을—.”
“기다려, 아리사.”
기세로 스킬을 습득하려는 아리사를 손으로 막았다.
“일단, 내가 현지에 가서 조사한다.”
“그러니까, 안 된다니까! 주인님의 내성도 완벽하지 않거든? 질병 내성 스킬 트리에는 질병 무효도 있어.”
그건 처음 들었다.
“질병 무효가 아니니까, 빈틈이 있을지도 모르잖아!”
뭐, 아리사의 말에도 일리는 있다. 머피 선생님도 「실패할 가능성이 있는 것은, 언젠가 반드시 실패한다」라고 했으니까.
“감염돼도 괜찮아. 만능약이 있으니까.”
“효과가 없을 수도 있잖아.”
“응, 저주.”
아리사를 설득하려고 했더니, 미아가 거칠게 콧김을 뿜으며 끼어들었다.

"—저주? 병의 원인이 저주일지도 모른다는 거야?"

"응, 저주증, 주해병…… 그리고, 잔뜩."

미아가 말을 덧붙이면서 설명해 주었다.

과연 이세계. 현대지식을 능가하는군.

"그때는 저주 떨치기 스킬을 쓸 거고, 그래도 안 되면 엘릭서를 쓸 거야. 그러면 안심이잖아?"

"……응."

아직 걱정하는 것 같지만, 미아는 어떻게든 납득을 해준 모양이다.

"아리사도 그거면 되지?"

"응, 그렇네. 엘릭서까지 있으면 괜찮아— 어, 잠깐 기다려봐."

납득을 하던 아리사가, 뭔가 깨달은 표정으로 멈췄다.

"그만큼 대책이 있으면 우리도 동행할 수 있잖아!"

"—앗."

아차.

그렇게 말하면 분명히 그렇다.

"아자앗~!"

아리사가 승리 포즈를 취했다.

"그러면 준비할게. 주인님은 마법약이랑 그걸 담을 나무 상자를 꺼내고, 다들 나무 상자에 병을 담고, 루루는 리자 씨랑 병자들 식사배급 준비를 하고, 조리 자체는 그쪽에서 하자."

아리사가 준비를 시작했다.

"눈썰매를 눈사람 골렘한테 끌라고 할까?"

"아니, 관광성의 비공정이 있으니까 그걸 타고 가자. 그쪽에서 세이프티한 숙박 장소가 있으면 안심이잖아?"

"그것도 그렇네. 하루 만에 끝나지도 않을 거고."

나는 스토리지에 들어있던 소형 비공정을 거점 앞에 꺼내고, 전위진과 분담해서 화물을 실었다. 한 번 스토리지에 넣어서 옮긴 다음에 꺼내는 게 효율이 좋지만, 포치랑 타마가 옮길 의욕이 가득하길래 평범하게 손으로 옮겼다.

그래도 점심 전에는 준비가 끝나고, 우리는 세 마을 중에서 가장 크고 동장군 일행이 와 있는 마을로 출발했다.

◆

"주인님, 마중을 나온 모양이에요."

원견통을 들여다보던 루루가 보고해 주었다.

마을에서 조금 떨어진 설원에 착지했는데, 몇 기의 기사가 이쪽으로 오고 있었다.

털이 긴 말을 탄 키워크 기사와 갑주 차림의 담설 공주다.

"—사토 님?"

"어째서, 여기에 시가 왕국의 대신이?"

"이 마을에 마족은 없는데?"

비공정의 트랩에서 내려오는 나를 알아본 담설 공주가 이름을 부르고, 따르는 기사들이 의문을 표했다.

"사토 님, 이 앞의 마을은 위험합니다. 당장 돌아가세요."

"위험은 알고 있습니다."

"모르고 있어요. 발병하면, 반드시 죽는 위험한 기병이 만연하고 있습니다."

페스트 수준으로 위험한 병이군.

다행히 그녀들은 아직 감염되지 않았다.

"알고 있습니다. 기병의 이야기를 듣고, 왔어요."

애초에, 그걸 해결하기 위해 설국을 돌아다녔단 말이지.

예언이 말했던 「재앙」은 아마도 이 기병일 거야.

"신탁의 재앙을 미리 막기 위해서, 인가요?"

그렇게 확인하는 물음을 던진 것은, 담설 공주가 아니라 어느샌가 와 있던 동장군이었다.

"네, 맞습니다."

그에게는 예언 이야기를 했으니까, 나랑 같은 결론에 이른 거겠지.

"사토 님은 고결한 분이군요."

존경의 눈으로 나를 보는 담설 공주의 반짝반짝 빛나는 시선이 아프다.

"아뇨. 저는 속물입니다."

솔직히 말해 남일에 고개를 들이미는 취미는 없다.

그러나 발생할 가능성이 높은 재앙을 무시하고 유람을 할 수 있을 만큼, 내 멘탈은 강하지 않다. 떳떳하게 놀러 다니려고, 그런 이기적인 생각으로 여기 온 것이다.

"겸손할 것 없습니다. 부디, 이쪽으로 오시죠. 천막에서 현재 상황을 설명하겠습니다."

동장군의 안내를 받아 마을 밖에 설치된 천막으로 갔다.

"꽤 많이 왔군요."

생각보다 천막의 수가 많다.

이 수라면 100명 이상 데리고 왔을 거야.

"마을의 봉쇄에는 이 정도 수가 필요하니까요."

"과연."

마을을 봉쇄한 건가.

뭐, 마을 사람이 다른 마을로 도망치면 감염이 퍼질 테니까.

"펜드래건 자작, 이건 필요한 조치입니다."

"알고 있습니다."

내 반응을 오해했는지, 동장군이 변명의 말을 거듭했다.

이야기하는 동안 천막에 도착하여 가지고 온 마스크를 장착했다.

"그 입가를 덮은 천은?"

"이것은 마스크라는 간이적인 감염방지 장비입니다. 잔뜩 있으니, 증상이 없는 분에게 나눠주세요."

큰 효과는 없지만, 없는 것보다는 나을 거야.

포치와 타마가 날라온 상자를 천막의 병사들에게 건넸다. 상자 안에는 천 마스크와 얇은 방수 장갑과 방역 앞치마가 들어 있었다. 이 마스크나 장갑에는 「방역」과 「정화」의 룬을 꿰매 두었다.

"과연 시가 왕국이군요."

담설 공주가 감탄한 표정으로, 재빨리 마스크를 써주었다. 동장군도 반신반의하는 표정으로 그걸 따랐다.

천막 안으로 안내받은 우리는, 모피가 깔린 따뜻해 보이는 의자에 앉도록 권유받았다.

"금방, 설명할 수 있는 자가 올 테니—."

"이런 때 무슨 용건이야!"

동장군이 말하는 도중에, 화가 펄펄 난 느낌의 백의를 입은 남성이 호통을 치며 들어왔다.

설명할 수 있는 자라면, 치료중인 의사로군. 그야 화가 나겠지.

"본 의사. 이쪽은 시가 왕국의 대신인 펜드래건 자작이다. 이번 기병을 시찰하러 오셨지."

"시찰? 시찰이라고? 뭘 시찰하는데? 마을 사람이 어떻게 죽어가는지 말입니까요? 아니면, 이 병을 전쟁의 도구로 쓸 수 없을지 조사하기 위해서?"

"본 의사! 자네의 발언은 모욕이 된다!"

흥분한 의사의 발언을 듣고, 동장군이 초조한 기색으로 질책했다.

"내 목이 필요하면 가져가시지. 어차피 나도 감염됐다. 이른가 빠른가의 차이야."

의사가 병적인 눈으로 말했다.

정신적으로 조금 위험한 느낌이다.

"본 의사, 나는 시찰을 하러 온 게 아닙니다. 현재 상황을 해결하러 왔어요."

"해결? 대신 각하의 권력으로 상급 치유 마법을 쓸 수 있는 신관이라도 데리고 와주는 건가? 아니면 환상의 만능약이나 옛날

이야기에 나오는 엘릭서라도, 신들에게 기도해서 하사를 해주시는 건가?"

"그게 필요하다면, 어떤 어려움이 있어도 실행하죠."

내가 곧장 대답하자, 의사가 폭언을 하던 것을 멈추었다.

"진심으로 하는 말이야?"

"물론입니다. 괜한 멋으로 이런 위험한 장소에 오지 않아요."

"……알았어. 방금 한 말을 사과하지. 마을 사람들 구하는 걸 도와줘."

의사가 주저한 다음, 내 앞에 무릎을 짊고서 사죄의 말을 했다.

듣자하니 그는 이 마을 출신이라 기병 이야기를 듣고 1주일 전부터 치료를 하고 있었다고 한다.

"본 의사, 펜드래건 자작에게 설명을 하세요."

의사가 차분함을 되찾은 참에, 동장군이 이야기를 진행했다.

"마을 사람들이 기병이라고 부르는 이 병은 독감, 눈가시열, 독기 중독, 고블린병, 원숭이 열병…… 모든 병하고도 비슷하지만, 모든 병하고도 달라. 초기증상은 눈가시열이랑 비슷하고, 대부분 열이 나지. 한 소월쯤 지나면 몸 여기저기에 가시가 박힌 것 같은 통증이 나타나고, 이윽고 복통과 호흡 곤란을 느끼더니, 몸에 반점이 생기고, 피부가 검붉게 변하고, 온몸에 가려움을 느끼고, 마지막에는 토혈을 하더니 사흘도 안 지나 죽음에 이른다."

상당히 심각한 병이군.

"가져온 약은 아무것도 안 들어. 저주인가 해서 독기 중독의 약을 시험해 봤지만 효과가 없었어."

"중급 마법인 『질병 치유(큐어 디지즈)』는?"

"아까 장군 각하가 데리고 와준 궁정 마술사가 시도해봤어. 증상이 가벼운 자에게는 효과가 있지만, 토혈을 하는 중증에는 효과가 없어."

그러면, 미아의 물 마법으로 중증은 치유할 수 없군.

"신성 마법은 어떤가요?"

"이 마을에는 병을 치유할 수 있는 고위 신관이 없어."

의사가 토해내듯 말했다.

"데리고 오지 않았나요?"

"키워크 왕국에서 상급 치유 마법을 쓸 수 있는 사제나 신관은 손에 꼽을 정도밖에 없습니다. 그리고, 그런 자는 신전의 중진입니다. 유감이지만 초빙에 응하지 않았어요."

내 질문에, 동장군이 대답했다.

"이런 시골 마을이 멸망해도, 높은 분들한테는 상관없으니까."

"그렇지 않답니다! 실제로 저나 동장군도 오지 않았나요!"

"전하들이 와준 건 나라를 위해서잖아? 병을 고칠 수 없을 때는, 마을째로 태우기 위해 병사들이 포위를 하고 있는 거 아냐?"

꽤 냉혹한 상상이지만, 전국시대 같은 살벌한 시대의 위정자라면 정말로 할 것 같아 무섭군.

"아니에요! 그런 폭거를 막기 위해 왔답니다!"

의사의 의심을, 담설 공주가 부정했다.

"이야기가 어긋나고 있습니다. 본 의사, 다음 설명을 부탁하죠."

"알았어. 그러나, 거의 다 얘기했어. 다음은 환자의 숫자군. 마을 사람 324명 중에서 298명이 발병. 이미 38명이 사망하고, 12명이 생사의 경계를 헤매고 있어."

—진짜냐.

"죽은 자는 마을 외곽에서 화장을—."

"환자는 어디 있죠?"

의사의 설명을 가로막고 일어섰다.

시체의 처리도 중요하지만, 그보다 살아 있는 사람들이다.

"펜드래건 자작?"

"본 의사, 중증환자가 있는 장소로 안내해 주세요."

내 말을 들은 의사가, 「괜찮은가?」라고 말하는 표정으로 동장군을 보았다.

"그렇지만—."

"만능약입니다."

나를 말리려는 동장군의 말을 가로막고, 귀족복의 안주머니에서 꺼낸 작은 병을 보여줬다.

"마, 만능약?! 환상의 비약이 아닙니까!"

"그거라면 분명 고칠 수 있어요!"

동장군은 만능약을 보고 놀라서 눈을 부릅뜨고, 초췌해진 본 의사는 희망으로 눈빛을 반짝였다.

"이쪽입니다."

"어이!"

동장군이 말릴 틈도 없이, 의사가 일어서서 나를 선도해 주었다.

의사가 뛰어들어간 곳은 신전이었다. 예배당이 진료소가 되어 있구나.

"자작님, 이 아이를!"

말기 증상인 걸 한눈에 알 수 있다.

의식이 혼탁한 건지, 만능약을 입으로 흘려 넣으려 하지만 잘 안된다.

"주인님, 이것을."

루루가 내밀어준 길쭉한 주전자를 써서, 아이의 목 안쪽에 만능약을 흘려 넣었다.

"마셔어."

"예스 미아."

아이가 만능약을 마시자, 누워있는 몸이 하얗고 옅은 빛에 휩싸이고, 몇 겹의 마법진 같은 것이 나타나 작은 몸을 위아래로 통과했다.

그것이 천천히 흐려졌을 때, 그에 따라서 아이의 검붉은 피부가 깔끔한 피부색으로 바뀌었다.

"……굉장하군."

마지막으로 빛이 사라지자, 의사와 간호사가 안도의 숨을 내쉬었다.

"호흡이 안정됐어요. 다들 분담해서, 다른 중증 환자에게도 먹이자."

"아이아이 서~."

"네, 인 거예요! 포치는 간호의 프로인 거예요!"

동료들이 만능약을 먹이는 걸 지켜보았다.

"—주인님."

아리사가 굳은 목소리로 나를 불렀다.

"응. 알고 있어."

방금 투약한 환자의 상태를 눈으로 추적했으니 알 수 있다.

투약한 아이 옆에 팝업된 AR표시에 「질병: 기병(잠복)」이라고 나온다. 만능약으로 기병은 **완치되지 않은** 것이다.

"미아. 질병 치유를 다른 환자한테 써줘."

"응, ■…… ■■■ 질병 치유."

—마찬가지군.

기병의 정도가 경증에서 잠복으로 바뀌었을 뿐이다.

"그래도 안 하는 것보다는 낫지."

"그렇네. 미아가 힘들겠지만, 퇴치 방법을 찾을 때까지 시간 벌이는 할 수 있어."

"범위 치유를 할 수 있으면 좋을 텐데."

"할 수 있어."

내 말을 미아가 포착했다.

"할 수 있어?"

"응, 리브."

"리브? 정령?"

"생명."

과연, 생명을 다스리는 의사정령이군.

"그런 정령도 있었구나."

"배웠어."

미아가 정령 마법 「생명 정령 창조(크리에이트 리브)」로 생명의 의사정령 리브를 소환했다.

정령 리브는 흐릿하게 빛나는 모성이 넘치는 반투명한 미녀의 모습이었다.

"치유해줘."

—LWEEEBYN.

자장가처럼 상냥한 음색이 예배당을 채웠다.

미아의 치유 마법과 비교하면 치유 속도는 느리지만, 실내의 모두를 동시에 치유하는 게 굉장하군.

"자작님, 고맙습니다. 고마워요. 이걸로 이 마을을 구할 수 있어요."

의사가 울면서 내 손을 잡았다.

"펜드래건 자작님, 본 의사……."

동장군이 파견해준 인물 감정 스킬 소유자가 말하기 어려운 표정으로 이쪽에 왔다.

신전 밖으로 불려가서 그에게 마을 사람들이 완치되지 않았다는 말을 들었다. 의사가 천국에서 지옥에 떨어진 것 같은 표정으로 절망했다.

"포기하면, 거기서 끝이야."

아리사가 모 농구 감독의 명대사를 써서 의사를 격려했다.

"본 의사, 아리사의 말이 맞습니다. 이걸로 치료법을 확립할 시간이 생겼다고 생각하죠."

"그, 그렇지. 그 애랑 자작님 말이 맞아."

의사의 멘탈이 조금 상향됐으니, 기병의 원인에 대해 뭔가 짚이는 게 없는지 물어봤다.

"원인, 말인가요?"

"기병이 나오기 전후에 별난 일은 없었나요?"

"내가 문진을 해본 바로는, 이렇다 할 원인은……."

본 의사는 짚이는 게 없는 모양이다.

"선생님! 별내림이우!"

미아와 정령 리브를 숭배하던 노파가 말했다.

"별내림인가요?"

"그려우. 불길한 별내림이 있었수다!"

"할머니. 그런 미신이 아니라, 본 적이 없는 이상한 짐승이나 수원에서 생물이 잔뜩 죽어있었다거나, 그런 이야기를 듣고 싶은 거야."

미신을 말하는 노파를 본 의사가 타일렀다.

유감이지만 짚이는 게 없는지, 뒷일은 그에게 맡기고 나머지 두 마을을 순서대로 돌아보기로 했다.

"나도 같이 가겠어요."

담설 공주가 말하고, 추종하는 여기사와 함께 소형 비공정에 쳐들어왔다.

마을에 도착한 뒤 설명하기 편하니까 동행을 허가하고 곧장 출발했다.

"정말로 날고 있답니다! 저, 비공정을 타는 게 처음이라— 괘씸하군요. 죄송합니다. 들떠 있을 때가 아니었어요."

창 밖의 광경을 보고 표정이 빛난 담설 공주였지만, 금방 상황을 떠올리고 나랑 모두에게 사과했다.

"마스터, 목적지에 도착했다고 고합니다."

역시 비공정은 빠르군.

우리는 담설 공주를 통행권 삼아 병사들의 포위를 통과해 마을에 들어갔다. 아까 전과 마찬가지로 중증 환자는 만능약으로, 다른 사람들은 생명의 의사정령 리브로 치유했다.

이어서 마지막 마을을 치유하고, 처음 마을로 돌아오는 도중에—.

"세워줘."

"미아?"

"저기."

미아가 숲의 한구석, 나무들이 나지 않은 광장을 가리켰다. 세 마을의 중간 부근이다.

"뭔가 있니?"

"유면수."

미아가 말하고 유면수의 씨앗을 꺼냈다.

유면수는 있기만 해도 주변에 있는 사람들을 치유해주는 판타지 수목이지.

"빛나~?"

"번쩍번쩍하는 거예요."

"정말이군요."

아인 소녀들이 씨앗을 바라보았다.

"저기에 심어달라는 걸까요?"

"맞아."

루루의 의문에 미아가 수긍했다.

나는 담설 공주에게 양해를 구하고 그 장소에 소형 비공정을 내렸다.

"미아, 어디쯤이 좋아?"

"여기."

미아의 말로는 정령이 모이는 장소인 모양이다.

담설 공주가 눈치 못 채도록 정령시를 발동하자, 분수처럼 정령광이 흘러나오는 장소가 보였다. 아마도, 극소 사이즈의 정령 모임터겠지.

"심어."

"구멍 파기라면 포치한테 맡기는 거예요!"

"타마도 할래~."

포치와 타마가 요정 가방에서 삽을 꺼내 씨앗을 심을 구멍을 팠다.

생각보다 깊은 구멍이 필요한 모양이다. 함께 엘프 마을에서 받은 비료를 묻어두자.

"쪼르르~."

"솨솨솨~인 거예요."

마지막으로 물뿌리개를 든 타마와 포치가 물을 준다.

"사토, 수령주."

미아의 요청으로 수령주를 건넸다.

『보르에난 숲의 미사날리아가, 수령주와 키워크 왕국의 초목에게 바란다. 유면수의 씨앗을 싹 틔워, 병으로 고통받는 사람들에게 치유가 내리기를.』

미아가 엘프어로 기도를 바쳤다.

옅은 빛을 두른 미아에게서 씨앗을 심은 장소에 반짝반짝한 빛이 내렸다.

그 빛이 모두 흙 속에 빨려 들어가자—.

뿍하고 소리가 날 것 같은 기세로, 씨앗에서 싹이 텄다.

우리가 지켜보는 앞에서, 씨앗이 쑥쑥 성장하여 순식간에 어린 나무 사이즈가 됐다.

"어머나, 씨앗은 저런 식으로 성장하는 거군요."

"아, 아뇨, 그럴 리는……."

천진난만하게 기뻐하는 담설 공주 옆에서, 수행하는 여기사가 당혹한 소리를 흘렸다.

도움을 청하는 시선으로 나를 보길래. 「미아는 엘프니까요」라고 말했다.

"그런가요. 엘프 님이라면, 있을…… 수, 있는 걸까……."

아직 납득이 안 되는 표정이지만, 잠시 주저한 다음 어색한 표정을 수습해서 평정을 꾸몄다. 아마 억지로 납득하기로 한 거겠지.

소동이 날 테니까 이 일은 내밀하게 해달라고 말하고, 우리는 소형 비공정을 처음 마을로 몰았다.

◆

"그러니까, 약을 내놓으라고 했잖아!"

마을에 돌아가자, 천막 앞에서 횡포를 부리는 중년 남성이 동장군에게 대들고 있었다.

"내 아들이 병에 걸렸단 말이다! 우리 집은 방계라지만 카다콜라 남작님의 혈족이야! 그런 나를 함부로 대하는 거냐!"

귀족의 혈연자인 것 같지만, 왕국의 장군에게 대들다니 배짱이 좋군.

"무슨 소동인가요?"

"이, 이것은, 전하. 부디, 내 아들을 위해서 약을, 악을, 하, 하사해**주사옵**소서."

중년 남성은 왕족에 대한 말투는 서투른 모양이군.

"그 아들의 상태는?"

"뭐냐, 너는?"

"촌장. 그분은 시가 왕국 대신이신 펜드래건 각하다. 무례한 태도를 보이면 카다콜라 남작의 목 따위 물리적으로 날아간다."

동장군이 위협하자, 중년 남성— 촌장이 짧은 비명을 지르고 땅바닥에 이마를 비비며 용서를 구했다.

"그의 아들의 병이 재발했습니다만, 아직 초기증상입니다. 그 밖에 새롭게 증상을 호소하는 자도 나오고 있습니다만, 증상이 가벼운 자들뿐이라 내일 아침에 한꺼번에 미아 님께 치유를 부탁할 예정입니다."

"증상이 가볍다고? 내 가문을 이을 아들을 우롱하는 거냐!"

의사의 설명을 들은 촌장이 일어서서 의사에게 대들었다.

아들은 아들대로 마을을 봉쇄하는 병사들한테 덤비고 있는 것 같으니, 부자가 닮았군.

"이야기가 진행되지 않으니까, 당신은 마을로 돌아가세요."

"그, 그러나—."

"대신 각하께 불만이 있는 건가?"

동장군의 눈짓에 따라 잘난 듯 명했더니, 곧장 동장군이 범의 위엄을 빌어 촌장을 쫓아냈다.

"그래서, 재발한 건 촌장의 아들뿐인가요?"

"아뇨. 그 밖에도 방앗간이랑 잡화점이 재발했습니다."

의사의 안내를 받아, 재발한 자를 만나러 갔다.

몸이 약한 자가 아니라 영양상태가 좋아 보이는 자가 재발한 게 신기하군.

"예비 만능약을 건네둘 테니, 상태가 급변하면 쓰도록 해요."

나는 의사에게 말하고, 재발한 환자들의 점막에서 채취한 샘플을 가지고 비공정 내부에서 「귀환전이」를 반복하여 보르에난 숲으로 갔다. 계속 빌리고 있는 「엘프의 현자」 토라자유야 씨의 연구소에서 조사해봤다.

유감이지만 결과는 음성. 점막에 수상한 미생물은 없었다.

다음은 화장하기 전의 시체를 조사할까.

그렇게 생각하여 키워크 왕국으로 돌아왔다.

"어서 와. 바보가 사고를 쳤어."

돌아오자마자 아리사에게 보고를 받았다.

듣자하니, 촌장의 아들이 만능약을 훔치려다가 붙잡혔다고 한다.

“용케 병사의 포위를 돌파했네.”

“천막에 숨어든 게 아니고, 의사가 진찰하러 갔을 때 진료 가방에서 훔치려고 했다나 봐.”

“범인의 처분은?”

“주인님의 의견을 들은 다음에 처분한대. 지금은 광장의 나무에 묶어놨어.”

미수라면 대단한 죄는 안 된다고 하니까, 그대로 둬도 되겠지.

나는 동장군에게 말하고, 화장 전의 시체를 조사하고 싶다고 요청했다.

“허가는 금방 낼 수 있지만, 조사할 거라면 서두르는 게 좋습니다.”

듣자하니, 나중으로 미뤄둔 화장을 오늘 안으로 한다고 했다.

“장군 각하! 큰일입니다!”

“이번엔 뭐냐!”

병사 한 명이 천막에 뛰어들어왔다. 분명히 동장군의 부관이다.

“가누누 각하가 이끄는 적사자 부대가 이쪽으로 옵니다.”

“가누누가? 전장도 아닌 장소에 뭐 하러 온 거지?”

레이더로 병사의 집단이 오는 건 깨달았지만, 응원 부대가 아니라 라이벌 부대였구나.

“만나시겠습니까?”

“쫓아낼 수도 없겠지.”

"저도 가겠답니다."

동장군과 담설 공주가 붉은 머리 장군을 만나러 갔다.

"주인님, 어떻게 할까요?"

"우리는 나설 때가 아냐. 그보다도, 화장 전의 시체를 조사하는 게 우선이다."

나는 리자를 데리고 마을 변두리의 화장터에 갔다.

"주인님, 뭔가 타는 냄새가 납니다."

리자의 말로, 화장이 이미 시작된 것을 깨달았다.

마을 변두리에 오자, 연기와 시체를 태우는 냄새가 풍겼다. 화장을 시작한 참인가 보군.

"막을까요?"

그것도 생각했지만, 화장을 지켜보는 사람들의 오열을 듣고서는 그것도 망설여진다.

"아니, 이대로 조사하자."

나는 메뉴의 마법란에서 술리 마법인 「투시」를 발동했다.

시체의 내부를 조사하기 위해서다. 탄화가 시작되는 시체를 피해서, 아직 타기 시작한 참인 시체를 중심으로 조사한다.

하얀 실?

무수한 균사 같은 하얀 실이 내장 안에 가득 있다.

이건 뭐지?

이게 환자들의 사망 원인 같은데.

어디선가 본 기억이— 아, 그거다. 사악한 해파리의 촉수를 먹었을 때, 내 맹장에 생긴 하얀 섬유질과 대단히 비슷하다.

확정하기 위해, 어떻게든 샘플을 채취하고 싶은데―.

아리사의 공간 마법 「물건 불러오기(어포트 오브젝트)」는― 무리군. 삼킨 이물질 정도라면 모를까, 몸 안의 병소를 절제해서 꺼내는 아크로바틱한 일은 못 할거야.

―그렇지.

하얀 섬유의 물건을 맵으로 검색해보자.

검색 워드를 「균사」로 했더니, 검색 결과에 과부하가 걸렸다. 어쩔 수 없이 범위를 좁혀서 「기병 균사」로 하니까 눈앞에서 타고 있는 시체가 나왔으니, 이 검색 워드면 될 것 같다. 균사 같은 거라고 생각했지만, 정말로 균사였다니.

이번에는 범위를 넓혀서 맵 검색을 해봤다.

"―있다."

나는 화장터를 벗어나 설원 너머에 있는 얼음나무의 숲으로 달려갔다.

"여기일 텐데―."

눈 아래에서 얼어붙은 늑대의 시체가 나왔다.

"꽁꽁 얼었네……."

"해체할까요?"

"아니, 필요한 건 내장뿐이니까 괜찮아."

나는 「이력의 손」으로 늑대를 들어올려 요정검으로 늑대를 베어내고, 불필요한 부위를 스토리지에 수납했다.

"다음은 이 약이 효과가 있는가인데."

나는 맹장에 난 하얀 섬유질을 제거할 때 쓴 약― 희석 제염약을 꺼내, 병소를 노출시킨 늑대의 고기 조각에 뿌렸다.

"주인님, 하얀 균사가 녹아갑니다."

"그래. 이걸로 원인은 규명했어."

그때의 실수가 이런 식으로 도움이 될 줄은 전혀 몰랐다.

어떻게 입수한 건지는 모르지만, 마을 사람들이나 늑대는 해파리를 직접 혹은 간접적으로 먹고 감염된 모양이군.

원인을 알아서 다행이지만, 대체 해파리가 어디서 왔지?

역시 허공에서 떨어진 걸까?

"—주인님?"

"미안. 조금 생각을 하느라."

나는 결과를 보고하러 동장군의 천막으로 갔다.

돌아오는 도중에, 타마와 포치가 달려왔다.

"큰일큰일~."

"화난 아저씨인 거예요!"

화난 아저씨? 누구지?

어서어서라고 재촉하는 두 사람과 함께 천막 쪽으로 가자, 아리사가 안의 대화를 엿듣고 있었다.

보초 병사가 어색한 기색이다. 대국 대신의 수행원이면 쫓아낼 수도 없을 테니까.

"주인님, 이제 슬슬 하이라이트야."

아리사가 손짓했다.

"—기름도 장작도 가져왔다. 다음은 마을째로 태우면 된다."

천막 안의 어수선한 대화를 엿듣기 스킬이 포착했다.

이 목소리는— 붉은 머리의 가누누 장군이야.

"그럴 필요는 없어. 방금 전에도 말했지만, 병은 이미 치유되고 있다."

"동장군의 말이 맞아요. 펜드래건 자작이 가져다주신 귀중한 약으로, 마을 사람들은 모두 회복했습니다. 이미 기병에 시달리는 자는 아무도 없어요."

동장군과 담설 공주가 가누누 장군에게 항변했다.

"공주 전하는 그 평민 출신에게 속고 있습니다. 얼추, 대국의 대신을 사칭하는 애송이와 짜고서 이 나라를 차지하려는 거겠지?"

동장군은 평민에서 올라온 모양이군.

"가누누 장군, 충의가 두터운 동장군과 타국의 민초를 위해 사재를 사용하는 고결한 펜드래건 자작을 우롱하는 건 용납하지 않아요."

"공주 전하, 진정하십시오. 마을 사람이 치유되었다는 것은 동장군과 펜드래건 애송이가 날조한 헛소리. 진정으로 치유된 자는 없습니다. 그 평민 출신이 아무것도 부정하지 않는 것이 그 증거지요."

"가누누 장군, 무슨 말을 하는 건가요? 마을에는 누구 한 사람, 병으로 쓰러진 자가 없어요."

"내가 아무것도 모른 채 왔다고 생각하나?"

가누누 장군이 걸고 넘어지지만, 동장군은 아무 대답이 없다.

"쾌유한 자를 감정해보면 알 수 있는 일이지."

가누누 장군은 회복한 환자의 상태가 「질병: 기병(잠복)」인 것을 아는 모양이군.

"……내통자인가요."

"듣기 안 좋군. 진정으로 나라를 우려하는 국사다."

그렇군. 동장군의 부하 중에 가누누 장군의 밀정이 있었다는 거군.

그냥 근육 장군으로 보였는데, 뜻밖에 모략 같은 것도 특기인가 본데.

"자, 공주 전하. 이걸로 아셨을 겁니다. 기병이 치유된 것은 표면뿐이지요."

"만약 그렇다 해도, 여기까지 회복한다면 이제 『질병 치유』의 마법으로도 치유할 수 있습니다. 그렇게 시간을 버는 사이에, 치유 방법을 확립시키면—."

"그것에 며칠, 아니 몇 개월이 걸리지? 그동안 나라에 몇 없는 『질병 치유』를 쓸 수 있는 마법사를 변경 마을에 묶어둘 건가? 그것은 얼마가 들지?"

가누누 장군이 힐문하자 동장군이 말을 머뭇거렸다.

뭐, 이번에는 미아랑 내가 있지만 보통 마법사는 상당한 수를 모으지 않으면 확실하게 마력이 부족해질 테니까.

"지금은 펜드래건 자작 일행이 있답니다!"

"공주 전하. 그것은 시가 왕국에 커다란 빚을 만들게 됩니다. 그것은 국익에 반하지요."

"가누누 장군은 국민을 지키지 않고 국익을 우선하는 건가?"

"국민은 지킨다. 그러나, 변경 마을 셋쯤에 쓰기에는 너무나 큰 부담이라고 하는 거다."

"그래서, 마을사람과 함께 마을을 태운다고?"

"그것이 최선이다."

담설 공주에 이어 동장군이 물었지만, 가누누 장군은 뜻을 바꾸지 않을 것 같군.

어쩔 수 없지. 끼어들어야겠어—.

"최선이 아닙니다."

""펜드래건 자작.""

담설 공주와 동장군의 목소리가 겹쳤다.

"대국의 대신이라는 자가 엿듣기인가?"

"어쩌다가 들렸을 뿐입니다."

가누누 장군의 비아냥을 흘려 넘겼다.

"네놈도 이 두 사람과 같은 의견인가? 변경 마을에 키워크 왕국의 재산을 아낌없이 쏟으라고?"

"그런 이야기였던가요? 마을을 태운다느니, 그런 어수선한 이야기가 들렸습니다만."

"그것이 최선이니까."

"방금 전에도 말했지만, 최선이 아닙니다."

"그러면, 뭐가 최선이라는 건가!"

가누누 장군이 침을 튀기면서 반문했다.

"마을 사람을 치유해서 건강하게 만드는 거죠."

내가 말하자 가누누 장군이 크게 웃었다. 정서불안정인 사람이군.

“세상물정 모르는 공주 전하는 속을지 모르지만, 이 가누누의 눈은 속일 수 없다!”

“속여요? 무슨 말인가요?”

“치유 따위 못한다는 거다!”

“할 수 있습니다.”

“완치할 수 없는 치료 따위 무슨 의미가 있지?”

여러모로 의미가 있다고 생각하지만, 본론이 아니니 딴죽은 걸지 말자.

“완치할 수 있습니다. 동장군, 기병의 원인을 특정했습니다.”

“펜드래건 자작, 그건 정말인가!”

“네, 정말입니다.”

나는 격납 가방 경유로 스토리지에서 문제의 부위를 꺼냈다.

“이것은 기병에 감염된 늑대의 내장입니다.”

“이 하얀 균사 같은 건 뭐지?”

“그게 기병의 원인입니다. 마을 사람은 기병에 감염된 짐승 고기를 먹고 감염된 거겠죠.”

“으그그…….”

속셈과 다른 방향으로 이야기가 흘러가기 때문인지, 가누누 장군이 으그그 장군이 됐다.

“그러나! 그러나, 원인을 알았다고 해도 약이 있는 건 아니지!”

“약이라면, 여기 있습니다.”

내가 품에서 꺼낸 희석 제염약을 보여주고, 그 약을 기병 균사에 뿌려 구제하는 걸 보여줬다.

"그, 그것이 사람에게 효과가 있다고 장담할 수는 없다! 균사를 녹이는 것 정도는, 산이나 세제로도 가능하지!"

가누누 장군이 발악을 하는군.

뭐, 틀린 말은 아냐.

"그러면, 사람에게 시험하죠. 누군가, 피험자를 데리고 오세요."

그렇게 부탁하자, 동장군의 부관이 촌장의 아들을 데리고 왔다.

"들어와라!"

"뭐, 뭐 하는 거야! 나한테 손대면 아버지가 가만두지 않을거야!"

"닥쳐라."

부관이 명하지만, 불안에 시달리는 촌장의 아들이 더욱 소리쳤다.

"나, 나는 카다콜라 남작님의 혈족이야! 남작님에게 말해주겠다!"

촌장의 아들이 어린애 같은 소리를 했다. 스무 살 넘은 어른이 할 말이 아니잖아.

"닥쳐라, 평민! 남작 따위는 목을 치겠다!"

촌장의 아들이 불쾌했는지, 가누누 장군이 위협해서 입다물게 만들었다.

"얼른 시도해라."

가누누 장군이 턱짓으로 명했다.

"그 전에, 가누누 장군이 신뢰할 수 있는 인물이 그를 감정해 주세요."

안 그러면 처음부터 병이 없었다는 걸로 할지도 몰라.

가누누 장군의 휘하에 있는 인물 감정 스킬 보유자는 스킬 레벨이 낮은 건지 상태의 파악에 시간이 걸렸다.

"이 자는 병에— 기, 기병에 걸렸습니다."

기병이라는 걸 알자마자, 그는 촌장의 아들과 거리를 벌렸다.

뭐, 가누누 장군의 부대는 기병에 걸린 마을 사람을 마을째로 태우러 왔으니 만에 하나라도 감염되고 싶지 않을 거야.

가누누 장군이라면, 감염된 자기 부하라도 처분해버릴 것 같으니까.

"그러면 이걸 마시도록 하세요."

"도, 독인가?! 시, 싫어! 나는, 나는 죽고 싶지 않아! 죽고 싶지 않아아아아아아아아아아아아아아아아아!"

내가 희석 제염약을 내밀자, 착각한 촌장의 아들이 패닉에 빠졌다.

응. 이야기가 진행되질 않으니 작작 했으면 좋겠다.

"—어이."

가누누 장군이 촌장의 아들을 노려보았다.

"이 약을 마실지, 이대로 고문을 당하며 고통스럽게 죽을지 좋은 쪽을 골라라."

가누누 장군의 바이올런스한 발언에서 그의 진심을 느꼈는지, 촌장의 아들이 마지못해 약을 마시는 쪽을 선택했다.

그래도 실제로 마실 때는 마지막까지 저항하는 낌새를 보였지만, 가누누 장군이 말없이 검을 뽑는 것을 보더니 체념하고 들이켰다.

"자, 확인해 보시죠."

"벌써, 효과가 있는 건가?"

보통 약품이라면 장에 도달할 때까지 30분 정도 걸리지만, 이건 마법약이라 1분도 안 걸리고 침투해주었다.

"병의 흔적이 없습니다."

가누누 장군과 동장군의 부하가 각자 감정해서, 촌장 아들의 병이 치유된 것을 확인했다.

"이걸로 문제없겠죠?"

"으그그……."

가누누 장군이 신음했다.

솔직하게 패배를 인정하는 게 분한 걸까?

자국의 마을을 태울 필요가 없어졌으니, 그에게도 불이익이 없을 텐데.

"그렇군. 알았다."

가누누 장군이 알아낸 모양이군.

뭘 알아낸 건지 물어보는 게 두렵다. 분명히 뭔가 글러먹은 생각을 떠올렸을 거야.

"뭘 말인가요?"

담설 공주가 안 물어봐도 되는 걸 물어버렸다.

"이번 기병 소동은— 펜드래건 자작! 네놈의 자작극이군!"

"자작극, 인가요?"

이 사람, 뭔 말을 하는 거야?

"네놈이 변경 마을에 기병을 뿌리고, 그 다음에 스스로 병을 치유하고 다닌다. 그러지 않으면, 이렇게까지 단기간에 병의 원인을 특정하고, 그에 대항하는 약 따위 만들 수 있겠나!"

과연. 어쩌다가 같은 병에 걸린 적이 있었으니까 치료약과 원인을 짐작한 것인데, 보통은 그렇게 생각해도 이상하지 않다.

"그렇게 생각하면, 여러모로 보이는 것도 있다. 우리나라의 신탁의 무녀들이 누구 한 명 받은 적 없는 예언을, 타국의 네놈이 알고 있었다. 아니, 네놈만 알고 있었다! 왜냐하면, 네놈이 만들어낸 헛소리니까!"

정의에 취한 표정으로 가누누 장군이 말했다.

동장군은 생각하는 바가 있는지, 아까부터 생각에 잠긴 표정이다.

"예언에 관해서는 요루스카의 무녀 나리에게 문의해 주시죠."

"흥. 요루스카에 사는 천민의 말 따위, 돈으로 얼마든지 만들어낼 수 있다."

가누누 장군이 차별 발언과 명예훼손을 더블로 했다.

"거짓된 예언으로 인심을 흐트러뜨리고, 여왕께 파고들어, 마지막에는 갚을 수 없을 만큼의 은혜를 떠넘기고, 나라를 차지하는 것이 네놈의 목적이겠지!"

가누누 장군이 파악 소리가 날 정도의 기세로 나를 가리켰다.

"가누누 장군! 억측만으로 펜드래건 자작을 모욕하다니, 창피한 줄 아세요!"

담설 공주가 끼어들었다.

이건 사실대로 말을 해봐야 가누누 장군이 납득하지 않을 텐데. 어떡한다.

이야기에 나오는 근육 악역처럼 결투라도 걸어주면 편한데.

"공주 전하, 속아서는 안 됩니다. 아마도, 그 평민 출신도 애송이와 한패입니다. 둘이 손을 잡고 나라를 가로채고자 획책한 것입니다."

내가 반론하지 않자, 방금 말한 망언을 반복하여 동장군과 함께 명예훼손을 한다.

"가누누 장군, 엉뚱한 추리는 이제 끝났나?"

"엉뚱하다고?!"

모욕을 받은 가누누 장군의 얼굴이 새빨개졌다.

"평민 출신 주제에, 유서 깊은 명문 귀족인 나를 우롱하는가! 장군직에 오른 정도로, 격이 같아졌다고 우쭐대느냐!"

가누누 장군이 의자를 걷어차며 일어서서, 허리의 검에 손을 댔다.

"진정하시게. 엉뚱하다고 평한 이유는 이제부터야."

노기를 받으면서도, 동장군은 가누누 장군에게 그 별칭처럼 싸늘한 시선을 보냈다.

"들어주마. 납득하지 못하면, 그 목과 헤어지게 될 것을 알아라."

"부디, 자유롭게 하시죠—."

동장군이 가누누 장군의 말에 한숨을 쉬고, 말을 이었다.

"가누누 장군은 펜드래건 자작이 기병을 사용한 자작극으로 나라를 차지하는 게 목적이라고 말씀하십니다만, 그것은 있을 수 없습니다."

"당연하지. 이 가누누의 눈이 파란 동안에는, 외환 따위가 나라를 차지하지 못한다."

내우 대표인 가누누 장군이 잘난 기색으로 가슴을 쭉 폈다.

그는 동장군이 한 말의 의미를 「나라를 차지할 수 없다」라고 해석한 모양이군.

동장군은 그의 착각을 정정하지 않고 말을 이었다.

"왜냐하면, 펜드래건 자작이 나라를 바란다면, 이미 그의 것이 되었기 때문입니다."

"무슨 말이지?"

"이건 여왕 폐하의 명예에 연관된 이야기라—"

동장군이 사람을 물린 다음, 이야기를 계속했다.

사람을 물린다고 해도, 두 장군과 그 부관, 그리고 담설 공주는 같이 있다.

"여왕 폐하께선 내밀하게, 펜드래건 자작을 왕배로 맞이하고자 하셨습니다."

"왕배라고?!"

"어마마마가?!"

가누누 장군과 담설 공주가 놀라서 소리를 질렀다.

부관 두 명은 말은 안 했지만, 대단히 놀란 기색이었다.

"안심하세요. 이미 펜드래건 자작은 거절했습니다."

"믿을 수 없다."

가누누 장군이 망연자실하게 중얼거렸다.

"그렇다. 믿을 수 없다. 그 여왕 폐하께서 타국에서 왕배를 바라시다니! 주변국의 왕족이나 오유고크 공작의 아들이 구혼한 것마저 거절하셨는데!"

나중에 들은 이야기로는, 여왕에게 구혼한 건 세라의 숙부에 해당하는 인물이라고 한다.

"사실입니다. 의심된다면, 여왕 폐하께 직접 물어보시면 될 것입니다."

"으그그……."

가누누 장군이 다시 으그그 장군이 된 다음, 「그 목, 맡겨두겠다!」라고 외치더니 천막을 나섰다.

가누누 장군과 교대하여, 동료들이나 물러났던 사람들이 들어왔다.

"장군 각하, 조력 감사합니다."

"감사는 됐습니다. 이쪽이야말로, 국내의 일에 끌어들여서 부끄러울 따름입니다."

건투를 치하하며 악수를 나누고, 가누누 장군 탓에 제쳐둔 본론에 들어갔다.

담설 공주는 방금 여왕 구혼의 이야기가 쇼크였는지, 혼자 뭔가 중얼거리고 있어서 무섭다.

"기병의 특효약 말입니다만—."

"사람 수만큼의 약을 조달할 수 있겠습니까?"

"네, 물론입니다."

희석 제염약은 해파리가 세계수를 오염시켰을 때 제거하는 약을 희석하기만 한 약이니까 엘프 마을에 가면 원액이 언제나 스톡되어 있다. 인간에게 쓸 때는 원액 한 방울로 100명 분량 정도로 희석하니까, 마을 세 개 분량 정도는 간단히 만들 수 있다.

“어느 정도면 조달할 수 있을까요?”

“미아를 데리고 가면 엿새, 아니면 열흘 정도군요.”

실제로는 1시간이면 충분하지만, 그걸 솔직하게 말하면 그야말로 가누누 장군처럼 자작극을 의심받으니까 조금 넉넉하게 잡아서 말했다.

“엘프님을 데리고 가면 곤란해. 그분의 치유가 없으면, 마을은 엿새도 못 버틴다.”

“괜찮아.”

미아가 고개를 절레절레 옆으로 흔들었다.

“무슨 뜻인가요?”

“유면수.”

“—유면수? 르모크 왕국에 있다는 치유의 대수 말인가요? 그러나, 마을 사람 모두를 르모크 왕국까지 데리고 가는 건 불가능합니다.”

“아냐.”

“……아니란 것은?”

미아의 말을 이해 못한 동장군이, 도움을 청하듯 나를 보았다.

아무래도, 번역가 사토가 나설 때로군.

“유면수가 있으니까 괜찮다는 거니?”

“그래.”

미아가 고개를 끄덕였다.

“펜드래건 자작. 무슨 뜻입니까?”

“내밀하게 부탁하고 싶습니다만, 이 키워크 왕국에도 유면수가 자랐습니다."

"정말인가요!"

동장군이 흥분한 표정으로 일어섰다. 조용한 그치고는 드문 일이군.

"네. 아직 어린 나무입니다만, 그 장소에서 옮기지 않는다면, 언젠가 르모크 왕국처럼 대수가 되겠죠."

"옮기면 안 되는 겁니까?"

"응, 말라죽어."

유면수가 자라려면 「정령」이 필요하다고 했지. 전에 르모크 왕국 출신인 공도의 마법 상점 점장 키키누 씨도 「엘프님이 심은 첫 장소 말고는 유면수가 말라 죽는다」라고 했었다.

"그 치유의 힘이 이 마을에도 닿고 있다는 거야?"

"응, 범위 안."

어린 나무를 심은 장소는 세 마을 중에서 여기가 제일 머니까, 이 마을이 범위에 들어온다면 다른 마을도 괜찮겠지.

"다시 말해서, 세 마을은 누워있기만 해도 치유된다는 겁니까?"

"그래."

동장군의 말에 미아가 수긍했다.

"혹여, 특효약 없이도 완치는?"

"아마, 무리."

미아가 고개를 절레절레 옆으로 저었다.

"아무리 그래도 그건 너무 욕심이었나……. 그러나, 왕도에서 식량 보충이 오면 당면한 문제는 없어지겠군."

"—식량?"

물어보고 깨달았다.

감염원인 짐승 고기를 처분하면, 이 마을의 식량이 부족해진다는 거군.

"그러면, 지금 가진 식량을 제공하죠."

보존식이라면 스토리지에 넘칠만큼 있고, 질리지 않도록 토란류나 야채를 세트로 여러모로 제공하자.

"괜찮겠습니까?"

"상관없어요."

옷깃이 스치면 인연이라고 하니까.

나는 식량을 제공하고, 병의 진행이 없는지 이틀 정도 상태를 지켜보기로 했다. 미아가 말했으니 괜찮겠지만, 만약을 위해서다.

그냥 기다리는 것도 한가하니까 마을에 남아있던 감염원 짐승 고기를 철저하게 소각 처분하고, 설원에 묻혀있는 감염 짐승의 시체 처리도 하자.

살아있는 감염 짐승도 있었지만, 그건 아인 소녀들이 쓰러뜨렸다.

"왜 그래~?"

"이 눈에서 짠 냄새가 나는 거예요."

포치가 설원 한구석에서 코를 킁킁했다.

"그건 눈이 아니라 소금이야."

"소금? 암염이란 거야?"

"사락사락한 소금이라고 고합니다."

"정말이네요. 눈이랑 구분이 안 돼요."

"기분 탓인지, 산토끼 같은 모양이군요."

듣고 보니, 토끼 모양의 소금을 설원에 쓰러뜨리면 이런 형태가 되겠어.

"소금상."

미아가 조용히 말했다.

"사도인가?"

"그래."

미아가 소금화된 토끼를 보고, 천벌로 생물을 소금 덩어리로 바꾸는 사도를 연상한 모양이다.

"하지만 주인님, 사도가 어째서 토끼를 소금으로 바꾸는 거지?"

"분명히 묘하네."

토끼가 신을 모독할 것 같지는 않은데.

"사도님도, 기병의 만연을 막으려 해주시는 게 아닐까요?"

루루가 말한 이유라면 좋지만, 사도가 봉인관을 단죄할 때의 엄격함을 알고 있으니 위화감이 느껴진다.

시험 삼아서 범위를 좁혀 「소금」으로 맵 검색을 해보니, 띄엄띄엄 히트했다.

맵 안에 사도는 안 보이지만, 이 주변에서 활동한 흔적이 있어.

"주인님, 어찌할까요?"

"그쪽 의도를 알 수 없으니, 우리는 우리대로 할 수 있는 일을 해두자."

일단, 감염 짐승의 시체 처리를 우선하자.

다들 분담해서 꾸준히 처분해간다. 천구로 날아가면 더 빨리 처분할 수 있지만, 상황을 보려는 이틀을 넘지 않는 한 딱히 서두를 필요도 없으니까 느긋하게 산책 기분으로 행동했다.

“꽤 멀리까지 왔네. 이걸로 끝이야?”

“시체는 그렇지. 이제는 살아있는 녀석뿐인데, 그건 한 곳에 모여있는 것 같아.”

그곳이 근원지인지, 기병 균사에 감염된 살육 걷는 나무(머더 트렌트)를 비롯한 마물이 몇 종류 모여있었다.

—어라?

우리들과 살육 걷는 나무 사이에 누가 있다.

맵의 상세정보를 확인하자, 가누누 장군이 이끄는 작은 집단이 있었다. 어째선가 촌장의 아들도 함께 있다.

공간 마법「멀리 보기」와「멀리 듣기」로 확인하자.

『아직이냐? 평민.』

『이제 금방입니다.』

촌장의 아들이 가누누 장군 일행을 안내하는 모양이다.

기병이 치유됐다지만, 용케 봉쇄된 마을에서 외출 허가가 나왔군.

『보입니다! 별내림이 떨어진 곳은, 저 봉우리 너머입니다.』

—불길한 별내림이 있었수다!

노파의 말이 뇌리를 스쳤다. 그렇군. 미신이 아니었구나. 가누누 장군 일행은 노파의 말을 미신으로 단정하지 않고 여기에 도달한 모양이군.

『눈 말고는 아무것도 안 보이지 않나? 정말로 여기에 별이 내렸나?』

별내림— 아마도 어떤 이유로, 허공에 있어야 할 해파리가 행성의 인력에 붙잡혀 저기에 운석처럼 떨어진 거겠지.

그리고 타고 남은 해파리의 잔해를 마물이나 짐승이 먹고, 그것들을 인간이 먹어서 기병에 감염됐다는 건가.

『틀림없습니다! 저 대수가 표식입니다!』

『뒤틀린 대수 주위에 있는 건, 마물인가?』

『저건 분사 늑대입니다!』

『히에에에, 분사 늑대? 설표조차 잡아먹는 설원의 악마…….』

분사 늑대가 어지간히 무서운지, 촌장 아들이 다리에 힘이 풀려 기어서 도망친다.

살육 걷는 나무와 분사 늑대는 공생관계인지, 살육 걷는 나무에 맺힌 과실을 분사 늑대들이 맛있게 먹고 있었다.

『가누누 장군, 여긴 우회를—.』

『이미, 늦었다. 놈들이 눈치챘다.』

그렇게 대화를 하는 사이에, 가누누 장군 일행과 분사 늑대 두 마리의 배틀이 시작됐다.

가누누 장군은 담설 공주보다도 레벨이 높아서 그런지 설원이라는 불리한 환경에서도 위태롭지 않게 분사 늑대들을 사냥했다.

『감정사, 저것이 그건가?』

『네, 각하. 저 수목에 맺힌 열매가 맞습니다.』

가누누 장군이 가리킨 것은, 아까 분사 늑대가 먹고 있는 것과 같은 과실이었다. 맵 정보에 따르면, 살육 걷는 나무 본체와 마찬가지로 이 과실도 기병 균사에 감염됐다.

"……위험한데."

"왜 그래?"

"조금 서두르자."

감정사는 스킬 레벨이 낮은지, 수목으로 의태한 살육 걷는 나무의 정체를 눈치 못 챈 것 같다.

『이 열매가 있으면, 아무 곳이나 기병을 유행시킬 수 있다. 그렇게 되면, 역겨운 코게오크의 야만인 놈들도 가볍게 쓸어버릴 수 있지.』

그렇군. 기병 균사에 감염된 과실을 병기로 써서, 타국을 약체화시켜 침략하려는 건가.

가누누 장군이 일부러 설중행군을 해가며 온 이유를 납득했다.

『맛있다, 이건 맛있다.』

—어?

갑자기 감정사가 과실에 달려들었다.

아니, 특효약이 있다지만 그런 걸 먹으면 기병에 걸린다고.

『아아, 이렇게 맛있는 과실이 있다니.』

『나도, 나도 더 줘.』

다른 기사와 촌장의 아들도, 앞다투는 느낌으로 살육 걷는 나무의 과실을 따서 먹어 치우기 시작했다.

아무래도, 그들은 살육 걷는 나무의 매료에 걸린 모양이군.

『네놈들! 뭘 하고 있나!』

혼자서만 매료를 벗어난 가누누 장군이 당혹한 표정으로 부하를 질책했다.

"보였어! 저 나무지?"

아리사의 말에, 시야를 멀리 보기에서 전환했다.

멀리 있는 봉우리에 살육 걷는 나무가 보였다. 가지가 팔처럼 움직인다.

"차폐물이 많군요. 타마, 숨어있는 적은 없나요?"

살육 걷는 나무 주변 지대는, 거목 정도의 굵기를 가진 자연암의 기둥이 난립하고 있었다.

어쩐지 불탑이 늘어선 것 같은 인상을 받는다.

"뉴!"

타마가 평소처럼 땅바닥에 귀를 대고 기척을 살피려 했지만, 눈에 쏙 파묻혀 버렸다.

"뉴~, 모르겠어~?"

타마가 귀를 폭 숙이고 슬퍼했다.

"괜찮아. 다른 적은 없어."

레이더에 비치지 않으니까, 가누누 장군 일행과 살육 걷는 나무밖에 없을 거야.

"—뉴!"

"나무가 하얘진 거예요!"

우리가 보는 앞에서 살육 걷는 나무가 한쪽부터 서서히 하얗게 변하고, 안개처럼 부슬부슬 무너진다.

자세히 알아보려고, 시야를 멀리 보기로 전환했다.

『—네놈은 뭐냐!』

가누누 장군이 정체를 묻는 소리에, 멀리 보기의 시야에 주의를 되돌렸다.

"사도다."

살육 걷는 나무의 뿌리 부근에, 어디선가 나타났는지 사도가 있었다.

하얗게 무너지는 살육 걷는 나무는, 사도가 소금화한 모양이군.

『불경하다. 천것.』

『천것이라고?! 고작해야 신관 따위가, 유서 깊은 명문 귀족인 나를 천것이라 했느냐!』

『아랫것들의 신분 따위 모른다.』

『이놈, 뚫린 입이라고!』

가누누 장군이 검을 뽑아 사도에게 덤볐다. 성질 참 급해.

피보라가 날아오르고, 설원이 빨갛게 물들었다.

『어, 어째서냐.』

잘려 날아간 것은 검으로 덤빈 가누누 장군의 오른손과 한쪽 다리였다.

『신의 사도인 나에게 손을 대려는 것은, 하늘로 침을 뱉는 행위라는 것을 알라.』

사도는 공도 지하에서 싸운 붉은 피부 마족이 쓰던 「반사의 수호」 같은 걸 쓰는 모양이군.

『『『가누누 장군을 지켜라!』』』

가누누 장군의 부하들이 검을 뽑아 사도와 그 사이에 끼어들었다.

살육 걷는 나무가 쓰러져서 그들의 매료가 풀린 모양이다.

『……부정을 몸에 깃들였는가.』

그런 사도의 냉철한 시선이, 가누누 장군에게서 부하들 쪽으로 이동했다.

사도가 부하들에게 손을 들었다.

—위험해.

나는 축지로 사도 옆으로 이동하여, 무익한 희생자가 나오기 전에 막고자—.

위기 감지 스킬의 호소에 몸을 맡기고, 몸을 설원에 던졌다.

사도의 팔이 내 쪽을 향해 뻗어 있다. 그 손에 닿자, 방한용으로 껴입은 코트 끝이 소금으로 변해버렸다.

오리하르콘 섬유로 보강한 코트도 그의 이능 앞에서는 그냥 천이랑 다를 바가 없군.

"펜드래건 자작, 네놈이 꾸민 일인가!"

"사도 나리, 기다려 주십시오!"

가누누 장군의 망언을 무시하고, 사도의 만행을 저지하고자 호소했다.

"그들의『부정』을 정화하는 방법이 있습니다."

장군의 부하들은 독기를 띠지 않았으니, 사도가 말하는「부정」은 기병 균사를 말하는 걸 거야.

"방법? 부정 따위, 신의 힘으로 정화하면 된다."

귀찮은 걸 싫어하는 놈이네.

"힘을 남용하지 마소서. 엘프들이 만든 이 약이 있으면, 부정

따위 순식간에 사라질 것이오."

사도의 분위기에 이끌려, 나까지 이상한 어조가 되어버렸다.

"—흠."

설득의 말에, 사도가 움직임을 멈추었다.

조금 생각할 마음이 든 모양이군.

"내 신께서 내려주신 힘을 낭비할 수도 없는가……."

사도가 작은 소리로 중얼거리는 걸 엿듣기 스킬이 포착했다.

"잠시, 기다려주마."

사도의 마음이 변하기 전에, 스토리지에 남아있던 희석 제염약을 그들에게 쓰자.

"해독약이다. 과실의 독기로 죽기 전에 마셔라."

과실을 먹은 녀석들은 처음엔 주저했지만, 사기 스킬과 위압 스킬을 믹스하여 호소하자 마셔주었다. 뭐, 설득하는 도중에 가누누 장군의 부상을 마법약으로 치유했기 때문일지도 모른다.

"부정은 떨쳐냈습니다. 이거면 되겠지요?"

어떻게 부족하진 않았지만, 희석 제염약 예비가 세 병밖에 없다. 마을에서 누군가 재발하기 전에 재빨리 희석 제염약을 조달하러 가자.

"흠."

사도의 두 눈이 노란색 빛을 띠고, 치유한 자들을 순서대로 바라보았다.

아마도, 치유가 끝난 것을 확인하고 있는 거겠지.

"좋다. 부정이 없는 자에게, 천벌은 불필요."

사도의 말과 동시에 살육 걷는 나무의 소금화가 끝났는지, 수목의 몸이 무너지고 주위를 하얗게 물들였다.

"뉴!"

"아와와~ 인 거예요."

타마와 포치의 손을 끌고 뒤로 물러났다.

눈과 소금의 안개 너머로, 검은 무언가가 준동하는 게 보였다.

몇 번인가 느낀 적이 있는 격렬한 공포와 혐오감이, 구토할 것처럼 밀려든다.

"늦었는가……."

언제나 초연했던 사도가, 그 미모에 조바심을 띠었다.

그 반응도 당연하다.

저건—.

"따르지 않는 것."

신들마저 범상치 않은 상대로 인정할 정도의 존재니까.

바깥의 신

"사토입니다. RPG에서 미움받는 보스 중 하나로, 공략하려면 수수께끼를 풀어야 하는 보스가 있습니다. 역시 레벨을 올릴 만큼 올려서 유린하는 것도 RPG의 즐거움 중 하나라고 생각한단 말이죠."

과거에, 신은 말했다. 「저것은 세계를 더럽히고, 섭리를 썩게 만든다. 인계에 존재해선 안 된다」라고.

그것은 태양빛을 거절하는 것처럼 칠흑의 색을 띈 존재.

태양을 침식하고, 대기를 썩히고, 보는 자의 마음을 좀먹는다.

—**따르지 않는 것.**

그것은 마족 이상으로 양립할 없는, 이 세계의 적이다.

"주, 인, 니—."

쥐어짜낸 것 같은 아리사의 목소리에 제정신으로 돌아왔다. **따르지 않는 것**의 출현에 압도됐었군.

나는 동료들을 「이력의 손」으로 붙잡아, 떨어진 장소에 축지로 이동했다.

여분의 「이력의 손」을 뻗어, 가누누 장군 일행도 같이 피난시켰다.

"키아아아아아아아아아아아."

"크아아아아아아아아아아아아아."

비명과 피보라가 뿜어져 나왔다.

누군가 희생됐다. 아마도 두 명.

피난 종료와 동시에, 동료들에게 피해가 없는지 확인했다. 무사하다.

방금 전까지 낮이었는데, 일식처럼 하늘이 그늘졌다.

"사악한 해파리(이블 젤리)의 잔해를 도표로, 이 세계에 파고들었는가."

사도의 말이 들렸다.

그게 사실이라면, 그가 기병 균사를 부정이라고 부른 것도 이해가 간다.

"—먹고, 있다."

가누누 장군 일행은 **따르지 않는 것**에 겁을 먹은 시선을 보냈다. 그 시선 끝에는, 마을 사람의 옷을 입은 남자가 머리부터 먹히고 있었다. 방금 전의 희생자는 촌장의 아들이었나 보군. 또 한 명은 기사 중 누군가겠지.

"아리사, 그들을."

"알았어."

아리사가 무영창으로 가누누 장군 일행을 전이시켰다.

그들을 가리키는 광점이 키워크 왕국 왕도 근처에 있는 전이 포인트에 나타났다.

그 위치라면, 방해는 안 되겠지.

"세계를 좀먹는 침략자 놈."

사도가 신관복에서 갑옷 차림으로 바뀌었다.

우리들의 장비 변경하고는 다른, 게임의 장비 변경 같은 빠르기다.

"지고한 자이크온 신의 사도인 내가, 네놈을 멸하겠다."

그가 그렇게 선언하고, **따르지 않는 것**에게 공격을 가했다.

그가 가진 의식용이나 게임에 나오는 컨셉아트 같은 검이 격렬한 노란빛을 띠었다.

AR표시에 따르면, 자이크온 신 유래의 신기라고 한다. 검의 뿌리 부분에서 한층 강렬한 빛을 뿜어내는 노란 보석이 자이크온 신의 신석이겠지.

"전원, 황금 장비로 변경."

"주인님, 괜찮을까요?"

"그래, 상관없어."

따르지 않는 것은 마왕이나 그 이상으로 위험한 상대다.

사도가 쓰러뜨려 준다면 만만세지만, 아무래도 그걸 바라는 건 너무 남에게만 맡기는 일이다.

동료들과 함께, 나도 황금 갑옷을 입었다. 나나시 의상보다 개조를 거듭한 황금 갑옷이 고성능이니까.

"갈아입을 필요는 없었을지도 몰라."

아리사가 가리킨 곳에서, 사도의 천벌로 **따르지 않는 것**의 검은 몸이 하얗게 물들어간다. 완전히 새하얗게 된 부분에서 결정화되어 무너진다.

"온다."

타마가 짧게 외치는 것과 동시에 위기 감지 스킬이 격렬하게 경종을 울렸다.

"나나! 캐슬이다!"

"—『불락성(캐슬)』 긴급 전개라고 고합니다."

나는 외치는 것과 동시에 축지로 나나 옆에 이동했다.

나나의 발동어와 동시에 황금 갑옷이 변형되고, 주색과 홍색의 빛이 플래쉬처럼 빛났다. 장벽이 생기고, 강인한 돔 형태의 적층 장벽을 만들어낸다.

검은 충격파가 캐슬의 장벽에 격돌했다.

충격파를 맞은 장벽 너머의 눈이 날아가고, 드러난 지면이 부패했다.

"주인님, 지면이!"

"썩고 있어."

루루와 미아가 그것을 보고 한 걸음 물러났다.

지금 그건 **따르지 않는 것**의 공격이겠지.

충격파보다 조금 늦게, 이번에는 사도가 날아와 캐슬의 장벽에 격돌했다.

사도를 추적하여 검은 덩어리가 날아왔다. 방금 전보다 위기감지의 반응이 강하다.

"위험해."

사도가 장벽 안쪽으로 순간이동했다. 아리사의 공간 마법이다.

직후에, 검은 덩어리가 장벽에 격돌했다.

나나가 발을 디디고 버틴다. 장벽을 고정하는 차원 말뚝(디멘젼 파일)이 삐걱대고, 거인이 발을 구른 것 같은 굉음과 충격이 전해진다. 한 발이 아니라, 연속 공격이로군.

그것이 두려웠는지, 포치와 타마가 내 다리에 매달렸다. 다른 애들도 불안해 보이는 표정으로 팔과 옷에 매달렸다.

"……카리온 신과 우리온 신의 권능을 띈 장벽?"

중얼거린 것은 땅바닥에 쓰러진 사도다.

"그렇군. 네놈도 신의 인도로 이 땅에 왔는가."

자세히 보니, 사도의 몸 절반이 없다.

이런 상태로 용케 살아있네.

"괜찮은 건가?"

"놈에게 먹혔다."

사라진 사도의 반신에 노란색 빛이 차오르고, 반신이 재생됐다.

오오, 편리하네.

"무기는 있나? 내 신기와 같은 신의 힘을 띤 무기다."

"일단, 있습니다."

나는 신검이 있다.

"놈을 쓰러뜨리기 위해서는 신의 힘이나 신기가 필요하다."

"그것 말고는 쓰러뜨릴 수 없는 건가요?"

리자가 물었다.

"쓰러뜨릴 수 없다. 용신의 힘을 받은 천룡들이라면 심각한 대미지를 줄 수 있을지도 모른다만, 네놈이 가진 용아의 창은 귀찮게 구는 것이 고작이지."

"성검은~?"

"—의 성검은 최강인 거예요!"

황금 갑옷에 탑재한 「실수로 정체 누설 방지」 필터 기능이 포치의 일인칭을 커트했다.

“파리온 신의 가호를 받은 성검인가. 마왕이나 마족이라면 모를까, 놈들을 쓰러뜨리기에는 역부족. 용사라면『파리온 신이 내린 권능』을 그릇에 채워 싸우도록 하라.”

“용사들의 공격은, 놈들을 그냥 통과했었는데요?”

“미숙한 용사다. 권능을 온전히 성검에 주입하지 못한 것이리라.”

그렇군. 새로운 용사들은 소환된 지 얼마 안 됐으니, 무리도 아니다.

“마스터, 타깃의 상태가 변했다고 고합니다.”

연속 공격을 거듭하고 있던 **따르지 않는 것**이 공격을 멈추고 정지했다.

같은 공격은 통하지 않는다고 판단한 거겠지.

『다부큐루도하구…… 아앙테에…… 앙체…….』

앙태? 상체? 튜닝이 안 맞는 라디오처럼 엉망인 음성이 흘러나온 다음, 어쩐지 모르게 의미를 알 수 있는 말이 표면의 구멍에서 들렸다.

『항체— 그렇군, 항체다.』

갑자기 말이 유창해졌다.

듣고 있기만 해도 역겨움이 등골에 흐르는 으스스한 목소리지만, 의미를 제대로 알 수 있다.

반향되어 듣기 어렵지만, 그건 머리속에서 보정하여 얼버무리자.

『새삼 인사를 하지. 세계의 항체.』

과연, 사도나 우리를 백혈구처럼 보는 건가.

그러면, 놈들은 세균 같은 거군.

『**우리들**은 밖에서 온 자. 무한한 허무를 건너는 에피도로메아스— 침략자다.』

에피도로메아스, 그리스어 같은 거였던 것 같은데.

이런 때지만, 번역 스킬이 어떤 룰로 지구의 언어로 변환해주는지 신경 쓰인다.

『우리들이 노는데, 너희들은 방해된다.』

따르지 않는 것— 에피도로메아스가, 슬라임 같은 모습에서 그나마 사람 같은 조형으로 바뀌었다.

물론, 인간에 가까운 형태가 된 지금이 본래의 부정형보다도 추악해 보인다.

『그렇게 됐으니, 《죽어라》.』

그 한마디로, 여기서 보이는 범위의 자연이 썩어버렸다.

동료들이 무릎을 꿇었지만, 외상이나 상태 이상은 없다.

캐슬이 막아준 모양이군.

『상위개체(신)의 결계? 단단하다. 그러나, 침식은 가능—.』

에피도로메아스의 「상위개체」란 단어에 「신」이라는 부음성이 달린 것 같아.

캐슬의 장벽을 향해 뻗은 에피도로메아스의 촉수가 장벽 틈으로 침투해온다. 위험한 느낌이군.

"마스터, 지시를."

"아리사, 후방으로 대피!"

나나의 말보다 조금 늦게, 캐슬의 장벽이 부서졌다.

내 갑옷에 달린 포트리스를 긴급 발동하고, 거기에 팔랑크스를 겹쳤다.

사도가 그것과 교대하듯, 에피도로메아스에게 돌격했다.

"오케이!"

무영창인 아리사의 전이로 우리는 이동했다.

방금 그 장소가 내려다 보이는 산 위다. 에피도로메아스의 언령은 여기까진 안 닿았군.

"간발의 차이."

"예스 미아. 아슬아슬했다고 평가합니다."

전이 직전에, 내가 친 포트리스와 팔랑크스도 부서졌다.

사도가 에피도로메아스와 격투를 펼치는 게 보인다. 힘의 차이는 역력하다. 명백하게 에피도로메아스는 힘을 빼고 있으며, 사도를 괴롭히며 놀고 있었다.

"여기서 지원 사격을 부탁해."

"주인님, 저도 함께 가게 해주십시오."

"포치도 같이 가는 거예요!"

"무섭지만, 타마도 힘내~?"

"마스터는 제가 지킨다고 고합니다."

전위진이 동행을 청했지만, 인정할 수는 없다.

"안돼. 방금 사도가 한 말 기억하지? 성검이나 용창은 에피도로메아스한테 안 통해. 그러니까 여기서 대기다."

유감이지만, 신검은 한 자루밖에 없어.

"아리사랑 미아는 금주 준비. 루루는 가속포로 타이밍을 재서

견제를 부탁한다. 나나는 모두를 호위해줘."

"응."

"알았어. 하지만, 피아로오크 왕국 때처럼 『따르지 않는 것』이 엔스를 만들면, 도우러 갈 거야."

"엔스가 마을을 습격하러 가면, 말이야."

엔스를 쓰러뜨린다는 명목으로 에피도로메아스에 가까이 가는 건 위험하다.

고성능 황금 갑옷이라도 놈의 부식 능력에 얼마나 저항할 수 있는지 알 수 없으니까.

"그러면, 다녀올게."

"무운을 빕니다."

동료들의 배웅을 받아, 나는 사지로 갔다.

◆

"—불찰."

허리 부분이 두 동강 난 사도가 굴러왔다.

플라나리아나 슬라임처럼 끈질기군. 이러고서도 죽지않다니, 사도라는 게 굉장한 건지, 사도가 되기 전부터 그의 종족이 굉장한 건지 신경 쓰이네.

"시간을 벌어라."

사도가 명하더니, 하반신이 기어왔다.

미안하지만, 속공으로 정리하겠어.

"《멸망》을—."

처음부터 비장의 수를 써서 에피도로메아스의 눈앞에 섬구로 뛰어들었다.

『뭐냐, 그것은—.』

놀라는 에피도로메아스가 가드하는 팔과 함께, 진정한 어둠이 집어삼켰다.

일격, 필살. 역시 신검은 강하다.

"봉인된 금기의 검이, 어째서 여기에……."

사도가 몸을 재생시키면서, 칠흑의 신검을 보고 놀란 소리를 낸다.

신검은 봉인돼 있었나?

용의 계곡에 유성우를 내렸을 때, 봉인이 풀린 걸까?

그런 생각을 하면서, 신검을 칼집에 넣어 스토리지에 수납했다. 현기증이 난다. 역시, 신검의 성구「《멸망》」을 쓰는 건 부담이 크다.

"이걸로 끝인가요?"

"아니, 이 땅을 정화해야 한—."

—위기 감지.

나는 사도를 떠밀고, 섬구로 그 자리를 벗어났다.

충격과 둔통보다 조금 늦게, 스킬 레벨 MAX의 고통 내성을 돌파할 정도의 격통이 정수리를 꿰뚫었다.

옆구리가 패여 있다. 피는 안 나네. 그 대신 독기가 느껴진다. 독기시를 유효화한 시야에, 가시 같은 뾰족한 독기 다발이 박힌 게 보였다.

『방심은 금물이다.』

쓰러뜨렸을 에피도로메아스가 그곳에 있었다.

『쓰러뜨렸다고, 생각했나?』

『우리들은 모두이며 하나.』

『하나이자 모두.』

『네놈이 쓰러뜨린 것은, 내 손가락의 하나.』

『나를 쓰러뜨리고 싶다면, 이 몸의 비밀을 풀어보도록 하라.』

게다가, 여섯이나 있다.

과거 공도에서 대괴어의 출현을 본 용사 하야토도, 이런 **빌어먹을** 기분이 아니었을까.

신검의 성구를 쓴 다음이라 그런지, 피로감 탓에 마음이 스산해졌군.

"방금 전 금기의 검을, 또 한 번 쓸 수 있나?"

사도가 신기를 들고 내 옆에 섰다.

"물론이지."

앞으로 한 번은 가능하다.

무리하면, 한 번 더. 하지만, 그걸로 끝이다. 아마도 한 번 더 쓰면 손가락 하나 까딱 못할 자신이 있다. 그건 그런 검이다.

"그러면, 내가 놈들의 공격을 받겠다. 끝부터 순서대로 쓰러뜨려라."

사도가 다섯으로 갈라져 제각각 에피도로메아스를 향해서 덤볐다. 양동을 해주는 모양이군.

"―《멸망》을."

섬구로 떨어져 있는 에피도로메아스에게 다가갔다. 가칭은 에피도A다.

“《빗나가라》.”

에피도A의 언령이 신검의 궤도에 간섭한다.

“소용없어.”

신검의 《멸망》은 언령의 강제력마저도 **멸망시킨다**.

얇은 종이처럼 미약한 저항을 삼키고, 방금과 마찬가지로 에피도A를 진정한 어둠의 바닥에 가라앉혔다.

이미 사도의 분신은 사라지고 본체만 남았다. 다섯 에피도로메아스에게 유린당하면서도 계속 저항하고 있다.

이 위치라면 가능해.

나는 에피도B, 에피도C를 잇따라 멸하고, 고슴도치 같은 부패의 창을 던진 에피도D를 창과 함께 멸했다.

에피도F는 사도에게 맡기고, 나는 에피도E를 추적했다.

“《단절》.”

에피도E의 눈앞 공간이 부서졌다.

자기 주위의 공간을 부숴 차원적인 단절을 노렸나 보군.

“소용없어.”

공간이 연속되지 않아도 성구를 발동한 신검 앞에서는 무의미하다.

단절된 차원을 멸하고, 에피도E를 공간과 함께 소멸시켰다.

“《죽어라》.”

에피도F가 돌아보자마자, 모든 존재를 소모한 강력한 언령을 뿜었다.

신력의 조각을 사용한 캐슬이 막아낸 것을, 신을 죽이는 검—그것도 본래의 힘을 발휘하는 지금, 막을 수 없을 리 없다.

"체크—."

"신의 이름 앞에 파멸하라!"

체크메이트를 선언하기 직전에, 사도의 신기가 에피도F의 심장을 꿰뚫었다.

에피도F의 몸이 하얗게 물들고, 소금이 되어 끝부분부터 무너졌다.

나는 격렬한 피로감을 느끼면서, 신검을 칼집에 넣고 한숨을 쉬었다.

"이 정도로 끈질긴 『따르지 않는 것』은 처음이야."

지금까지의 「따르지 않는 것」은 《멸망》을 두른 신검의 일격으로 확실하게 멸했는데, 이 녀석은 증식, 재생까지 했다. 그 「마신의 찌꺼기」도 이렇게 강하진 않았어.

위기 감지가 미약하게 반응하고 있지만, 그건 무너져가는 에피도F가 아니라 부패한 지면에—.

"—지면?"

지면이 융기되고, 거인 사이즈의 에피도로메아스로 변모했다.

설마했던 제3라운드다.

—나를 쓰러뜨리고 싶다면, 이 몸의 비밀을 풀어보도록 하라.

놈의 말이 뇌리를 스쳤다.

이건 꽤 고생하겠어.

◆

『왜 그러나, 항체! 방금 전까지 쓰던 무적의 검은 어디 있지!』

거인 에피도가 부추긴다.

성검이나 용창으로도 대미지는 들어가지만, 한순간에 재생해 버린다. AR표시에 나타난 정보가 모두 「UNKNOWN」이라서 보이는 모습의 정보를 믿는 수밖에 없다. 새삼스럽지만, 메뉴의 해석력은 싸움을 상당히 편하게 해주는 것 같아.

『발치가 허술하다.』

썩은 대지를 찢으면서 거인 에피도의 몸 일부가 공격해오는 것을 피했다.

공격은 기본적으로 회피를 택하고 있지만, 미처 피하지 못할 경우에는 팔랑크스나 자유 방패(플렉시블 실드)로 상쇄했다. 나중을 위해서 자작 성방패로 막아봤는데, 마력을 주입한 상태에서도 다섯 발 정도면 한계가 오니까 마지막 방어 수단으로 쓰는 게 좋겠어.

"크하아아아아아아."

사도가 거인 에피도에게 맞아서 썩은 대지를 굴렀다.

추가 공격이 사도에게 쏟아졌다.

『—므오오오오.』

거인 에피도의 미간에 파란 레이저 같은 광탄이 박혔다. 루루의 가속포다.

음속의 20배라는 맹렬한 속도로 박힌 성탄이 거인 에피도의 몸을 넘어뜨렸다. 이 정도의 공격에도 대미지는 거의 없나 보군.

『귀찮은 날벌레구나!』

불쾌한 기색으로 으르렁댄 거인 에피도가, 썩은 바위를 루루가 있는 산으로 던졌다.

바위는 대포로 쏘아낸 것 같은 속도로 일직선으로 날아갔지만, 그건 나나의 포트리스가 문제 없이 막아냈다.

"이쪽이다! 에피도로메아스!"

나는 거인 에피도가 루루 쪽에 가지 않도록 도발 스킬을 담아 외쳤다.

『검은 검이 없는 네놈에게 용건은 없다.』

거인 에피도가 나를 무시하고 순동으로 덤비는 사도를 요격했다.

루루가 있는 장소에 가지 못한 건 다행이지만, 이 녀석한테 내 도발 스킬이 효과가 없는 건 염려가 되네. 아리사랑 미아에게도 전술 대화로 알리고, 금주를 이용한 심술은 타이밍에 주의하라고 전했다.

『노란 항체여. 신기로 베는 것밖에 재주가 없는가?』

"부정 따위가, 내 신의 고귀한 색을 입에 담지 마라!"

사도가 너덜너덜해지면서도 신기로 거인 에피도를 베었다.

그러나, 방금 전의 나와 별 다를 바 없다. 신기는 성검과 용창보다 에피도로메아스에게 잘 듣지만, 사용자의 전투력이 그렇게 높지 않은 모양인데.

『네놈은 시시하다.』

거인 에피도의 몸통에서 새롭게 돋아난 문어 같은 다리가 사도를 두 동강으로 찢어내고 날려버렸다.

나한테도 같은 문어 다리가 공격해오지만, 섬구로 회피하고 성검으로 받아 흘렸다.

문어 다리 하나를 베어내지 못하다니.

역시, 신검을 쓰는 수밖에 없나—.

나는 결심하고, 스토리지에서 신검을 뽑았다.

『드디어 검은 검을 뽑았군.』

어째선가 거인 에피도의 얼굴이 일그러졌다. 웃고 있는 건가?

나를 홀드하려고 사방팔방에서 다가오는 문어 다리를 신검으로 베어낸다. 성검과 달리 재미있을 정도로 벨 수 있다. 일격마다 피로가 늘어나는 것만 아니면 최고인데.

역시, 두 번의 《멸망》이 응어리처럼 피로를 축적시킨 거겠지.

다음 한 번은 가능할 것 같은데, 그걸 쓰면 본격적으로 행동불능이 될 것 같아.

『진미, 진미로다. 파멸의 허무가 파헤치는 고통이 멋지다.』

악마 같은 놈이 부정적인 감정을 먹는 건 흔히 있는 일이지만, 자기 고통까지 즐기는 놈은 대책이 없네.

여유 있는 거인 에피도와 달리, 나는 신검을 휘두르는 일격마다 한계가 다가오는 걸 느꼈다.

"놀이는 끝이다."

내 눈앞의 거인 에피도를 신검으로 베어냈다.

평소처럼 원사이드 게임이 될 줄 알았는데, 신검을 받으면서도 공격을 해오니까 방심할 수 없다. 마왕「황금의 저왕」마저도 한 번은 죽인 신검을 받고도, 거인 에피도는 잃은 부분을 재생시킨다.

『참으로 즐거운 싸움이다. 역시 상위개체는 다르다.』

"상위개체?"

『너를 말하는 것이다. 세계의 초석인 개체다. 과거에 도전한 자들을 멸한 자들이다.』

"사람 잘못 봤어."

거인 에피도가 말하는 상위개체는 신들을 말하는 거겠지.

수다 떠는 틈을 찔러 공격을 했지만, 그것은 읽고 있었는지 카운터가 온다.

『아니, 너는 상위개체다. 너의 검은 검에서는, 멸망한 동포의 기운이 느껴진다.』

"신들의 봉인에서 부활한 놈이라면 쓰러뜨렸지. 네 동료였나?"

신검을 너무 썼는지, 현기증이 난다.

한계가 가까워.

『봉인되어 있던 패잔병과 똑같이 취급하면 곤란하다. 우리들 진정한 에피도로메아스는 포로 따위 되지 않는다.』

어떻게든 거인 에피도의 자세를 무너뜨려 큰 기술을 박아 넣었지만, 내골격이 아닌 거인 에피도에게는 의미가 없었는지 기술의 틈을 찔려 오히려 내가 궁지에 몰렸다.

신들의 봉인에서 부활한 「따르지 않는 것」과 비교하면, 이제 막 침략해왔다는 에피도로메아스는 전혀 다를 정도로 강하다.

이렇게 되면 참을성 대결이다.

큰 기술에 의지하지 않고, 견실한 공격을 반복한다.

격렬한 싸움 속에서 두 장의 자작 성방패와 마력의 절반을 소비하면서, 어떻게든 거인 에피도를 반죽음까지 몰아넣을 수 있었다.

◆

『……여기까지인가. 좋은, 싸움, 이었다.』

거인 에피도의 재생이 멈추고, 처음의 인간 사이즈까지 줄어들었다. 놈의 가슴 부분에, 검게 점멸하는 핵 같은 것이 비쳐 보였다.

놈의 비밀이라는 것은 마지막까지 몰랐지만, 이대로 핵이 되는 부분을 부숴 마무리를 짓자.

"섬광 나선 찌르기(샤이닝 스트랏슈)!"

용사 하야토의 필살기로 에피도로메아스의 검은 핵을 꿰뚫었다.

신검을 쓴 탓인지, 빛이 흩어지는 필살기인데 칠흑의 잔상이 흩어진 것은 애교다.

『훌륭하다…….』

핵이 부서진 에피도로메아스가 진흙처럼 무너졌다.

―잔심.

보이지도 않는 속도로 날아온 검은 창을 신검으로 받아 흘렸다.

검은 창의 출처는 에피도로메아스가 무너진 진흙의 한가운데. 그 안에서 쑤욱 올라오듯 에피도로메아스의 상반신이 재생됐다.

『과연 항체. 속지 않는가.』

"―죽은 척이냐."

우리 애들을 본받아서 마지막까지 긴장을 풀지 않고 있기를 잘했군.

『놀이다. 싸움에 매너리즘은 금물 아닌가?』

거인 에피도가 반죽음이 된 것도 연기인가 보군.

평소에는 메뉴의 해석 정보로 판별한 탓에 그런 페이크를 꿰뚫어보는 경험이 부족했다.

『우리는 무적의 존재이니, 즐기기 위해서는 연구가 필요하다.』

—나를 쓰러뜨리고 싶다면, 이 몸의 비밀을 풀어보도록 하라.

에피도로메아스의 말이 뇌리를 스쳤다.

"……열쇠는……도표."

반으로 갈라져 쓰러져 있는 사도가 피를 토하면서 중얼거리는 게 들렸다.

"도표?"

—사악한 해파리의 잔해를 도표로, 이 세계에 끼어들었는가.

사도가 처음에 한 말이다.

『비밀을 알았는가? 예언해주마. 네놈은 열쇠가 무엇인지 알기에 절망한다.』

에피도로메아스가 홍소했다.

맵 검색— 해파리의 잔해는 놈의 후방 321미터. 지상에서부터 깊이는 33미터다.

뭘 절망하는지는 모르겠지만, 이 정도 깊이라면 「함정 파기」 마법으로도 닿는다.

문제는 방해 받지 않고 그걸 하는 거다.

『아리사! 미아! 눈가림을 부탁한다.』

『우리 차례네!』

『응, 맡겨둬.』

전술 대화로 아리사와 미아가 즉답해 주었다.

『인페르노오~~!』

아리사가 있는 쪽에서 불꽃의 격류가 넘치고, 시야를 가득 채웠다.

『뭐냐? 이것은. 뭘 하고 싶지?』

아리사의 공격 마법은 에피도로메아스에게 별 타격을 못 주는군.

그런 아리사의 공격에 섞여서, 미아가 소환한 가루다가 날아왔다.

『가루다— 천람(템페스트).』

가루다가 황금으로 빛나는 날개를 펼치고 초필살기 같은 폭풍으로 에피도로메아스를 감쌌다.

그리고 타오르는 아리사의 인페르노와 섞여서 어마어마한 화염폭풍의 탑이 되어 하늘을 태웠다.

나는 그 틈에 섬구로 이동하여 해파리의 잔해가 묻힌 썩은 대지에 「함정 파기」 마법을 썼다.

—효과가 없어?

마법이 발동되지 않는다. 땅바닥이 거부하는 느낌이군. 썩은 대지는 에피도로메아스가 지배하는 모양이다.

마음을 가다듬고 스토리지에서 꺼낸 삽으로 파려 했지만, 평범한 철제라 한 번 파는 도중에 썩어버렸다.

그러면 성방패로—.

파려는 타이밍에, 눈앞으로 순간이동을 한 에피도로메아스의 공격이 쏟아졌다.

“—엇차, 위험해라.”

아무리 그래도 느긋하게 파게 두진 않는군.

섬구로 회피하고, 수납해둔 신검을 꺼냈다.

『왜 그러나! 절망했는가? 절망했는가아아아아아?』

에피도로메아스가 표정을 일그러뜨리며 홍소했다.

“절망 따위, 있을 수 없다! 우리에겐 위대한 신의 가호가 있으니.”

외침에 돌아보자, 재생을 마친 사도가 일어섰다.

“《자이크온 신은 위대할지니!》”

사도가 가진 신기가, 격렬한 노란 빛을 뿜었다.

그 신기를 에피도로메아스에게—.

“—아.”

신기를 휘두르기 전에, 에피도로메아스의 팔에서 무수한 창이 돋아 사도를 꿰어버렸다.

“우우읍.”

사도는 피를 토하면서도, 손에 든 신기로 에피도로메아스의 팔을 베어냈다.

나도 사도와 연계하여 에피도로메아스의 다리를 베었지만, 놈은 옆으로 미끄러지듯 움직여 내 신검을 회피했다.

스케이트 같은 움직임을 보이는 에피도로메아스에게 파란빛의 탄환이 쏟아졌다. 루루의 지원 사격이다. 가속포는 효과가 적었으니, 이번에는 강화 외장을 이용해 탄막을 쏘는 모양이군.

나는 그 틈에 썩은 지면에서 몸부림치는 사도를 구해냈다.

베어낸 에피도의 팔을 신검으로 다져버리고, 사도에게 박혀있는 창으로 변한 에피도의 팔을 뽑아냈다.

"크오오."

참 정성이다. 창끝에 미늘이 있었는지, 사도가 억지로 뽑으려다가 상처가 커졌다.

절단해서 반대쪽으로 밀어 끝부분을 뽑아두었다.

사도가 일어서려 했지만, 무릎에 힘이 안 들어가는지 땅바닥에 쓰러졌다.

"조금 쉬어주세요."

겉으로는 재생이 됐으니 오해할 것 같은데, 사도는 이미 축적 대미지가 위험한 모양이군.

나도 피로가 한계에 가깝지만, 그건 기합으로 어떻게든 한다. 《멸망》만 쓰지 않으면 어떻게든 될 거야.

『작작해라.』

루루의 사격에 역정이 난 에피도로메아스가, 발치의 썩은 바위를 붙잡아 루루에게 던졌다.

그것을 루루의 가속포가 요격하고, 관통한 탄환이 에피도로메아스의 발치를 꿰뚫었다.

실체탄이라면 루루의 적이 못 된다. 에피도로메아스에게 광선계 기술이나 마법 공격이 없는 게 다행이야.

—잠깐. 뭔가 이상해.

놈은 어째서, 루루가 있는 쪽으로 공격하러 안 가지?

놈은 어째서, 발치에 공격한 걸 점프해서 안 피하지?

실제로, 루루의 가속포 일격을 무리한 자세가 되면서까지 옆으로 미끄러져 피했다.

어쩌면—.

"이봐, 무엇을."

사도의 말을 등지고, 섬구로 에피도로메아스를 붙잡았다.

오싹하는 역겨움 뒤에, 격통과 함께 격류 같은 부정적인 감정이 흘러 들어온다. 신검의 연속 사용으로 소모된 마음을, 맹렬한 기세로 좀먹는다. 이대로는 제정신을 잃을 것 같아.

"빌어먹으으으으을."

나답지 않은 기합을 지르면서, 레벨 312의 근력을 써서 억지로 번쩍 들어올렸다.

3D 표시된 맵에 비치는 해파리의 잔해가 움직였다. 맵으로는 알기 어려웠지만, 아주 가는 검은 라인이 있다. 그래, 에피도로메아스는 잔해와 이어져 있군.

"그렇군. 네 본체는, 아직 이쪽 세계에 오지 않았어."

『알았는가? 알아버렸는가, 항체! 이걸로 즐거운 놀이의 시간은 끝이다.』

시종 여유가 있던 에피도로메아스가 내 한 마디에 여유를 잃었다.

그러나, 이미 늦었어. 나는 섬구를 거듭해 해파리의 잔해를 단숨에 뽑아냈다.

디스인티그레이트
"공간소며어어어얼!"

시야로 전이를 한 아리사가 해파리의 잔해를 원자 한 조각 남기지 않고 완전소멸시켰다.

"아리사, 나이~스!"

분연한 형상의 에피도로메아스가 아리사를 꿰뚫고자 검은 창을 뻗었지만, 그것이 닿기 직전에 아리사의 모습이 전이로 사라졌다.

"《멸망》을— 오오오오오오오오오오오오!"

세 번째는 무모했던가 보군.

신검을 든 오른손을 검은 번갯불이 침식하고, 팔을 칠흑으로 물들인다.

멸하라 멸하라.

정신을 좀먹고, 마음이 칠흑으로 물들어간다.

"시끄러워, 닥쳐라."

나는 신검에서 흘러 들어오는 파괴충동과 사명감 같은 것에 호통쳤다.

검은 도구다. 도구에 먹힐 것 같냐.

암시를 걸듯, 나는 자포자기한 기색으로 기합을 넣었다.

"으랴아아아아아아아아아아아아아아아아아아!"

열화처럼 외치며 신검을 끌고, 그 기세로 달려가 단숨에 에피도로메아스를 멸했다.

눈앞에 썩은 대지가 다가온다.

한순간뿐이지만, 정신을 잃었나 보군.

마력이 다한 지금, 저기에 처박히면 수십 초도 못 버텨.

데라시네이터
『격리벽!』

땅에 부딪히기 직전에, 나는 보이지 않는 벽에 떨어졌다. 아리사의 공간 마법이다.

“잘했다. 카리온 신과 우리온 신의 사도여.”

비틀거리며 사도가 다가왔다.

“침식되어 있군.”

사도가 신기로 내 팔을 잘라냈다.

피는 안 난다. 상처가 소금화 되었군.

“어라? 내 검은?”

“썩은 대지에 떨어진 것 같다. 나중에 찾아라.”

“아아, 그러지.”

맵 검색으로, 금방 위치는 알 수 있다.

지금은 너무 피로해서 손가락 하나 까딱 못한다.

『쥔님!』

타마의 경고에 반응하는 것보다 빨리, 검은 무언가가 내 배를 꿰뚫었다.

“크억.”

쉿내 나는 액체가 입 안에서 넘쳤다.

나를 꿰뚫은 칠흑의 창은, 사도의 몸에서 돋아 있었다.

『주인니이이이이이이이이이이이임!』

사도의 몸을 찢으며, 에피도로메아스가 웃으며 나타났다.

◆

『컨티뉴, 라고 하는가? 보험을 만들어둔 것이 정답이었군.』

에피도로메아스가 사도의 목을 베었다.

풍덩 소리가 나고, 썩은 대지에 사도의 머리가 떨어졌다.

나는 내장을 휘젓는 고통을 견디면서 신검의 장소를 맵으로 검색했다.

『허어, 저건 못 쓴다.』

에피도로메아스가 지면을 짓밟자, 맵에 비치던 신검이 지면에 생긴 균열 바닥으로 가라앉았다.

나는 스토리지에서 꺼낸 마력이 충전된 성검에서 마력을 빨아올리고, 「이력의 손」을 발동해서 균열의 바닥에 있는 신검으로 뻗었다.

"《못한다》."

에피도로메아스가 언령과 함께 땅을 짓밟자 신검을 삼킨 균열이 수복되고, 닿기 직전이던 「이력의 손」 술식이 파괴됐다.

신검이 없어도—.

스토리지에서 성검 듀랑달을 꺼냈지만, 휘두르기 전에 검신을 쥐어서 뭉개버렸다.
너무 소모했어. 몸이 평소의 1퍼센트도 안 움직인다.
『『『주인님!』』』
『사토!』
『마스터.』
전술 대화 너머로 동료들의 목소리가 들렸다.
『괜찮아.』
나는 고통이나 약한 마음이 목소리에 드러나지 않도록 주의하며 대답했다.
『다들 한 번, 시가 왕국에 돌아가라. 히카루랑 무쿠로 일행을 의지해.』
『싫어! 돌아갈 거면 함께야!』
『아리사, 제가 시간을 법니다. 그 틈에 주인님을.』
『안돼. 이건 명령이다. 시가 왕국으로 돌아가서, 응원을 불러와 줘.』
나는 그렇게 말하고 전술 대화에서 이탈했다.
잘못해서 비명이 들리지 않도록.
『왜 그러지? 고통에 견디고 있는 것뿐인가? 뭐 좋다. 본체에서 떨어져 약체화되었다지만, 이 세계를 유린하는 건 가능하다.』
에피도로메아스의 연설이 이어진다.
시야가 흐려진다. 자기치유 스킬이 소모를 따라잡지 못하는군.
『그리고, 이대로 시간이 지나면 이윽고 본체가 말단인 나를 발견하겠지. 그러면, 우리들 에피도로메아스의 본체가 찾아온다.

즐거운 연회가 시작된다.』

"그렇, 게는, 안돼."

위험하다. 우리 애들 광점이 그대로 있어.

얼른 도망쳐라—.

"—마인폭풍(뱅퀴시 사이클론)인 거예요!"

음속을 넘어선 폭풍의 소용돌이가 나와 에피도로메아스를 떨어뜨렸다.

포치다. 가속문으로 날아왔군. 무모한 짓을 하네.

그리고 포치를 노린 에피도로메아스의 검은 창을, 저 멀리서 날아온 레이저 같은 파란 탄환이 튕겨냈다. 루루의 가속포군.

—LYURYU.

지면에 떨어지기 직전에, 하얀 어린 용 류류가 포치를 낚아 올렸다.

힘이 없는 류류라도 비행 보조용 강화 외장을 장비하면 포치를 붙잡고 날 수 있다.

—퐁.

미아가 소환한 바람 정령 실프가 나를 받아냈다.

—류라라.

실프의 등에 매달린 생명의 정령 리브가 나를 치유해 주었다.

어떻게든 움직이게 된 손으로 몸에 파고든 에피도로메아스의 잔해를 뽑았다. 사도처럼 기생 당하면 안 되지.

『하위개체인 잔챙이들이!』

에피도로메아스가 실프에 안긴 나를 향해서, 무수한 검은 창을 촘촘하게 뿌렸다.

"마스터는 제가 지킨다고 고합니다!"

아리사의 공간 마법으로 전이해온 나나가 긴급 발동한 캐슬로 검은 창을 받아냈다.

아직 쿨타임이 안 끝났는지, 캐슬의 범위가 좁고 동작도 불안정하다.

"고마워, 나나. 다음은 내가."

"걱정 없다고 고합니다."

나나가 하늘을 올려다 보았다.

나도 따라서 올려다보고, 에피도로메아스도 공동 같은 눈으로 하늘을 보았다.

"타마는 깜찍한 목 사냥 닌자~?"

아리사의 공간 마법으로 전이해온 타마가 등뒤에서 에피도로메아스의 목을 **잘랐다**.

『이 하위개체가아아아아!』

에피도로메아스의 등이 융기되며, 무수한 검은 창이 되어 타마를 꿰뚫었다.

"타마!"

"닌닌~."

타마가 내 그림자에서 나타났다.

에피도로메아스가 꿰뚫은 건 핑크색 망토가 감긴 통나무였다.

과연 고양이 닌자. 매미 허물 술법으로 피난했구나.

"양동 성공이라고 고합니다."

나나의 말 직후, 하늘에서 창 한 자루가 쏟아졌다.

—리자다.

"천락(프리폴), 마창용퇴격(드래그 버스터)!"

에피도로메아스가 용창에 꿰뚫렸다.

"신위(디바인), 마인폭렬(마나블레이드 블래스터)."

용창에서 보라색 빛이 넘치고, 에피도로메아스가 갈기갈기 찢어졌다.

"—효과가 있어?"

본체에서 떨어져 약체화되었다지만, 용창의 공격으로 저만한 대미지를 줄 수는 없을 텐데.

"마스터가 제작한 대신 마법의 성과라고 고합니다."

"—그건가."

불과 수십 초, 이모탈 특공을 부여하는 불완전한 대신 마법이다.

불완전하기에, 에피도로메아스를 쓰러뜨릴 수는 없었던 모양이군. 리자는 반격을 회피하면서 이탈한 참에 돌아온 류류와 포치에게 회수되어 날아갔다.

"주인님, 이거~."

타마가 인술로 회수해둔 신기를 나에게 건넸다.

사도가 쓰고 있던 자이크온 신의 신기다.

마무리는 나한테 양보해주는 모양이군.

나는 사도가 쓰던 성구를 읊어 신기를 활성화시켰다.

타마의 머리를 쓰다듬고, 전장을 부감하는 키퍼슨에게 말했다.

"아리사, 나를 에피도로메아스 머리 위로."

—오케이!

아리사의 그 목소리가 들린 것 같을 만큼, 딱 맞는 호흡으로 내 시야가 바뀌었다.

"체크—."

에피도로메아스가 공동의 얼굴에 경악을 드러냈다.

"—메이트다!"

신기가 에피도로메아스를 찢어냈다.

신검과 비교하면 꽤 떨어지지만, 불완전한 대신 마법보다는 위력이 있군.

《멸망》의 신검에서도 재생한 에피도로메아스도 본체에서 떨어지면 그 재생력을 발휘할 수 없는지 하얗게 물들어 소금 기둥이 되어 사라졌다.

>「따르지 않는 것: 에피도로메아스」를 쓰러뜨렸다.

>칭호「힘에 빠진 자」를 얻었다.

>칭호「한계를 넘어선 자」를 얻었다.

>칭호「헌신하는 자」를 얻었다.

>칭호「신기의 사용자」를 얻었다.

>스킬「자기치유Ⅱ」를 얻었다.

나는 소금의 대지에 내려섰다.

“이 신기의 효과인가?”

“그렇다.”

너덜너덜한 사도가 이쪽으로 다가왔다.

“돌려드리겠습니다.”

“포상이다.”

사도가 내가 내민 신기를 받고 신검이 가라앉은 부근을 소금의 대지로 바꾸었다. 아무래도 썩은 대지를 모두 소금으로 바꿀만한 여력은 안 남은 모양이다.

“위대한 자이크온 신의 힘으로 정화했다. 검을 회수하도록 해라.”

“벌써 가시는 건가요?”

그가 물러가기 전에 맵 검색으로 에피도로메아스의 잔해가 존재하지 않는가 확인했다.

괜찮다. 청소를 잊은 건 없어.

“도움받은 빚은 언젠가 갚겠다.”

사도는 등을 돌린 채 말하더니, 바람에 녹는 것처럼 사라졌다.

흙 마법 「함정 파기」로 신검까지 구멍을 파고, 술리마법 「이력의 손」으로 신검을 만져 스토리지에 수납했다.

“마스터.”

현기증이 나서 쓰러질 것 같은 나를 나나가 받아주었다.

시야가 검어진다.

조금 너무 무리한 걸지도 몰라.

“뒷일은 맡기고, 제 가슴에서 잠드는 것을 추천합니다.”

“아하하, 그럴게—”

마지막까지 말도 못하고, 내 의식은 어둠에 빠졌다.

〉칭호 「사도의 호적수(라이벌)」를 얻었다.

에필로그

"사토입니다. 건강의 고마움은, 큰 부상이나 병에 걸렸을 때 비로소 실감할 수 있는 것 같아요. 평소에는 당연하게 했던 일이, 시련이 되어 송곳니를 드러냅니다. 주변에서 챙겨주는 가족이나 친구가 이 정도로 고마울 때가 없죠."

"여기는……."

눈을 뜨니 모르는 천장이었다.

"—주인님!"

이마의 젖은 타월을 교환해주던 루루가 눈물지으며 안겼다.

부드러운 감촉과 함께, 봄의 초원 같은 상쾌한 향이 난다.

시선을 돌리자, 루루 반대쪽에는 아리사와 미아가 침대에 엎드려 자고 있었다. 머리를 쓰다듬어주고 싶지만, 오른손에 힘이 안 들어간다.

거기까지 생각하고, 에피도로메아스와 전투 종반 신검에 침식된 팔을 사도가 절단한 것을 깨달았다. 몸을 일으킬 수 있게 되면, 상급 체력 회복약으로 재생해야지.

"마스터의 각성을 확인. 통지를 의뢰한다고 고합니다."

"어머나, 그건 큰일이네요. 여러분과 할아버님한테 알릴게요."

지금 그건 죠죠리 씨의 목소리야. 그렇다면, 여기는 드워프들의 보르에하르트 자치령이겠지.

"주인님! 눈을 뜨셨습니까!"

"난쿠루나이사~."

"주인님이 눈을 떠서 포치는 아주아주 기쁜 거예요!"

—LYURYU.

아인 소녀들과 어린 용 류류가 방으로 뛰어들어왔다.

"주이니이이입, 다행이아~!"

눈을 뜬 아리사가 눈물과 콧물로 범벅이 된 얼굴로 뛰어들었다.

"사토?"

미아도 깼구나.

"사토야! 눈을 떴어! 사토가 눈을 떴어! 그건 아주 좋은 일이야. 아주 굉장히 좋은 일이야! 그러니까, 사토는 건강해야 되는 거야! 건강하지 않으면, 아제한테 혼내주라고 할 거야. 아제도, 아주 걱정한 거야. 정말이야?"

미아가 전에 없는 장문으로 내가 눈뜬 것을 칭찬해 주었다.

"걱정 끼쳐서 미안해."

나는 모두에게 순서대로 사과하고, 한 사람씩 감사 인사를 했다.

"—그렇지. 키워크 왕국에 특효약을 전해줘야 해."

몸을 일으키려는 나를 아리사가 막았다.

"그건 괜찮아. 『무한 통화』로 아제한테 부탁해서 엘프들을 파견했으니까."

이미 환자들은 특효약으로 치료했다고 한다.

"고마워, 아리사."

"천만에요. 나중에 아제한테도 인사해둬."

"그래. 조금 더 회복하면 원거리 통화를 걸게."

아직 정상적인 상태하고는 거리가 머니까 곧장 원거리 통화를 거는 건 피했다.

그리고 닷새 정도 침대에서 움직이지 못하고, 동료들에게 식사부터 몸을 닦는 것까지 의지하게 됐다. 아리사는 유감스러워했지만, 아래쪽은 몸 안에서 스토리지에 직접 수납하는 걸로 회피했다.

"아직, 안정하는 편이 좋지 않아?"

"괜찮아. 아리사의 인물 감정으로도, 상태가 건강하다는 건 알잖아?

레벨 312라 그런지, 자기치유 스킬이 있어서 그런지, 생각 이상으로 빨리 회복했다.

물론, 잃은 오른손도 오늘 아침에 상급 체력 회복약으로 재생했다.

"사토, 움직일 수 있게 됐나."

"네. 덕분에. 갑자기 찾아와서 죄송합니다."

드워프의 명장 도하루 노인에게 인사하러 갔다.

"싱거운 소리 하지 마라. 함께 망치를 쳤으면 부모형제와 마찬가지, 우리는 이미 가족이다."

도하루 노인이 그렇게 말하고 내 어깨를 두드렸다.

"감사합니다. 신세를—."

"그러면, 연회다! 죠죠리! 여자들을 모아서 연회 준비를 해라!"

"할아버님, 가로하루 씨를 불러도 될까요? 그 사람도 사토 씨를 걱정하고 있었어요."

"상관없다. 부르고 싶은 녀석은 누구든지 데리고 와라. 연회에 사양할 건 없다."

감사 인사를 하고 물러나려 했었는데, 어쩐지 연회를 하는 흐름이군.

뭐, 건강해졌으니까 조금 정도는 마셔도 괜찮겠지.

"괜찮을 리가 없잖아~!"

"응, 얕은 생각."

"마스터. 건강을 과신하면 안 된다고 충고합니다."

도하루 노인들과 건배를 하는데, 날아온 아리사, 미아, 나나에게 혼났다.

마시지 않는다고 약속하고, 몸에 좋은 녹즙 같은 과실수로 연회를 즐겼다.

"사토, 네 검을 봤다. 계속 수련을 하고 있구나."

"어느샌가 실력을 올렸더구만. 계속 나를 앞서갈 거라고 생각하지 마라!"

도하루 노인이 전에 보낸 미스릴 검을 칭찬해 주었다.

그리고, 어째선가 도하루 노인의 수제자인 다지울 씨에게 라이벌 인정을 받아 당혹했다.

"사토 군, 몸은 이제 괜찮나?"

"안녕하세요, 가로하루 씨. 덕분에요."

"그건 참 잘됐군. 응. 그건 참으로 좋은 일이야."

죠죠리 씨가 마법 상점의 가로하루 씨를 데리고 와주었다.

"가로하루가 오다니, 드문 일이군. 너도 마셔라!"

"아니, 나는 술 안 마셔."

"뭐라고! 그러고도 드워프냐!"

"다지울 씨! 싫어하는 사람한테 술을 권하다니, 신주(神酒)를 관장하는 후예인 드워프 실격이에요!"

죠죠리 씨에게 혼나서, 다지울 씨가 당황했다.

그건 그렇고 신주라, 소마 같은 건가?

다음에 신을 만나게 되면, 조금 맛볼 수 있는지 물어봐야지.

"—그래. 그거 다행이군. 키워크 왕국에는 스승님도 살고 있으니까 신경 쓰였어. 정말 다행이야."

키워크 왕국의 전말을, 가로하루 씨에게 말할 수 있는 범위로 말해줬다.

덤으로 르모크 왕국의 그림자성 이야기를 했는데—.

"그림자성 정도로 유명하진 않지만, 스이루가 왕국이나 마키와 왕국에도 신화시대의 유적이 있다는 이야기를 들은 적이 있어."

"가로하루 씨, 그건 요루스카에서 들은 거 아닌가요?"

"그렇지. 죠죠리는 나에 대해 뭐든지 아는군. 과연 내 여신이야."

"에이, 가로하루 씨도 참."

죠죠리 씨에게 등을 맞은 가로하루 씨가, 데굴데굴 굴러가 벽에 부딪혀 기절했다. 드워프의 스킨십은 꽤 하드하군.

아까 가로하루 씨가 말한 스이루가 왕국이나 마키와 왕국은 동방 소국군의 남쪽에 위치한 나라로, 둘 다 소국이라고 말하기는 어려운 중견국가다. 특히 마키와 왕국은 서방 소국 수준의 역사가 있는 나라라고 한다.

"죠죠리 씨는 요루스카에 자주 가시나요?"

"네. 가로하루 씨를 감시하려고요. 한 달에 한 번은 가고 있어요."

그렇다고 하니, 이번에 예언을 말해준 무녀가 있는 요루스카의 카리온 신전에 보내는 기부금 송금을 죠죠리 씨에게 부탁했다.

◆

"……그래. 새로운『바깥의 신들』이 와버렸구나."

보르에난 숲의 세계수에 있는 기억고에서, 아신 모드 아제 씨에게 에피도로메아스에 대해 보고했다. 아제 씨의 해석으로는, 에피도로메아스— **따르지 않는 것**은「바깥의 신들」이라는 인식인 모양이군.

신앙의 대상이라는 의미가 아니라, 외경과 함께 멀리하는 타입의 재앙신 같은 취급인가?

"다른 씨족에도 해파리의 잔해가 문의 역할을 한다는 것을 전해두겠어요."

아신 아제 씨의 말로는, 지금까지 해파리의 잔해를 표식으로 이쪽 세계에 온 에피도로메아스는 없었다고 한다.

기억고와 접속을 해제한 아제 씨와 함께, 다른 성수(하이 엘프)들의 전체 회의에 참가했다.

회의에서 아신 아제 씨에게 한 것처럼 에피도로메아스에 대한 보고, 해파리의 잔해를 표식 삼아서 세계를 건너왔다는 이야기를 하자 베리우난 씨족의 하이 엘프인 사제 씨가 엎드리며 사과했다. 가장 최근 해파리 퇴치를 한 게 그녀들의 씨족이었다고 한다.

나는 허공의 방공망 강화를 진언하고, 보르에하르트의 침대 위에서 설계한 허공 전용 골렘의 개량안과 허공 전용 의사정령의 개요서를 제출했다.

허공 전용의 의사정령 구현은 베리우난 씨족의 사제 씨랑 브라이난 씨족의 케제 씨랑 함께 진행할 예정이다.

"역시 대신 마법의 개량은 필수네~."

"응, 중요."

회의를 마친 나는 보르에난 마을에 있는 엘프 현자 토라자유야 씨의 연구소에서 동료들과 앞으로의 강화에 대해 의논을 했다.

"마스터, 케슬의 재사용 간격 개선도 필요하다고 탄원합니다."

"주인님, 아리사가 쓴 마법 같은 효과를 성검이나 용창에 짜 넣는 것은 가능할까요?"

"신석이 있으면 가능한데, 신에게 부탁한다고 입수할 수 있는 게 아니니까."

내 황금 갑옷에 넣은 캐슬 장치의 신석을 꺼내, 그걸 핵으로 무기를 만드는 건 가능할 거야.

"루루는?"

"리자 씨에게 쓴 부여 마법을 내 가속포에도 쓸 수 있는지 시험해보고 싶어."

"오케이~, 나중에 해안이라도 가서 실험해 보자."

루루와 아리사의 대화를 들으면서, 어려운 이야기를 따라가지 못하는 느낌의 포치와 타마에게 말해봤다.

"포치랑 타마는 바라는 거 없니?"

"명필은 뭔가 그거를 가리지 않는 거예요!"

그건「명필은 붓을 가리지 않는다」겠지.

"네잉네잉~. 기합으로 어떻게든 해~."

타마가 어린 용 류류와 함께 쿠션 위에서 동그랗게 몸을 말고 근육뇌 같은 발언을 한다.

뭐, 타마의 경우 터무니없는 인술을 학습할 때처럼 뭔가 떠올라서 대신 기술을 짜낼 것 같기도 해.

"그리고, 사도가 썼던 것 같은 무기를 찾아볼까?"

사도의 신기에도, 자이크온 신 유래로 보이는 노란 신석이 있었지.

"보물찾기~?"

"포치는 아주 흥미가 있는 거예요!"

—LYURYU.

아리사가 한 말에, 타마, 포치, 류류 두 명과 한 마리가 반응했다.

"그건 즐거워 보이지만, 일단 정보를 모아야지."

나중에 엘프 스승들에게 물어보자.

왕도에 돌아갔을 때 히카루에게 물어보는 것도 좋겠어.

"드워프들이 말했던 스이루가 왕국이나 마키와 왕국의 유적이 좋지 않을까요?"

"그밖에 레이네 섬은?"

"가능성이 있네."

신화시대부터 있는 「신의 부유섬」 라라키에라면, 미사용의 신석이 있을 가능성이 높다.

"사토 님, 공방의 엘프들이 보냈습니다."

연구소를 관리해주는 집 요정 기릴 씨가 커다란 짐을 가지고 들어왔다.

얼른 안을 확인해 봤더니, 엘프들에게 부탁했던 띠 타입 오리하르콘의 양산 시험작과 레시피가 들어있었다. 이건 장비 개량에 쓸 수 있겠어.

방향성이 정해졌으니, 다음은 어디에 갈까를 얘기하게 됐다.

"역시, 왕도에서 히카루랑 이야기하는 게 필수 아냐?"

"티나."

"아아, 티나 님의 자료는 도움이 되니까."

히카루나 시스티나 왕녀랑 만나기 위해서도 시가 왕국의 왕도에 갈 필요가 있을 거야. 전자는 보고하러, 후자는 감사를 하기 위해서. 그리고, 시가 국왕에게도 마왕 토벌 건의 보고를 해야지.

"주인님, 사가 제국을 방문하지 않아도 되는 걸까요?"

그러고 보니 사가 제국에서 초대장이 왔었지. 조만간 가야겠지만, 조금 미루게 되려나…….

"포치는 보물찾기에 흥미가 있는 거예요."

"타마도~."

포치와 타마가 척 손을 올리며 발언했다.

"보물찾기라면, 라라키에부터 가야겠다."

꽤 오래 만나러 가질 않았으니, 낙원섬의 레이랑 유네이아의 얼굴도 보고 싶다.

스이루가 왕국이나 마키와 왕국의 유적 조사는 신기의 소문이 있는지 조사한 다음이야.

"마스터, 유생체들도 만나고 싶다고 고합니다."

"아, 저도 슬슬 왕도나 공도에서 식재료 보충을 하고 싶어요."

나나와 루루도 요청했다.

이건 다음 장소를 정하는 게 꽤 힘들겠는걸.

◆

우리가 다음 방문지를 고민하고 있을 무렵, 에피도로메아스와 격렬한 전투를 펼친 장소에서—.

『갈레온, 놈들의 반응은 있나?』

『**따르지 않는 것** 놈들의 존재는 감지되지 않는다. 너는 어떻지? 헤랄르온.』

하늘에 떠오른 두 미장부가 썩은 대지를 내려다보며 말을 나누었다.

그들의 말이 옳다면, 그들의 정체는 일곱 신들, 갈레온 신과 헤랄르온 신일 것이다.

『갈레온, 그 이름은 금기다.』

『너까지 시끄럽게 우리온 같은 말을 하지 마라.』

『지금은 안 좋은 시기다. 놈들이 그 이름을 따라서 느슨해진 결계 틈을 빠져나오면 어찌하나.』

『그랬었군. 어리석은 자이크온이 빠진 탓에 결계가 느슨해진 것을 잊고 있었다.』

남자들이 지긋지긋한 기색으로 단정한 표정을 찌푸렸다.

『희미한 잔재가 느껴진다. 아무래도, 누군가가 놈들을 멸한 모양이군.』

『멸했다? 바깥에서 들어올 정도의 존재를? 발생을 감지하고 그릇에 강림하여, 여기까지 오는데 불과 반각. 그만큼 짧은 시간에, 놈들을 멸하는 것은 있을 수 없다.』

『동감이지만, 그게 사실인 것 같다.』

『어떤 자가 이룬 것이지?』

『알 수 없다. 그러나, 희미하게 자이크온 신의 기운이 느껴진다.』

『자이크온? 죽어있을 그 녀석이 암약하고 있다는 것인가?』

『아니, 자이크온이 아니다. 남몰래 부활하여 여기에 왔다면, 놈의 그 화려하기 짝이 없는 신력이 더욱 명확하게 남아있을 것이다.』

『그러면, 자이크온의 사도인가?』

『아마도, 그렇겠지.』

『그 어리석은 자에게는 과분한 사도로군.』

『참으로 그렇다.』

남신들이 서로에게 수긍했다.

『여기까지 왔으니. 이 땅을 정화한다, 갈레온.』

『신력은 아깝지만, 여기서 아무것도 안 하고 돌아가면, 그거야말로 신력의 낭비로군.』

태양빛처럼 힘찬 주황색의 빛과 대해원 바닥에서 솟아오르듯 깊은 파란색의 빛이, 썩은 대지에 퍼졌다.

이 기적을 이룰 때, 갈레온 신과 헤랄르온 신이 아흠의 포즈를 취한 것을 목격한 자는 아무도 없었다. 그것은 남신들의 취향이 아니라, 그릇 삼은 신상의 의장에 끌려간 것뿐인 것 같다.

아무도 모르는 사이 **따르지 않는 것**에 오염된 대지가 정화되고 본래의— 아니, 전보다 훨씬 청량한 대지가 되었다. 유면수로 병과 상처를 치유하고자 찾아오는 사람들이 찾아오는 키워크 왕국에서도 유수의 관광지가 되지만, 그것은 아직 미래의 이야기.

지금은 무고한 백성을 좀먹는 대지가 없어진 것을 축하하고 싶다.

EX: 아가씨들의 여로

"우울하답니다……."

『카리나, 왜 그래~?』

『포치가 상담을 해주는 거예요.』

평소에는 그렇게 타마와 포치가 위로해주러 오지만, 사토의 일로 함께 동방 소국군에 가버려서 이 무노 백작령에는 없다.

"……하아."

한숨을 억누를 수가 없다.

어째서, 사교의 공부만 해야 하는 걸까?

"카리나 님은 뮤즈 님과 다과회를 하는 건 싫은 검까?"

"에리나 씨, 그건 너무 직접적이에요!"

"그치만 신입, 카리나 님이 우울하게 느끼는 건 다과회 정도밖에 없지 않슴까?"

호위 메이드인 에리나와 신입— 리에나가 터무니없는 착각을 한다.

"두 사람, 제가 뮤즈 씨와 다과회를 꺼릴 리가 없답니다."

왜냐면, 뮤즈 씨는 「저주받은 영지」라고 기피되던 당시의 우리 집에서 보낸 혼담을 흔쾌히 받아주신 분인걸요.

"그렇슴까? 그러면, 뭘 고민하는 검까? 사교 공부가 싫은 검까?"

"에리나 씨! 그건 카리나 님을 너무 바보 취급하는 거예요. 백작 영애인 카리나 님이, 그런 걸 진심으로 싫어할 리 없잖아요."

항의해주는 리에나의 말에 귀가 아프다.

사교보다도, 전투 훈련을 하고 싶다고 생각하는 게 사실이니까.

"카리나 님, 실례합니다."

노크 소리가 들리고, 시녀 피나의 목소리가 들렸다.

"손님이 오셨습니다."

피나를 따라 방에 들어온 것은, 여행복 차림의 제나였다.

"제나, 오랜만이랍니다. 건강했나요?"

"안녕하세요, 카리나 님. 기별도 없이 실례를 해서 죄송합니다."

"어머? 사과할 필요 없답니다. 친구의 내방을 꺼리는 일은 없는걸요. 아니면 오늘은 일 때문에 온 건가요?'

세류 백작령의 마법병인 제나가, 일로 무노 백작령에 올 용건은 없을 거라고 생각하지만.

"아뇨, 오늘은—."

"위트는 카리나를 초대하러 왔다고 고합니다."

제나 뒤에서 나타난 여덟 자매의 막내 위트가 평소처럼 떠들썩하게 말했다.

"어머나? 당신들도 왔군요."

제나의 뒤에는 위트뿐만 아니라 장녀 아진을 필두로 같은 얼굴의 일곱 자매들이 있었다. 여덟 자매의 일곱째인 나나는, 사토랑 같이 여행을 하고 있다.

"그래서, 초대란 것은?"

“트리아는 제나와 미궁도시에 수련을 하러 가는 겁니다!”

“마스터의 허가를 받았다고 고합니다.”

“카리나도 함께 가자고 권유합니다.”

자매가 앞다투어 하고 싶은 말을 한다.

“당신들, 카리나 님이 놀라고 있어요. 순서대로 설명하세요.”

장녀 아진이 경위를 설명해 주었다.

제나가 수련을 하고자 미궁도시에 가는 도중 사토를 만나러 브라이튼 시에 들렀다고 하는데, 유감스럽게도 사토는 관광성 대신의 일로 동방 소국군에 가서 부재중이었다.

마침 자매들의 학교 만들기가 일단락되어 제나와 함께 미궁도시에 수련을 하러 가기로 하고, 그 김에 나도 초청하게 되었다고 한다.

“카리나 님은 흥미 있으신가요?”

“물론, 있답니다!”

그거야 당연히 흥미가 있는 거랍니다.

“저도 준비하고 가겠어요!”

“카리나 님, 안됩니다.”

뛰쳐나가려는 나를, 시녀인 피나가 몸을 던져 막았다.

“백작님과 집정관님의 허락을 받아야죠.”

“그건, 허락해주실 리가 없답니다.”

설득하면 아버님은 허락해주실지도 모르지만, 니나는 분명히 나를 막을 것이다.

왜냐하면, 귀족의 의무가 있으니까. 직계 혈족이 적은 무노 가문은 혼인으로 친인척을 늘려야 한다. 사토가 받아주는 게 제일 이지만, 이미 한 번 거절해 버렸다. 다시 한번 고백할 용기는 나에게 없어.

"그러고 보니, 제나는 세류 백작의 명령으로 고향에 돌아가지 않았었나요? 용케 미궁도시에 수련하러 가는 허가를 받았답니다."

"노사가 후원을 해주셨어요. 그리고, 세류 시에 있기 조금 어려운 사정이 있어서요—."

제나가? 붙임성 좋은 그녀가, 고향에 있기 어려울 정도의 트러블을 일으킬 리는 없을 텐데.

"귀족 관련인가요?"

"아뇨, 조금 특이체질이 되어버려서……."

"제나는 찌릿찌릿이 되었다고 고합니다."

머뭇거리는 제나의 옆에서, 위트가 끼어들었다.

"찌릿찌릿?"

"제나 씨, 실제로 보여드리는 게 알기 쉬울 겁니다."

"하아, 그러면 잠시만."

제나가 안뜰로 나가 뭔가를 하자, 낙뢰 같은 섬광이 흘렀다.

빛에 눈이 익숙해지자, 전광을 두른 제나가 보였다.

"뇌수를 봉인한 뇌명환의 힘으로, 방심하면 이렇게 되어버려요."

"아프지는 않은 건가요?"

"네. 저는 괜찮습니다만, 벼락 두르기— 이 전광을 두른 상태에서는, 닿은 사람이 감전되어 버려요. 그래서, 도시 안에서는 무심코 쓰지 않도록 긴장을 풀 수가 없어서."

"제나, 위트는 **그것**을 해달라고 고합니다."

"그거라면, 이거— 말인가요?"

제나가 잔상을 남기고, 순식간에 이동했다.

"순동?"

그렇다, 지금의 이동은 순동 같은 속도였다.

"아뇨, 스킬이 아니고 벼락 두르기의 효과 중 하나예요."

제나가 벼락 두르기로 종횡무진 위치를 바꾸어, 마법도 쓰지 않고 전격을 뿜었다.

"굉장하답니다! 정말 굉장하답니다!"

연무를 마친 제나에게, 나는 아낌없는 박수를 보냈다.

"감사합니다."

제나가 하늘에 전격을 쏜 다음, 천천히 빛이 잦아들었다.

자유롭게 벼락 두르기를 구사하는 것처럼 보인 제나였지만, 본인 말로는 아직 제어가 어설프고 그 제어에 숙달되기 위해 미궁도시에서 수련을 한다고 했다.

"오늘은 묵고 갈 수 있나요?"

"실례해도 괜찮을까요?"

"사양할 것 없답니다. 그보다도, 제나의 이야기를 듣고 싶답니다."

그날은 밤늦게까지 제나와 자매들과 「파자마 파티」를 열었다. 제나의 동생 유켈과 무녀 오나의 사랑 이야기에 가슴이 콩닥거리고, 사토가 제나의 바라지 않는 혼담을 저지한 이야기에는 「잘했답니다!」라는 찬사와 미약한 가슴의 통증을 느끼고, 리자를 위해 수인 노예들을 맡은 이야기에는 가슴이 벅찼다.

"흑룡! 그 흑룡 산맥의 주인 말인가요? 그것을 동생 분이?"

"일단, 세류 시에서는 그렇게 되어 있지만요, 아마, 그것도."

제나는 마지막까지 말하지 않았지만, 아마 사토가 몰래 뭔가를 했을 거야.

사람은 저항할 수 없는 재앙이라 할 수 있는 날뛰는 흑룡과 화해하다니, 용퇴자의 영웅담도 빛이 바랠 위업이다.

"그 흑룡이 날뛴 원인이 뇌수고, 저는 그걸 조복하려고 뇌명환을 써서, 그렇게 되어버렸어요."

사토도 굉장하지만, 제나도 굉장하답니다.

우리는 밤늦게까지 이야기를 나누고, 우정을 다졌다.

하지만—.

침대 안에서 나는 생각했다.

수왕장구를 얻어서 조금은 강해졌다고 생각했는데, 주변 사람들이 어느샌가 한 걸음 두 걸음 앞서간다.

이대로 무노 백작령에서 평온하게 지내면, 그 차이가 벌어지기만 한다.

끙끙거리면서, 나는 잠들지 못하는 밤을 보냈다.

◆

"카리나 님, 정말로 배웅하지 않아도 괜찮은가요?"

"네. 제나 일행하고는 오늘 아침에 작별을 했으니, 배웅은 피나에게 맡기겠답니다."

나는 되도록 평상심을 의식해서, 의문스러워하는 피나를 보냈다.

그것을 배웅한 다음, 옆 방으로 간다.

"카리나 님, 준비 완료입니다."

에리나가 여행 준비를 마쳐두었다.

나는 에리나에게 내 짐을 받고, 아무도 모르게 통로를 나아갔다.

벽의 구멍을 통과하자, 막아서는 그림자—.

"신입!"

막아선 것은 가출에 반대했던 리에나였다.

그러나, 리에나는 말 세 필을 데리고 있었다.

"정말, 두 사람은 너무 충동적이에요."

기가 막히면서도 싫지 않은 표정을 짓고 있다.

아무래도, 그녀도 동행해주는 모양이야.

나는 그다지 쓰지 않는 서문으로 빠져나가, 무노 시 밖에서 제나 일행과 합류했다.

공도에서 비공정을 탈지, 수트안델에서 배를 타고 교역 도시로 갈 것인지를 의논하면서 여행을 했다.

"카리나 님, 언니분이십니다."

영지 경계까지 조금 남은 참인데, 소르나 언니와 언니의 약혼자 하우토가 있었다.

조금 떨어진 곳에, 영주 전용 소형 비공정이 있다. 저걸로 먼저 온 모양이야.

"—소르나 언니."

"카리나, 생각하고 곧장 행동하는 건 어머님을 닮았군요."

언니가 나를 끌어안아 주었다.

"이건 아버님과 니나의 편지."

그렇게 말하고 몇 통의 편지와 작은 주머니를 건넸다.

좌르륵 소리가 나니까, 주머니 안에는 화폐가 있을 거야.

"노자로 쓰렴. 아마 깜빡했을 테죠?"

무노 시에서는 지불을 언제나 시녀나 메이드가 했으니까, 무심코 확인하는 걸 잊고 있었다. 아마도, 에리나가— 시선을 돌리자 고개를 돌렸다.

"감사히 받겠답니다."

"그러렴. 그리고 니나의 전언이야. 『돌아올 때까지 남편을 찾아라. 안 그러면, 적당히 찾아낸 귀공자에게 떠넘긴다』라고 해."

언니가 그렇게 말한 다음, 「노력해서, 펜드래건 경을 함락시키렴」이라고 귓가에 속삭였다.

그 기습에, 무심코 얼굴이 빨개졌다.

"조심해서 다녀오렴. 무리는 하지 말고, 다치는 것도 조심하고? 맹물은 절대 마시지 마렴. 그리고—."

걱정 많은 언니의 말은, 하우토가 말려줄 때까지 이어졌다.

헤어지기 전에 다시 한번 언니를 끌어안고, 우리는 무노령을 떠났다.

"우선 다레간에서 대하를 내려가는 배에 타는 걸까요?"

"죄송해요. 저는 이 부근의 지리를 잘 몰라서."

제나는 공작령 북단의 땅에 있는 다레간에서 공도까지 가는 길을 물어볼 셈이었나 보다.

"마스터는 구를리안 시에서 배를 탔다고 말했다고 보고합니다."

"자작님은 보르에하르트 자치령에 들렀다고 하니까, 거리가 가까운 구를리안 시에서 탔을 거라고 생각함다."

"그러면, 다레간에서 배를 타야겠어요. 카리나 님도 괜찮으실까요?"

자매, 에리나, 제나 순서로 하는 말에, 끄덕끄덕 고개를 움직였다.

"배라면 공도에 들르고 싶다고 고합니다. 바다사자 아이들 유생체도 만나고 싶다고 고합니다."

"공도에 들른다면, 세라 님도 만나고 싶네요. 카리나 님도 함께 가죠."

"네, 좋답니다."

친구를 만나러 다른 영지의 도시를 방문하다니, 참으로 근사하답니다.

이때 우리는, 공도에서 말려들게 되는 사건 따위 모르고 그저 여행을 즐기고 있었다.

■작가 후기

안녕하세요? 아이나나 히로입니다.

「데스마치에서 시작되는 이세계 광상곡」 28권을 집어주셔서, 참으로 감사합니다!

EX 두 권을 포함하면, 이번 권으로 무려 통산 30권째!(특장판을 카운트하면 32권째).

서적화됐을 무렵에는 이 정도로 이어질 거라고 전혀 생각하지 않았던 지라 참으로 감개가 깊습니다.

이렇게 권수를 거듭할 수 있었던 것도, 응원해주시는 독자 여러분 덕분입니다. 앞으로도 완결을 목표로, 지금까지 이상의 재미를 탐구해가고자 하니 부디 앞으로도 변함없는 지지를 부탁드립니다.

지난 권 마지막에, 발견해버린 마왕주에서 현자의 제자들이 꾸미는 일을 알게 된 사토. 이번 권에서는 그것을 추적하여 동방 소국군으로 갑니다.

그렇게 시작되는 이번 권입니다만, WEB판의 14장 「눈의 나라」 키워크 왕국편과 「수도의 나라」 르모크 왕국편 둘을 베이스로 재구성했습니다.

중반을 구성하는 이 두 편은 WEB판하고는 등장인물과 방문하는 용건이 달라서 적지 않은 가필을 하게 됐습니다.

WEB판에서는 조금 나중에 소문을 듣게 되는 사도가 빨리도 등장합니다. 컬러 삽화에 shri 씨가 그려주신 멋진 사도의 그림이 있으니, WEB판을 읽으신 분은「이 캐릭터 이런 느낌이었나?」하고 미묘하게 고개를 갸웃거리면서 본편을 즐겨주세요. 후반에는「그런 거였냐, 아이나나아!」하며 기뻐해주실 겁니다.

그리고, 종반. 사토가 전에 없는 시련을 겪게 됩니다.

지금까지 최대의 대미지를 준 그 검은 존재가, 다시 송곳니를 드러내며 사토를—.

본편 미독인 분은, 기대하신 만족감을 얻으셨을까요? 만약, 기대 이상이라고 생각해주신다면 이보다 더한 기쁨은 없습니다.

너무 스포일러가 되면 혼나니까, 데스마치 28권의 내용에 대해서는 이쯤에서 마무리를 하죠.

사적인 일입니다만, 올해 3월에 WEB 작가 10주년을 맞이했습니다(상업 작가로서는 9주년입니다).

데스마치를 쓰기 시작할 무렵은, 설마 이렇게 오래 소설을 쓰게 될 줄은, 하물며 처녀작인 데스마치를 계속 쓰게 될 줄은 몰랐기 때문에, 참으로 감개가 깊습니다.

처음에도 적었습니다만, 모티베이션을 유지하며 소설을 계속 써온 것은 독자 여러분과 주변 사람들의 도움이 있었기 때문이니, 전방위에 감사의 마음을 잊지 않고 앞으로도 열심히 할 생각입니다.

그러면, 늘 하는 감사입니다!

담당편집자 I 씨와 A 씨 두 사람에게는 언제나 감사를 해도 부족합니다. 적절한 지적이나 개고 어드바이스뿐 아니라, 작가가 놓친 모순점이나 설정 착각을 적절히 발견하여 커버해주시는 덕분에 대단히 도움이 됩니다. 앞으로도 오래도록 지도편달을 부탁드립니다.

멋진 일러스트로 데스마치 세계를 선명하게 채색하여 띄워주시는 shri 씨에게는 아무리 감사를 해도 부족합니다. 이번 윈터스포츠 표지도 최고입니다.

그리고 카도카와 BOOKS 편집부의 여러분을 비롯하여, 이 책의 출판과 유통, 판매, 선전, 미디어믹스에 연관된 모든 분에게 감사를 올립니다.

마지막으로, 독자 여러분에게 최상급의 감사를!!

본 작품을 마지막까지 읽어주셔서, 정말 감사합니다!

그러면 다음권, 데스마치 29권 「스이루가, 마키와 편」에서 만나요!

아이나나 히로

■역자 후기

겨울에 접어들었지만 날씨가 따뜻하다 싶더라니 갑자기 몇 십 년 만에 한 번 수준의 한파가 찾아오는 요즘입니다.

환절기는 컨디션이 무너져서 감기에 걸리기도 쉽고, 모 유행병도 이제는 같이 걸어가야 할 달갑지 않은 동반자가 되어 잊을만 하면 소식을 전해오기도 합니다.

독자 여러분들은 모두 조심하여 건강에 이상이 없으시길 바랍니다.

불초 역자 인사 올립니다. 참고로 역자는 괜찮습니다. 루비콘3은 언제나 춥거든요.

이게 다 아이비스의 불 때문입니다! 기술연구소 놈들만 아니었어도 루비콘이 이렇게 꽁꽁 얼지는 않았을 텐데. 안타까운 일이죠. 근데 뭐 사실 말은 이렇게 해도 그렇게 영향이 크진 않습니다. 밖에 나갈 때는 대개 AC니까요. 콕핏이 온도 조절이 꽤 잘 돼요.

구체적으로는 온돌방에 보일러 켜놓고 있는 것 정도로는 따뜻합니다. 아, 거기에 컴퓨터를 켜서 조금 더 따뜻해지는 정도로요.

그리고 강화인간 시술을 받으면 신경계가 AC조종에 특화되기 때문에 추위나 더위에도 둔감해집니다. 여러분도 한 번 받아보세요. 돈도 별로 안 듭니다. 오히려 도박이라도 하다가 빚을 잔뜩 지고서 안 갚으면 될 정도입니다. 최신 세대 기술 테스트나, 구세대 시술 개량 테스트 같은 걸 받으면 빚도 탕감해주니까 손해 보는 것도 없어요. 요즘은 구세대 시술도 여러모로 최적화가 되어서 사망률도 별로 안 높습니다!

몸이 투쟁을 바라고 있지 않습니까? 바라죠? 아 바란다니까요. 믿어 보시라고. 루비콘 와보세요.

가면 일단 정부에서 환영 축포부터 쏴주고, 헬기로 마중을 나와줍니다.

거기다 진출해 있는 기업들이 있는데요. 그쪽 일을 받으면 가족 같은 따스한 기업 문화를 느껴보실 수 있습니다. 띄어쓰기는 이상하지 않습니다.

마치 전우와도 같은 동료도 있고, 뭐 좀 시비를 거는 녀석도 있습니다만 좀 모자란 친구니까 그 정도는 참아줘야죠.

그리고 역자 같은 경우 목소리가 섹시한 여친도 생겼습니다. 이거 참, 일터에서 만난 사이라 일을 같이 하고 있는데도 둘만 남으면 오붓한 분위기가 된다니까요. 하하하하.

그때마다 꼭 방해하는 사람이 있는 것도 난처합니다. 하지만 일은 똑바로 잘해야겠죠.

좋지 않습니까? 루비콘3은 당신을 환영합니다!

COM: 신규 메시지가 1건 와있습니다.

"네가 작성한 소개문 봤다. 이걸로 루비콘3에 용병을 더욱 모을 수 있을 거다. 수고했다. 푹 쉬어라."

그러면 여러분! 다음 권에서 또 만나요!

데스마치에서 시작되는 이세계 광상곡 28

초판 1쇄 발행 2024년 3월 10일

지은이_ Hiro Ainana
일러스트_ shri
옮긴이_ 박경용

발행인_ 최원영
편집장_ 김승신
편집진행_ 권세라 · 최혁수 · 김경민 · 최정민
편집디자인_ 양우연
관리 · 영업_ 김민원

펴낸곳_ (주)디앤씨미디어
등록_ 2002년 4월 25일 제20-260호
주소_ 서울시 구로구 디지털로 26길 111 JnK디지털타워 503호
전화_ 02-333-2513(대표)
팩시밀리_ 02-333-2514
이메일_ lnovellove@naver.com
L노벨 공식 카페_ http://cafe.naver.com/lnovel11

DEATH MARCH KARA HAJIMARU ISEKAI KYOSOKYOKU Vol.28

ISBN 979-11-278-7489-6 04830
ISBN 979-11-278-4247-5 (세트)

값 11,000원